JN109988

「糞(クソ)ブタオがぁぁぁぁ！」
「くたばれクソガキィイ!!」

成海颯太
なるみ・そうた
（ブタオ）
普段は嫌われ者の悪役デブ。
だが、秘めた力の解放時には
激ヤセして……？
成海華乃
なるみ・かの
甘え上手な美少女で
超可憐すぎるブタオの妹。
天才的な戦闘資質を持つ。

アーサー
少年の姿と凄まじい力を持つ魔人。
少々癖が強い性格だが魔法を自在に
使いこなす実力は本物。
御神 遥
みかみ・はるか
貴族層の実力者で、
くノーレッドのクランリーダー
でもある女傑。
楠 雲母
くすのき・きらら
二年生で、ブタオらの先輩格。
御神遥の姪で、
勝気な貴族令嬢。

あんな武器を
使ってくるのなら——
私も遠慮しないで
いいよね!!

～ダンジョンに最凶最悪の魔人が
降臨したけど、真の力を解放した俺が、
妹と逆襲開始します～

Author
鳴沢明人
Illustrator
KeG

口絵・本文イラスト　ＫｅＧ

FINDING
AVALON
— The Quest of a Chaosbringer —

CONTENTS

『災悪のアヴァロン』

キャラクター所属組織図

成海家

成海大介（なるみ だいすけ）
ブタオの父。雑貨屋経営の中年男。

成海沙雪（なるみ さゆき）
ブタオの母。見た目の若い美女。

成海華乃（なるみ かの）
ブタオの妹。天才肌の元気系美少女。

成海颯太（なるみ そうた /ブタオ）
物語の主人公。本来の「ダンエク」では悪役デブだったが……？

チームEEE（イースリー）

大宮皐（おおみや さつき）
委員長気質の生真面目な少女。人柄がよい。

新田利沙（にった りさ）
二人目のプレイヤー。知的で小悪魔タイプ。

赤城パーティ

早瀬カヲル（はやせ かをる）
凛とした美少女で、ブタオとは幼なじみ。

赤城悠馬（あかぎ ゆうま）
大きなカリスマを持つ「ダンエク」本来の主人公。

立木直人（たちぎ なおと）
頭脳優秀で、クラスの参謀格。

三条桜子（さんじょう さくらこ）
「ダンエク」人気ヒロインでピンク髪が特徴。通称「ピンクちゃん」。

磨島大翔（まじま ひろと）
Eクラスの実力者の一人。

月嶋拓弥（つきじま たくや）
三人目のプレイヤー。性格は軽薄。

久我琴音（くが ことね）
小柄で不愛想な少女。実は特殊部隊員。

Eクラス

刈谷勇（かりや いさむ）
Dクラスのリーダー格。粗暴で狡猾な性格。

間仲善（まなか ただし）
兄のコネで攻略クラン「ソレル」の威を借る少年。本人は実力的には小物。

Dクラス

鷹村将門（たかむら まさかど）
Cクラスのリーダー。周防とは過去の因縁がある。

物部芽衣子（もののべ めいこ）
鷹村のお付きで、おでこがチャームポイント。

般若の男
物部芽衣子の兄で仮面を着用。隠れた大物？

Cクラス

周防皇紀（すおう こうき）
貴族出の実力者。私兵の弓部隊を擁する。

Bクラス

世良桔梗（せら ききょう）
学年主席で容姿端麗な次期生徒会長。「聖女機関」のサポートを受ける。

天摩晶（てんま あきら）
全身鎧を着こんだ、天真爛漫な少女。
黒執事隊「ブラックバトラー」の忠誠を受ける。

Aクラス

第01章 ✦ 魔人の制約

「それでボクさぁ〝外〟に出たいんだけど。どうすればいいのか教えてくれないかな」

天摩さんと久我さんと俺の三人でレッサーデーモンとの激闘を制し、やっと終わりが見えたと思ったその時──魔人が現れた。

まだ幼さの残る柔和な顔立ちに相反する、狂気に満ちた真っ赤に光り輝く瞳。俺の記憶にある大人しそうな魔人の面影からは随分とかけ離れている。その上、俺達のことまで知っていたとなれば、これはもうプレイヤーの可能性を疑わざるを得ない。

以前にリサと真夜中の公園で話し合いをしたときに、プレイヤーがEクラスの生徒だけでなく、モ、ン、ス、タ、ー、側、にも入り込んでいる可能性を想定したことはあったが、まさか魔人だとは。少々チート過ぎる気もするぞ。

「ねぇ。黙ってないで教えてよ」

「……あなたは何者。さっき使ったスキルは何」

「関係ない質問はダメー。質問してるのはボクなんだよ。はい、減点1ね」

久我さんは、最初の声掛けのときとは打って変わって距離を取り、警戒しながら質問する。素性とレッサーデーモンにトドメを刺したスキルは何なのかを聞きたいようだ。一方の魔人は無邪気な笑顔で「3点減点したらオシオキしちゃうからね」と可愛げのある言い返しをしてくるが、目が澱んでおり、まともな状態ではないように見える。

そう、あの目だ。

何というか人を殺しかねない危うい精神状態に見える目。もしかしたら俺の《大食漢》やリサの《発情期》のように、プレイヤーの固有スキルが精神に負荷をかけているのかもしれない。もしくは魔人という特異な身体に入り込んだ副反応、という線も考えられるか。魔人は見た目こそ人間と同じようだが、肉体能力や魔力特性、精神構造が人と大きく異なっていると聞いたことがある。

とにかく、こんな奴の近くにいつまでもいるのは危険だ。ここは俺が率先して答え、早めに解放してもらったほうがいいだろう。

この魔人は〝外〟に出たいと言っていた。ダンジョンの外に出たいという意味なら、普通に《ゲート》を使ったり、歩いて出て行けばいいだけではないのか。

「外というのはダンジョンの外という意味だよな。どうして普通に出て行くことができないんだ」

「えーとね。《イジェクト》は何度やっても使えなかったし、帰還石も《ゲート》もダメ。歩いて出ようとすると迷ったり、体が疲れたり、それでも無理やり行こうとすると元いた位置まで勝手に飛ばされちゃうんだ」

脱出魔法や脱出アイテムはあらかた試したけど全て駄目。移動も何らかの力で阻害、または封じられている。途方に暮れていたところ、たまたま悪魔のか細い悲鳴が聞こえたのでその方向に飛んでみたら奇跡的にここまで来られたという。魔人は悪魔の魂と共鳴でもしているのだろうか。

「ボクがこの世界にきたときから毎日ずっと、ずーっと出ようと頑張ってきたけど……やっと掴んだチャンスなんだ。だから、出られると分かるまで誰も帰さないからね。《ディメンジョン・アイソレータ》」

拳を突き上げて空を強く掴むようにスキルを放つ。すると広間全体から軋む音が鳴り、直後に幾何学的に歪みだす。突然のスキル発動に、天摩さんが驚いて辺りを頻りに見回している。

『な、何したのー。目がチカチカするんだけど』

「この一帯の空間を閉じたのさ。帰還石で逃げられないようにね」

『えええっ、そんなことできるの？』

レッサーデーモンとの戦闘時に自動でこの広間の出入口を封鎖されたが、あれと似たようなスキルだ。だが今この魔人が使ったのは帰還石や脱出魔法をも封じるより高位の空間封印スキル。主に深層の特殊ボスモンスターが使ってくるのだが、プレイヤーでも覚えられるものなのか。

「でも……あなたが出られる手段なんて知るわけない」

「じゃあ分かるまで出さないよ。考えて」

部屋に閉じ込められることが問答無用で決定され、不服の表情を露わにする久我さん。やっとの思いで大悪魔を倒したというのに、当然の感情だろう。

（しかし、この魔人の言動……やはりこいつはプレイヤーだ）

脱出できないことに対する違和感。ゲームのメタ知識を有し、それを織り交ぜた発言を何度もしている。それに俺はすでにリサたちと出会っているから、分かることもあるのだ……この言動から匂ってくる感じ、ほぼ間違いない。

ゆえに脱出方法だってゲーム知識を併用して模索したはず。それにもかかわらず答えがでないというなら誰にも……いや、同じ魔人なら知っている可能性もあるのか？

確か、以前にブラッディー・バロン討伐クエストを受けたときに、オババが「店から自由に離れられない」と言っていたことがあった。だからこそ〝アレ〟の収集を冒険者（主に俺）にクエスト発注していたわけだが、もしかしたらこの魔人と同じ状況（じょうきょう）に陥（おちい）っていた可能性もある。とりあえず、いくつか確認（かくにん）してみよう。

「他のお仲間には聞いてみたのか？　お前のそれは魔人の特性かもしれないぞ」

『魔人？』

　天摩さんが魔人と聞いて首をこてりと傾（かたむ）ける。

「今までどこにも行けなかったから、他の魔人とは会ったこともないよ。でもそれは良い案かもしれないね。ボクは他の階層には行けないから、とりあえず呼ぶか聞くかしてきてよ」

　呼ぶのは無理だが、オババの店に行ってフルフルに聞いてくるくらいならできる。でもその前にここから出してもらわないことには始まらない。俺はそうに伝えると魔人はしばし考える仕草をする。

「じゃあ一応封鎖は解くけど、逃げてしまわないように……人質（ひとじち）として〝お前〟を氷漬（づ）けにしておこうかな。カッチカチーン！《氷結牢獄（クライオニクス・プリズン）》」

「何を……」

『あぶないっ、成海クンっ！』

魔人が俺の方に手の平を向けてスキルを使おうとしてきやがった。それを見た天摩さんが、とっさに身体を入れて庇ってくれたのだが、代わりに《氷結牢獄》を受け一瞬で氷に覆われてしまった。

「あぁっ⁉　なんでブタオなんかをかばうのさっ！」

あわあわと天摩さんを見て慌てるアーサー。先ほど使ってきたのは魔法系上級ジョブが使う行動阻害魔法。ただの氷ではないので《怪力》を使ったとしても脱出は不可能だろう。解除しようにも俺でもその手段はない。だが今すぐに命の危機というわけではないはずだ。

「まぁいいや。でも早く行って来ないとこの娘は凍えて死んじゃうかもよ？　急いでね……おっと」

「全てのスキルを解除しなさい。さもなければ――」

このまま魔人のいう通りにしても良い未来が見えなかったのだろう、気配を殺した久我さんが背後に回り込み、魔人の首元にナイフをあてがってスキル解除を要求する。だがその脅しは微塵も効いていない。それどころか逆効果だ。

「無駄だよ。そんな物ではボクに傷一つ付けられやしない。でもオシオキはやっぱり必要かな？」

その返答を聞くや否やナイフに力を入れて押し込もうとする久我さんだが、首元の刃を見えない速さで摘まれ、それだけで押し下げられてしまう。圧倒的なＳＴＲの差を実感した久我さんは即座にナイフを手放して距離を取ると、メインウェポンである短刀を引き抜いて構える。

恐らく《鑑定》を使ってレベル差を確認し、勝機があると考えて仕掛けたのだろう。だがレベル差が大きくなると鑑定結果は誤差が大きくなる。そういう相手には相手の精神状態も見て、慎重に数度重ねてチェックしないと駄目なのだが、そのことに気づいていない……いや、知らない可能性が高いか。

今までこれほどのレベルの相手と出会ったことがないのだから仕方がないとも言えるが……だとしてもあの魔人は精神状態が悪いだけでなく、俺達の命を何とも思っていない節がある。いたずらに刺激するのはまずい。

「とりあえず――」

「待て！　落ち着け！」

狂気の色に染まった目を見開くと、久我さんに向かって手を伸ばし何かを掴もうとする。あの魔法は嫌な予感がする。絶対に止めなければ。急ぎ剣を抜いて斬りかかるが、見もせずに片手で刃を摘まれてしまう。

「琴音ちゃんは～死刑……《デス》！　なんちって」

「……あっ……」

魔人が何かを握り潰す。それだけで彼女は糸が切れたように崩れ落ち――ピクリとも動かなくなってしまった。

「どう今の。面白かった？」

「テメェ!!　今何をしやがっ……ぐぁはっ！」

全力で殴りにかかるが易々と躱されたあげくにその腕を掴まれ、逆に殴り飛ばされる。

視界はぐるぐると回り、右腕が気絶するほど熱い。というか痛ってぇ！

見れば腕がおかしな方向にねじ曲がっていた。

あの一瞬で壁までぶっ飛ばされたのか。腕がみるみるうちに腫れあがり、口の中を切ったのか血の味が滲む。何が起こったのか全く見えなかった。魔人はつまらない物を見るかのように俺に視線を投げかける。

「ブタオごときがボクに勝てるわけないでしょ。次に歯向かってきたら、その首を引っこ抜いちゃうよ」

「はぁ……はぁ……あぁぁぁっくっつけぇ！　《中回復》！」

気絶しそうなほどの痛みに耐えながら、折れ曲がった腕を逆方向に捩じって回復魔法を唱える。確かこうすれば折れた骨もくっついたはずだ……手先は問題なく動いたので神経

と骨の接続は成功したはずだが、痛みと腫れはあまり引いていない。千切れた皮膚から血もじんわりと流れ続けている。だけど、ひとまずはこれでいい。

「うわっ。そのやり方、凄いね。でもやっぱり……ボクの知っているブタオとは違うように見えるなぁ。成海颯太だよね？　思っていたよりも何だか痩せてるし」

顎に手を当て「あのセクハラ男がこんな階層に来れたっけ」と頭から爪先まで訝しみながらじろじろと観察し、オマケに《鑑定》までしてくる。俺はと言えば脂汗を流しながら痛みが引くのを待つことしかできない。それでも、現状を打破するために息を整えて必死に考えを巡らせる。

（三人で……力を合わせて悪魔を倒し、仲良く大団円で戻ろうとしていたというのに……）

ピクリとも動かない久我さんを見る。裏協定を結び、これからは静かに学校生活を送れると思っていたのに……胸がはち切れそうだ。一方、心優しき親友の天摩さんは俺を庇ったせいで氷漬けになってしまった。あのまま体温を奪われ続ければ、どこまで体力が持つか分からない。早急に手を打たないと……

素直にフルフルに聞きに行くことが最善なのか。のこのこと聞きに行ったとして、天摩さんを解放してくれる保証はあるのか。そも、邪魔だからと久我さんを即死させたコイツは約束を守るような奴なのか。

やはりこの世界を生きる人々にとってプレイヤーは危険だな。なまじ力と知識があるせいで想定外のことばかりしてきやがる。この魔人が外に出たとしても、何もせず平穏に過ごしていくとは思えない。なら――

（あぁ……そうか）

コイツをぶっ殺せば解決するかもしれないな。空間封印スキルも氷結魔法も、コイツが死ねば問答無用で解除される。久我さんだって時間もそれほど経っていないので蘇生は高確率で成功するはずだ。急ぎ戻り、世良さんに相談すれば【聖女】に頼んでもらえるかもしれない。

記憶通りなら、この魔人のレベルは30後半だったろうか。途方もないレベル差のように思えるけど、ここで諦めるくらいなら死んだほうがマシだ。もちろん、無駄死になんてするつもりはないし何としても勝つつもりだが……この相手に長期戦なんてできるわけがないので短期決戦、できれば一撃で確実に仕留めたいところだが。

（そんなことが可能だろうか……？）

一撃で仕留めるためには今の俺にできる最高のバフをてんこ盛りにして、確実に当てられる位置からスキルを放つ必要がある。しかし、アイツの目の前でそんな悠長にバフスキルを重ね掛けしていたら確実に殺されてしまうだろう。ならばどうすればいい……

「ねぇねぇ。ＮＰＣの分際でボクを無視するとか何なのさ」

やれやれと言う口調であるが、俺を見る目には多量の殺気が混じっている。次に無視したら殺すとの警告なのだろう。だが同時に完全に俺のことを侮っている目だ。いや……それなら、むしろ好都合かもしれない。すぐに一計を案じ、あえて吹き出す冷や汗を隠そうともせず、おどおどした「最弱のブタオ」を演じることにする。

「そ、そんな風に脅さないでくれ……わ、分かったよ。すぐにゲートを使って、オババのところに行ってくるからさ……ちょ、ちょっと時間をくれ、頼む！」

「んー？　やけに素直になったね」

怪しんでいるのか？　ちょっとまずいな。

「お前には勝てるわけないからさ。だけどフロアゲート※で行ったらすぐには戻ってこられないと思うから、できればこの場に《ゲート》を作って欲しいんだ。お前の力なら可能なんじゃないか？」

「まぁね。ボクならそんなの簡単さ」

煮えくり返る腹の底の感情を抑え込み、あえて哀れっぽい声で嘆願するとそれが功を奏したのか魔人は上機嫌で応じる。右手の手の平を前にだすと一呼吸のうちに魔力を練り上

TIPS **フロアゲート**：ダンジョンのエリア内に設置されているゲートのこと。１階以外の特定の階層に飛ぶには事前にその階での魔力登録が必要となる。スキルで覚えられる《ゲート》と区別するときに使われる言葉。

げ、目の前に即席ゲートが作り出された。

「さあ、さっさと行ってきなよ。しばらくここに開けっ放しにしておくからさ」

「あ……あぁ、助かったよ。す、すぐに帰ってくるから……」

少しふらつきながら無言でそのゲートを潜り抜けると一瞬で視界が書き換わり、オババの店前広場へと転移が完了する。今にも砕け散りそうな精神力を総動員し、震える手で《サタナキアの幹細胞》の魔法陣を描き上げ、そして発動。強烈なＨＰリジェネ効果により雑に繋がっていた右腕が血煙をあげて瞬く間に修復される。

「ハァ……このレベルでも、まだ負荷は高いな……だが十分許容範囲内だ」

立ち眩みのような症状に耐えながらミスリルの小手とファルシオンを装着し、次に俺の使える中で最強のバフスキル《オーバードライブ》の魔法陣を描く準備に移る。これを使うのも、あの骨野郎との戦い以来だ。

「待っててくれ天摩さん、久我さん……すぐに、助けに行くから」

第02章 ✦ 氷の中の乙女

―― 天摩晶 視点 ――

頭に大きな角が生えた少年が現れ、成海クンに向けて何かを放とうとする。咄嗟に間に入ったのだけど、気づいたらガラスのような透明な結晶の中に閉じ込められていた。

初めてみる魔法だ。見た感じ、氷だと思うけど……冷たくはないし呼吸もできているのでよく分からない。というのも、ウチの着ているこの鎧には湿度と温度を快適に調節する空調機能が付いているので氷点下数十度にも耐えられるし、酸素を作り出す機能も搭載されているので、たとえ水に沈んだり氷に完全密閉されたとしても1時間くらいなら問題はない――いや、実はある。

（トイレ……どうしよう……）

元々の予定では綺麗な広間を見て回りつつ、成海クンとここまでの道のりを総括しながらお菓子を食べ、楽しく談笑するひと時を過ごす予定であった。だというのに、あのバカ、が大悪魔を呼び出したせいで予定外かつ予想外の戦闘となってしまい、それが終わったと思ったらこの有様。驚きと緊張の連続でトイレに行きたくなってしまったのも自然の摂理というもの。

前もってこんなことがあると分かっていたら重装備用のオムツをはいてきたというのに……油断した。

どうしたものかと考えていると、新入り執事——名前は久我とかいったか——が目の前で妙な魔法を撃たれ、糸が切れたかのように倒れてしまった。一瞬、死んでしまったのかと驚いたものの、よく見れば微かに呼吸しているので生きてはいるのだろう。睡眠魔法だろうか。

でも勘違いした成海クンは取り乱し、その場の勢いで殴りかかってしまう。逆に壁まで勢いよく殴り飛ばされてしまったようだけど、この角度からでは……よく見えない。あれだけ強い成海クンでも避けきれないとは、あの少年はどれほどの強さなのか。

成海クンは怪我をしたようだけど大丈夫なのか様子を見たいので、一刻も早くこの氷をなんとかしないといけない……おおぉお！　……はぁ。ウチの《怪力》でもびくともしないなんて。やっぱり普通の氷ではない。このままでは成海クンが危ないし、乙女としても終わりを迎えてしまう。

氷の中でしばし藻掻いていると、何やら紫色の光を呼び出して成海クンはそこに入って消えてしまった。何かの移動魔法だろうか。

「もう少しだけ我慢してね。晶ちゃん」

ふと気づけば少年が目の前まで来て親しげに話しかけてくる。ウチのことを知っているようだけど全く見覚えがない。親戚の子……じゃないよね。というかその側頭部から生えている大きな巻き角がとても気になってしまう。取り外しは可能なようには見えないけど、やっぱり本物なんだろうか。

「あのセクハラ野郎は死なない程度に懲らしめて、二度と近づけさせないようにするから安心してね。ボクは君の……君だけの味方だから」

そう言いながら氷にそっと触れてウインクするボクッ子。セクハラ野郎とは一体誰の事を言っているのだろう。ウチには随分と優しげな視線を送ってくるけど、成海クンに対しては殺気立った目で見ていたのは何故なのか。

新入り執事が倒れたことについては「暴れたので仕方がなく気絶させただけ」だと身振り手振り説明してくる。その際に即死魔法のように見せかけたドッキリを仕掛けたら真に受けて取り乱してきたので、返り討ちにしてやったとのこと。

どうやらセクハラ野郎というのは成海クンのこと言っているらしい。あんなに優しい人だというのに勘違いにもほどがあると思う。

その後もいろいろと語りかけてくる。「ボクは強いから外に出たらボディーガードとして雇ってくれ」だの、「学校にいきたいから手続き頼みたい」だの、「彼氏候補としてどう」だの、色々と無茶を言ってくる。そんなこと今はいいから早く氷から出してほしい。さっきから大声でそう言っているのだけど、ウチの声は全く聞こえていない模様。ボクッ子の声はちゃんと聞こえるというのに、この氷はどういった仕組みになっているの。

体を捩じったり変なポーズをしながら興奮して語り掛けてくるボクッ子のすぐ後ろ。紫色の光から出てこようとしている人影が見えた……成海クンだ！　だけど何やら様子がおかしい。

「ただいま。そして――」

体全体から暗い赤色の《オーラ》を漂わせ、手には黒い霧を纏った不気味な曲剣を持ち、すでに何かのスキルを撃つ構えを見せている。その手元に目を見張るほどの濃密な魔力と《オーラ》が収束していく。普段は温厚で優しいはずの彼の表情は、憤怒と殺意の色で染められていた。

「――死にやがれぇ！　《アガレスブレード》！」

　ただならぬ気配に気づいたボクっ子が振り向いた瞬間、視界が光に塗りつぶされ、轟音が響き渡る。これは大悪魔にトドメを刺したものと同種のスキルだろうか。

「ちっ、浅かったか」

「ぐぅっ……《フライ》」

「逃がすかよっ！」

　ふわりと浮いた後、上方向に落下するように加速度的に上昇して距離を取ろうとするボクッ子。腕を押さえながら飛んでいるけど、よくみれば右腕がない。さっきのスキルで断たれたようだ。

　それに対し、成海クンは空中を蹴り上げてジグザグに駆け上がっていく。二人して当然のように空を飛び始めたけど、そんなことができるなんて聞いてないんだけど！　何が起きようとしているの。

　追ってくる成海クンを撃ち落とそうと数百発はあろうかという大量の魔法弾が同時に召喚され、間を置かずに放たれる。白かった広間がオレンジ色の眩い光に染め上げられ、コブシ大の大きさの魔法弾がシャワーのように降り注ぐ。

その弾幕の中を弾けるように動いて躱し、あるいは直撃しそうな魔法弾は剣で弾きながら進んでいく成海クン。あっという間にボクッ子の数m手前まで接近すると黒いモヤモヤとした曲剣を振りかぶる。

「くたばれクソガキィィ!!」

ボクッ子も即座に左腕を上に掲げ、何もないところから身長を超える長さの巨大な鎌を取り出して振りかぶる。刃が青白く輝いているけど、何のエンチャントが込められているのかは不明だ。

「糞ブタオがぁあああ！」

上空で赤黒い霧と白く輝く光が残像を残して交差すると、目にも留まらない速度で斬撃戦が繰り広げられる。天井付近、壁際。その直後には石床を衝撃波で捲り上げながら、雄叫びと共に渾身の斬撃を幾回もぶつけ合う。

（な、なんなのー⁉）

1分も経たずに壁や床、天井にいたるまで傷だらけだ。あの二人にはこれほど大きな聖堂広間でも窮屈だというのか。

氷の中にいても重く響くほどの衝撃と金属音。壁や地面に残る爪痕から、あの斬撃の1つ1つにウチの放つスキルと同等以上の威力が込められていると推測できる。その合間に何発もの光が煌めき爆発音も鳴り響いているので、魔法スキルも同時併用して戦っているのだろう。それにしても――

（す、凄すぎる！）

上空では魔法弾が入り乱れる中を二人が驚くべき速度で縦横無尽に飛び回り、雄叫びを上げながら一撃必殺とも言うべき斬撃が叩き込まれている。その斬撃もただ打ち込まれるのではなく、いくつもフェイントがかけられ、魔法弾がウェポンスキル発動の駆け引きに使われている。今までに見たことがない想像を超えたハイレベルの戦いだ。

ウチの知る限りの冒険者とは、剣士なら剣を、斧使いなら斧を、魔術士は魔法をひたすら磨き、その道の極致を目指す者達ばかりだった。

それは当然だ。近接職と魔法職ではスキルも装備もまるで別物だし、同じ近接職でも短剣使いと両手斧使いとでは立ち位置や戦術が大きく変わってくる。そんな性質の異なる分野に手を出していれば、全てが中途半端になるのは明白。野球とサッカーを同時にやっていけるプロがいないのと同じような理屈だ。天摩家随一の実力を持つ執事長・黒崎も、やはり1つだけの武器を使い続け、達人と呼べる領域に入った。

でも今。上空で行われている戦闘は、近接武器と魔法という全く違う分野が見事に融合している。武器の間合いに誘導するために魔法を使い、あるいは連続攻撃の手段として流れるように魔法が撃ち込まれている。初めて見る戦術だけど、これこそが武の極致といえるかもしれない。

(どうやってこんな戦い方を学んだのだろう)

これほどの戦術は、冒険者学校のカリキュラムをこなしているだけで身に付くようなものではない。天性というわけでもないだろう。勘だけであのような命の駆け引きは行えない。戦術の完成度が高すぎるのだ。きっと膨大な戦闘知識を得た上で、途方もない鍛錬と戦闘経験を積んでいるはず。なら一体どこで……

つい高度な戦闘に見惚れてしまったけど、元はと言えば成海クンの誤解から殺し合いが始まっていることを思い出す。ボクッ子は話を聞いてみても決して悪い子に見えなかったし、ボクッ子の方だって成海クンを大きく誤解していると思う。なんとかこの戦いを止めないといけないけど、この氷のせいで身動きができないし声も全く届かないのでどうしようもない。

(というか、早く……トイレに行かないとウチは……)

そんな孤独な葛藤をしている間にも、戦局は目まぐるしく変わっていく。

切断されていたボクッ子の右腕はいつの間にか元通りになっており、その右手を使って連続で魔法弾を撃ち込みながら、大きな鎌を持った左手で空中に巨大な魔法陣を描くという器用なことをやってのけている。魔法陣が完成に近づくにつれ急速に周囲の魔力密度が高くなっていくのが分かる。大悪魔が使った魔法陣の魔力を遥かに超える規模だけど、まさかあんなものをここで放つつもりだろうか。

しかし魔法陣完成前に成海クンの接近が成功し、ボクッ子の頭にある大きな角を掴んで聖堂の壁に叩き付けてしまった。それにより魔法陣は霧散する。

「すり潰れろぉぉ!!」

「いぃでっ！　いでででで！」

壁に頭を押さえつけたまま成海クンが勢いよく壁を駆けていく。大根おろしのようにすり潰そうとしているようだけどボクッ子の頭は驚くほど頑丈で、逆に壁や石柱の方が粉砕されていく。石頭にもほどがあるでしょ！

数十mほど壁を破壊しながら進んだところで身をよじり、やっとのことで逃れたボクッ子。頭に付いた砂埃を払いながら怒りを一層漲らせる。

「ハァハァ……《エアリアル》に《オーバードライブ》……おまけにそのムカつく立ち回り……どこの糞プレイヤーかと思ったらお前！　『災悪』じゃないかっ！　ダンエクでの

狼藉に加えてボクの晶ちゃんにも手を出しやがって！　ぶっ殺してやるからなっ！」

もう容赦なんてしないと言うと《オーラ》を解放し、大きなうねりを作り出す。《オーラ》には物理的な効果はないはずなのに周囲の瓦礫が吹き飛ばされ、球状にバチバチと閃光が迸っている。

それにしても。あれほどの攻撃を受けたというのにぴんぴんとしているとは、もしかして身体全体がミスリルでできているのだろうか。あとウチに手を出したとは何のことなの。

「ハァ……お前もこっちに来てたとは……奇遇だな。俺も、丁度ぶっ殺したかったところだ……ハァ」

ふらつきながらゆっくりと曲剣を構える。先ほどの戦いを見た限りでは成海クンのほうが押していたと思っていたけど、息は上がり、まさに疲労困憊といった様子。あの爆発的な立ち回りの代償として相応の体力を持っていかれたのだろうか。それに……なんというか……あれっ⁉

（や、痩せている⁉　それも別人のように！）

ふっくらとしていた四肢はスラリとしており、トレードマークというべき見事な太鼓腹はどこにも見当たらない。顔もシャープになって何だか別人のようになっているけど、気だるげな目つきと面影は今もはっきりと残っている。ど、ど、ど……どういうことなのっ！

「う……うぅ……」

氷の中で一人驚愕しながら打ち震えていると、すぐ近くで倒れていた新入り執事が目を覚ます。しばし夢うつつの状態だったものの、周囲が荒れて激変していることに気づくと即座にナイフを構えてキョロキョロしだす。

そういえば、聖堂の大部分は瓦礫の山になっているにもかかわらず、ウチと新入り執事がいる周辺だけ無傷なのは、あの激闘の中でもちゃんと避けていてくれたからだろうか。

新入り執事が殺されたと勘違いしていた成海クンは、こちらを見ながら驚きのあまり目を見開き、口をぽかんと開けている。そんな呆けた表情で――

「げふぁっ！」

――ボクッ子に殴り飛ばされていた。

第03章 ✦ 大粒の涙

『あぁあっ、もうっ！　解除するの遅（おそ）いよー!!』

「晶（あきら）ちゃん、どこいくのー？　ボクも――」

『ついてこないでっ！』

魔人が《氷結牢獄（クライオニクス・プリズン）》を解除すると、覆われていた氷がみるみるうちに小さくなり、内股（うちまた）になった天摩さんが転がり出てきた……と思ったら急いでどこかへ走り去ってしまった。魔人がついていこうとするもののピシャリと拒絶（きょぜつ）され、しょんぼり顔になっている。

そう、今はようやく俺と魔人との激闘が終わったところだ。結局、なあなあの痛み分けというような奇妙（きみょう）な形で終わってしまったのだ。ひとまず天摩さんを氷漬けから解放させることには成功したし、死んだかと思われた久我さんも無事だったので結果オーライと言ったところ――いや、俺としては散々である。

「どういうことなの、成海颯太……私が気絶していた間に何が起きていたのか説明して」

「どうもこうも、全部コイツのせいだ」

「引っかかるお前がバカなんだよーだ。バーカバーカ」

現状を把握(はあく)できない久我さんが、何が起こっていたかを聞いてくる。目が覚めたら聖堂広間がズタボロだったのだからそりゃ気になるだろうけど、全ての元凶(げんきょう)はこのキャッキャと飛び跳(は)ねながらバカと連呼する魔人(アホ)のせいなのだ。

しかし、こんなのでも〝プレイヤー〟なので、情報や意見の摺(す)り合わせはしなくてはならない……が、この態度を見ていると激しくやる気が失(う)せてしまう。なにより腹が減ってオラはもうフラフラだ。

先の戦闘で異常なほど体力を使ったせいか体が萎(しぼ)んでしまい、全身の筋肉が軋んで痙攣(けいれん)も起きている。エネルギーが枯渇(こかつ)状態になっているので、今すぐにでもカロリーを取り入れたい衝動(しょうどう)に駆られるが、それは後回しだ。

「ということで琴音ちゃん。さっきはごめんね？　ちょっとこの馬鹿をからかってやろうと思ってさ。それでボク、アーサーって言うんだけど、お友達に――」

「久我さん、悪いな。ちょっと先にコイツと話をさせてくれ」

「ブタオなんかと話すことはないと思うんだけど？」

「……」

もじもじと近寄って久我さんと友達になりたいとか抜かす不審者(ふしんしゃ)モードの魔人(アーサー)。さっきるだけだ。
まで極めて険悪な状況だったのに、そんな距離感を間違えた態度を見せたところで引かれ

そして、アーサーというのはダンエク時のプレイヤー名であって、この魔人の名前ではない。まだダンエクプレイヤーの気分でいるようだが……

「お前にとっても大事なことなんだから、とりあえずこっちに来い」

不貞腐れている魔人を広間の隅まで引っ張り出して、言い聞かせるように言う。最初にこの場で会ったときは話の通じない輩かと思ったが、ダンエクでのコイツを知る限りではそれなりに聞く耳を持つ奴だった。それを信じて説得を試みることにする。

「あのな。俺達がいるこの世界はダンエクそのものだが、もうゲームじゃないんだ。血なまぐさい危険な世界に俺達はいるんだぞ」

「え。ゲームじゃない？　まぁそりゃ別物というくらいリアリティは上がってるし、モンスターを倒す感覚も生々しいものはあったけどさ。でも、どうみてもダンエクそのものじゃないか」

辺りを見渡し、この広間もスキルも、そして出てくるモンスターも全てがダンエクそのものだと言うアーサー。ついでに俺を小馬鹿にしたような目で見てくる。

システムや設定はダンエクそのものであるけど、それでもやっぱり現実なのだ。

「天摩さんや久我さん、そしてこれからいろんな人達と話していけば彼女らが決してＮＰＣではないことくらいはお前も分かる。この世界の人々は、元の世界と同じように地に足を付けて必死に生きているんだ」

「地に足を？」

いまいちピンとこないのか、アーサーは大きな角を頭ごと傾げる。だがこれは俺にとって決して譲れないラインなのだ。

元の世界ではずっと一人で生きてきた俺だが、成海家は初めて無条件の温かさや愛とは何かを教えてくれた。この体を乗っ取ってしまった負い目だってあるし、ブタオが大事にする幼馴染のカヲルも含め、是が非でも守っていくつもりである。

だが、この世界に甚大な影響を与えるプレイヤーが「この世界がゲームであり、人は皆ＮＰＣ」という考えならば、利益のために多くの人々を巻き込むことに躊躇はしないだろう。そのときは俺の命よりも重い家族や幼馴染も危険にさらされることになる。

だからこそ、その考えを変えない限り俺と手を取り合うことは不可能になるし、正体がバレている以上、再度殺し合うことも視野に入れなければならなくなる。そうならないためにもアーサーには少しずつでいいから理解してもらいたいのだ。

「まぁでも確かに、晶ちゃんや琴音ちゃんを見た限りではＮＰＣには見えなかったなぁ。

本当に生きているって感じはした」

「そうだ。そこを絶対に履き違えるな。それを前提に今から言うことを良く考えろ」

俺がこれまでに知り得た情報を端的に説明していく。

この世界はダンエクと同じようではあるが、現実世界でもあること。ここの住人の一般的なダンジョン知識は、ダンエクのサービス開始当初のまま。アップデートされた内容は世間ではほぼ知られていないこと。そのせいでゲートも使えず一流冒険者ですらレベル30そこそこで止まっていること。肉体強化により世界情勢が混沌とし、アンバランスになっていること。プレイヤーが俺とお前以外にも何人か来ていること。などなど、さらっと説明していく。

「ゲートも知らないの？　ジョブもサービス開始と同じまま？」

「そうだ。プレイヤー知識がどれほどの価値になっているのか想像できるか」

「こっちに来て以来、ずっとダンジョンの中にいたから分からなかったよ。38階にあるボクの〝城〟で、ずーっと待ってたのに誰も冒険者が訪れなかったのはそのせいなのか」

ダンジョンから出るために冒険者の力を借りようと自分の城で待っていたものの、誰一人として訪れる者はいなかった。それがどうしてなのか今分かったと肩を落としながら、しょんぼりする魔人。

「それとプレイヤーって、災悪……お前だけじゃないのか」

「俺以外にもプレイヤーはいるが今は言えない。全体として何人来てるのかはまだ把握できていないな」

「一応これだけは教えてくれ。晶ちゃんはプレイヤーじゃないよな？」

「……多分な」

そういうと顎に手を当てて考えをめぐらすアーサー。コイツはこう見えてもゲーム時代に〝ＡＫＫ〟という、ダンエクでも1位2位を争う大規模攻略(こうりゃく)クランを率いて暴れまくっていた経歴がある。ダンエク界隈(かいわい)ではかなりの有名プレイヤーで、〝閃光〟という二つ名で呼ばれていたほどだ。

俺もダンエクのときに何度か戦ったことがあるので分かるが、個としての実力も、クランを率いて成してきた功績をみても、一流プレイヤーだと認めざるを得ない。だが、このＡＫＫというクランは別の顔もある。

「……晶ちゃんはプレイヤーでもＮＰＣでもない。それってお前、もしかして、つまりあれか？」

と言いながら興奮を抑えきれず突然(とつぜん)グルグルと回り出すアーサー。

ちなみにＡＫＫというのは、〝Ａｋｉｒａ(あきら)ちゃん・Ｋｕｄｏｓ(キューダス)・Ｋｎｉｇｈｔｓ(ナイツ)〟の頭(かしら)

文字を取ったもの。〝天摩晶を称賛し愛でるための騎士団〟という意味だったか。

要するに天摩さんのファンが集まって作ったクランなのだ。

天摩さん関連のイベントがあるときは、攻略クランとしての活動も運営公式イベントも全て放り出し、クランメンバー全員が特殊なユニフォームを着て狂ったように突撃していたことを思い出す。そして、アーサーにいたっては天摩さん親衛隊長という役職も持っており、熱狂的を通り越し、狂信的とも言えるそのファン活動を見て、ダンエクプレイヤー達は恐れおののいたものだ。

「うっひょ――！　本物の晶ちゃんが本当に生きているだなんて！　これはチャンスじゃないのかっ⁉　ボクが絶対に守ってあげるからねーっ！」

「落ち着け。天摩さんはまだ〝解呪〟してないから、あまり距離を縮めると心象を悪くするだけだぞ」

「ええっ、まだ解呪してないの？　ボクが何とかして……あげたいけど、ここに来られたのだけでも奇跡だったからなぁ」

今の天摩さんは呪いのせいで姿を変えられ、全身鎧で隠している状況。不用意に近づくのは避けたほうがいいだろう。それに俺だって天摩さんの解呪を手伝ってあげたいのは山々だがまだレベルが足りないし、本来なら天摩さんを救うのは赤城君なのだからその兼ね合いも考えなくてはならない。

「赤城ぃ？　あのいけ好かないイケメン主人公か。でも別に遠慮することはないんじゃないの」

「どちらにしてもすぐにできることではない。だから後で話し合うとして……それよりもだ。久我さんや天摩さん、その他の人達に「他の世界から来た」とか「未来に起こる出来事が分かる」とか余計なことを言うと、彼女らが危険にさらされかねない。これは分かるな？」

「ダンジョン情報を狙ってる奴がわんさかいるってわけか。なるほどねぇ。外はそんなにヤバい感じなんだ」

顎に手を当て「晶ちゃんはボクが必ず助けるからまぁいいとして……」といって考え込む。頭の回転はそれほど悪いヤツじゃないので、ある程度の情報さえ渡せば後はそれなりに動いてくれる、と信じたい。そしてこれも大事な事なので聞いておこう。

「アーサー。お前は変なスキルを持っていなかったか？　デバフ効果が付いていて消せないスキルだ」

「……あるよ。全然発動しなかったから忘れてたけど、でも最初に晶ちゃんと一緒にいるお前を見たときに初めて発動したよ。とっても《ジェラシー》してブチ切れそうになった。

あのときの沸き上がった感情にはボクも驚いたよ」

やはり最初に現れたときの狂気に満ちた目は、デバフスキルによるものだったか。このデバフ効果は自分の精神力でコントロールすることが難しい。それは俺も身をもって体験しているので仕方がないとは言えるが……

仮にアーサーが外に出たとして、天摩さんと誰かがいるところを目撃するたびに殺意を振りまいてたらトラブルになるのは目に見えている。さっさと対処法を教えておいたほうがいいかもしれないな。

「これ、《フレキシブルオーラ》なんかで抑え込めるの？」

「やり方は後で説明する。次に会うまでにそのスキルを覚えておけ。でなければ危なくて外になんて出せないからな」

「次って……ちょっと待ってよ。ボクをダンジョンに置いてけぼりにする気⁉」

涙目になりながら、ゆらゆらとした高密度の《オーラ》を垂れ流そうとする。だが俺も準備をしなければいけないし、調べたいことや都合もある。気の毒だが少しの間だけ我慢してもらいたいのだ。

「通信手段としてこれを渡しておく。ここ20階にも魔力登録しておくから会おうと思えばいつでも会えるはずだ」

「何これ。腕時計？」

「まぁスマホみたいなもんだ。ここを押せばアプリが立ち上がって俺と繋がるようになる。こちらからも連絡はするから肌身離さず付けておいてくれ。オババにもちゃんと出られる方法を聞いておくから」

「待ってよ。せめて晶ちゃんと話を――」

　そんな話をしていると天摩さんがメイド服姿の執事長・黒崎さんを連れて戻ってきた。執事長は入ってくるなりズタボロになった聖堂広間を見て目を丸くし驚いている。

「なっ、どうしてこんなことになっているのですっ！　何があったのですかっ」

『色々あってねー。でもそれは成海クンと相談してからじゃないと言えないかなー。あっ、あの子なんだけど』

　何をするのかと見ていたら、天摩さんがアーサーを指差して執事長に紹介していた。ボディーガードとして天摩家で雇いたいとのことらしい。いつの間にそんな話をしていたんだ。

『この子はとっても強いし、それにね？　優しい子だと思うから。どうかなー』

「何か事情があるようですが……おい、そこの小僧。後でキッチリと話は聞かせてもらうからな」

俺をキッと睨みながらもアーサーの方に振り返り、急に優しげな表情をする執事長。

「私も路頭に迷っているときに、お嬢様に拾われ救われた身だ。もしお前も行く当てがないのなら、いつでも歓迎しよう」

『だからまずは、ちゃんと成海クンと仲直りしてねー』

「あ……あぁっ」

大粒の涙を流し、何度も「ありがとう」と連呼するアーサーの頭を、優しく撫でる天摩さん。こちらの世界に来て以来、ずっとダンジョンの中に閉じ込められていたのだ。わけも分からず不安定な精神状態のまま誰にも出会えなかったのは、さぞかし辛かっただろう。今すぐ助けてやれるならそうしたいが俺にも準備が必要だし、相談したい相手もいる。だからもう少しの間だけ辛抱してもらいたい。

「ありがとう、晶ちゃん。でもボク、今はまだダンジョンから出られないからついて行くことはできないみたい。いつか出られたら……そのときまたお願いしてもいいかな」

『もちろんっ。脱出方法を見つけたときはウチも一緒に迎えに行くからねー』

「お嬢様に相応しき執事になれるよう、我らブラックバトラーの流儀を一から叩き込んでやる」

アーサーは気丈にも天摩さんと執事長の前で笑顔を見せて強がっているけど、また一人になってしまえば寂しくなるだろう。そのときは話相手になってやるから俺に電話でもしろとでも言っておこう。

（さてと。それじゃ帰るとしようか）

これで俺のクラス対抗戦は一段落がついた。予想外の出来事が連続で起こったせいで身体の各部位が悲鳴を上げている。一刻も早く休息を取りたいが、調べることや考えることは山積みだ。これだけの労力を支払わされるのだからアーサーには利子を付けて返してもらいたい。

隣では目の据わった久我さんに「ここで起こったことを洗いざらい説明して」と何度も服を引っ張られ、後ろからはメイド服の執事長にギロギロ睨まれながら、長き戦いが続いた大広間をようやく後にするのであった。

第04章 ✦ 金獅子の勲章

── 早瀬カヲル視点 ──

遠くから大宮さんが一際大きな魔狼を連れて走ってくる。

魔狼を普通に連れてこようとしても足が速く途中で追いつかれてしまうので、遠くから釣るための遠隔攻撃を使わないといけない。だけど大宮さんは弓の扱いがとても上手く、その上、偵察やアタッカーまでいくつものマルチロールをしてくれるので私達の狩り効率が飛躍的に向上している。

「グァウッ！　グァウッ！」

「魔狼一匹、ご案内っ」

ところどころに高い肉体能力が垣間見えるのでレベルでゴリ押ししているような気もしなくもないけど、今はそれがとにかく頼もしい。

「早瀬さん頼んだよっ！」

「ええ、まかせて」

そんな彼女の能力に感心していると魔狼の息遣いが聞こえてくるほど近くまで接近してくる。今度は私がタンクとして初撃を受け、ヘイトを保ち続けなくてはならない。盾を構えながらグループメンバーに合図と指示を出す。

「みんな所定の位置について。ヘイトを取りすぎないように」

「分かった！」「おうっ！」

　盾はあまり使ったことがなかったものの、今回のクラス対抗戦のためにたくさん練習してきたので何とかなっている。２ｍを超える魔狼の体当たりは重いけど、来るタイミングが見えていれば踏ん張れる。

　メインウェポンには右手だけでも扱いやすい細剣。攻撃力は弱いが盾を持ったままヘイトを稼ぐ手段として最適な武器だ。細かく攻撃を繋いでターゲットを私に固定していく。本当はタンクも大宮さんのほうが上手いのだけど、私達の経験と経験値稼ぎを考えて手は出さずに遠くで見守ってくれている。

　一方のグループメンバー達は、私からターゲットを取らないよう様子を見ながら慎重に攻撃を加えていく。今日が初めての魔狼狩りだというのに浮足立つことなく、集団としての立ち回りも安定している。試験も後半戦に差し掛かったけど体も動かせているし体調管理は順調なようだ。

（思い切ってここまで来て良かったわ）

　6階での狩りは大きな賭けと考えていたけど、大宮さんの予想以上の能力に加えてグループメンバーもジョブチェンジを行えたので、十分やっていけるとは思っていた。

　この調子で魔狼を狩り続けられれば、もしかしたら魔石量でDクラスに勝てるかもしれない。午後には精鋭チームの磨島君達が合流する予定で、流れは確実に来ている。今後の学校生活を乗り切っていくためにも、魔狼をどれだけ安定して狩れるかが勝負所となるだろう。

「よっしゃー。これで三匹目！」

「いい感じね。一息入れたらお昼までもう少しだけ頑張りましょう」

「おう！」「がんばろー！」


「おう、お前ら。見違えるような面構えになったな……それにひきかえ俺達は不甲斐ない成績出してしまった。本当にすまない」

「ううん、磨島君達は頑張ってたって聞いてたよっ」

「磨島、ここで俺達と心機一転頑張ろうぜ」

昼食を食べていると合流のため磨島君達がやってきて、挨拶早々に頭を下げてくる。Eクラスの精鋭を集めたというのに最下位を取ってしまったと気に病んでいるけど、Dクラスも高レベルを集めた精鋭達だったし仕方がない結果だと思う。文句を言わず私達のサポートに動いてくれるだけありがたい。

「早瀬。俺達は何をすればいい」

「魔狼を狩れるのは確かめられたけど、周辺にゴブリンライダーがでる場合があるの。魔狼を狩るついでにそれも一緒に狩ってくれると私達の効率が上がるわ」

「確かに。６階に来たばかりでは、あれの対処は厄介だろうな。よし分かった、俺達が受け持とう」

魔狼を従えて騎乗するゴブリンライダーは徒党を組んでいることが多く、また単体であっても不利になると逃げてしまうため倒しづらい。ここでの狩り経験が豊富な磨島君なら問題なく倒し続けられるだろう。

その後もいくつか作戦確認を行っていると、突然小声になって聞いてくる。

「そういえば早瀬……助っ人の話は本当か」

「ええ、大宮さんが連れてきてくれたの。今日は来てもらえるか分からないけど」

「大宮の知り合いか。立木からは何か指示があったのか？」

ナオトからは助っ人頼みの作戦は立てないとの通知がきていた。今回のクラス対抗戦は自分達の力で勝って自信に繋げたいという趣旨が書かれていたけど、もうすでにこの先を見据えたクラス戦略を考えているのかもしれない。

「そうか。立木なりに思うところが……どうした？」

見張りをしていたクラスメイトが慌てたように駆け込んでくる。何か起きたのだろうか。

「おい磨島！　向こうで魔狼がリンクしてるぞ。トレインだ！」

「数は？　皆、戦闘の準備をしろっ！」

「うんっ、みんな急いで！」

トレインと聞いて、あのソレルとかいうクランの名が頭をよぎる。ただ今回は数匹とのことで対処できない数ではない。すぐに防具を着用し盾を持って立ち上がる。

「私も前に出ようかっ」

「大宮さんはトレインを作った犯人を捕らえてほしいの。お願いできるかしら」

「そうだった、あのときは逃げられたしっ。分かったよっ」

「くるぞ！　魔狼……5！」

皆と息を呑んで身構えていると私達の手前10mまで走ってくる男がいた。覆面をしていて顔は見えないけど、もじゃもじゃの髪型からオークロードを連れてきた犯人と同一人物だと推測できる。

男の手には何かの魔導具らしきものが握られており、魔力を通すと突然気配が消え、姿も視認しにくくなってしまった。この目の前からいなくなるような感覚はお面の冒険者にも似ている。

魔狼のターゲットだった男が消えたことでヘイトがリセットされ、吠えながら一斉にこちらに襲い掛かってくる。魔導具を悪用して擦り付けをやったのだ。

私達が魔狼一匹、磨島君達のグループは三匹を担当。大宮さんは残りの一匹をすれ違いざまに一撃で仕留めて、まだ近くにいるはずの男を捕らえに走る。

「みんなっ、慌てないで！　私達なら大丈夫っ」


最後の魔狼を倒し一息ついていると、大宮さんが私達の前に捕らえた男を引きずってくる。

「ハァハァ……だから、俺も絡まれて逃げてただけなんだってば」

覆面が剥がされ、髭とモミアゲがくっついた特徴的な風貌が露になった。苦しい言い訳を口にしてるけど、オークロードのときの写真は持っているので言い逃れはさせない。

「嘘だよっ。あなたの写真はもう出回ってるんだからっ」

「……あぁ？　俺がどこの誰だか分かって文句付けようって……って何すんだ！」

「汚いマネしやがって。ギルドへ突き出してやる」

そんな言い訳など聞かぬと、魔狼を倒し終えたクラスメイト達が取り囲んで取り押さえる。男は暴れながら何度もソレルの名を口にするけど、野放しにしてはまた同じことをやってくる。磨島君の言う通りさっさと冒険者ギルドに突き出してしまったほうが賢明だろう。

するとタイミングを見計らったかのように、向こうから集団がわらわらとやってくる。Dクラスのトータル魔石量グループだ。近くで待機していたのだろうか。

「劣等クラスのゴミ共！　兄貴に手を出しやがってタダじゃ済まさねぇぞ！」

「助かったぜ善。コイツらが言い掛かりつけやがって」

Dクラスのグループリーダー、間仲善。いつも私達のクラスを目の敵にし、この前は颯太に暴力を振るった男だ。今回も話し合いなどする気は全くないようで、有無を言わさず

《オーラ》を使って威嚇してくる。今回のことをうやむやにして乗り切ろうとする意図だろうけど、間仲の視線からはそれ以上に嫌なものを感じる。

「Dクラス共。こっちには証拠もあるんだから暴力に持ち込もうとしても無駄だぞ」

「変な言い掛かり付けやがって。ぶっ潰してやる！」

磨島君が証拠の映像はある、悪いのはコイツだと言い返すものの、間仲筆頭にDクラスの何人かは有無を言わせず武器を抜いて剣先をこちらに向ける。

彼らが手に持っているあれらはモンスターだけでなく人だって殺傷できるものだ。たとえ殺意が無かったとしても当たれば腕の一本くらい簡単に斬り落とせるし、下手をすれば死ぬことだってある。そんなことにならないと思うけど万が一を考えて急いでギルドに電話を掛けなければ――

「この女ァ、何しようとしてた！」

「きゃっ」

「ちょっと！」

髪を掴まれ振り回されてしまったところを大宮さんが手を掴んで割って入る。それが合図となって戦闘となって――しまいかけたけど、Dクラスが一歩踏み出す前に大宮さんが瞬く間に半数を制圧してしまった。本当に凄い。

「悪は許さないんだからっ！」

「テ……テメェ、何だその強さは……」

彼女の予想外な強さに驚き狼狽えるＤクラス。データベースを見た限りではＤクラスのトータル魔石量グループのレベルは7か8くらいが多かったはずだけど、大宮さんの速さに対応できる生徒は誰一人いなかった。ということは、レベル10以上は確実に思える。

私と磨島君らは驚きながらもすぐに電話を取り出し学校とギルドに救助を呼びに入る。こんな事件を起こしたソレルという男も、私達に武器を向けて暴力で封殺しようとしたＤクラスも断じて許してはおくわけにはいかない。

だけど、そうも言ってられなくなってしまった。


風と共に何者かが、見えない速さで部屋に入って来る。

「かはっ……」

「何してくれっちゃってんのよ、コネコちゃん」

誰なのか確認する暇もなく、大宮さんの横腹を蹴り上げて吹っ飛ばしてしまう。突然の闖入者の登場に何が起きたのか頭が追い付かない。

そこに立っていたのは大柄で筋肉質、だけど場違いなほどに派手な男だった。手や耳などには下品なほどジャラジャラとアクセサリーを付けており、背中には金色に装飾された大きな大剣、胸には太陽のバッチと……金獅子の勲章が煌めいている。

（あの勲章は〝指定攻略クラン〟の……まずいわ）

日本政府に高い実力と功績が認められたクランだけが授かることのできる称号、指定攻略クラン。攻略クランを自称する集団は数あれど、指定攻略クランはそう簡単に名乗ることは許されない。金獅子の勲章はそのクランメンバーだけが持つことのできる名誉の証だ。あれを最終目標にしている冒険者も多いと聞く。

だけどソレルは指定攻略クランではない。恐らくもっと上の、有名攻略クランに属している可能性が高い。

一方の大宮さんは数mほど転がって倒れたまま動かない。あの男の蹴りに全く反応できず、もろに受けて気絶してしまったようだ。私と磨島君が状態を確かめに近づこうと一歩踏み出したところで、うねるような強烈な《オーラ》に見舞われる。

「ガキ共ォ、うちのモンに手を出してタダで済むと思ってんのか？」

濃密でおびただしい量の《オーラ》に、私を含めここにいる全ての人が恐怖し、ひれ伏すように蹲ってしまう。どれほど強いのかなんて測ることはできないけれど、私達が束になったところで欠片も勝ち目がないことだけは理解させられた。

クラスの未来のためにも脅しになんて屈してはいけない。それは分かっている。だけどこれほどの暴力を前にして、私に何ができるというのか。

先行きの見えない暗鬱な状況に、心が折れないよう必死に祈るしかなかった。

――ソレルとは。

攻略クラン・カラーズは狂王リッチの討伐という、どのクランも成し得なかった偉業を達成し、今現在の日本において最も勢いのあるクランだと言われている。

元は五つの攻略クランが合併したものであり、それらのクランは今も下部組織としてカラーズを支えている。その下部組織の一つである金蘭会にソレルは属している。いわゆる三次団体だ。

いくら天下のカラーズ系列とはいえ、三次団体ともなればそれほど強い力があるわけではない。継続的に活躍し、昇格していけばトップであるカラーズに入れる可能性もゼロではないので、夢見る若い冒険者達にとっては憧れるクランの一つではあるが、ソレル自体はまだできてから数年と歴史が浅く、功績を挙げようと躍起になっている若く小さなクランに過ぎない。金蘭会の中での序列も、下から数えたほうが早いレベルであった。

だが、それも一ヶ月前までの話。ソレルは未知エリアの発見という、とてつもない功績を挙げたのだ。

　そこにはゴーレムというレベルアップ効率の良い新種モンスターがおり、さらには浅い階層にもかかわらずマジックアイテム入りの宝箱が出現する巨大建築物まであった。未知エリアを独占したカラーズは戦力の底上が容易になり、財政的にも強化され、カラーズ内においてソレルの名は轟くこととなった。

　その結果、当時のソレルクランリーダーは金蘭会の幹部に昇格。新たなクランリーダーには金蘭会メンバーが直々にソレルに出向し、総括するという異例の人事となった。そして出向してきた金蘭会メンバーというのが――


「こちらの～加賀大悟様だ！」

　得意げになってソレルの歴史を誇りながら加賀の太鼓持ちをするトレイン犯。そして自分は未知エリアを発見した張本人だというけど、そんな凄い人物には見えない。

「金蘭会……そんな大物が何故、俺達の試験に介入してくる……」

　強烈な《オーラ》を浴びてなお気丈に顔を上げ、加賀を睨みつける磨島君。間仲兄が言っていた話が本当なら当然の疑問だ。金蘭会は、最上位に位置するカラーズほどではないにせよ、優秀な戦士が多く在籍する知る人ぞ知る有名な指定攻略クラン。そんなところに在籍していた人物がどうして高校生の試験に介入してくるのか。

「わざわざガキ共の遊戯に出張ってきた理由はなァ、使える奴がいるかどうか見るためだ」

　ソレルを武闘派で知られる金蘭会の直参に相応しい強いクランにしたい。けれど現状ではそれに足る人材が乏しい。未知エリアを発見して名声が上がり、莫大なエリア使用料が入ってきた今なら好条件で優秀な人材をスカウトできるのではないかと、冒険者学校まで青田買いしに来たという。

　しかし実際に見てみれば、優秀な生徒は貴族や他のクランの関係者ばかりで手が出せず、フリーである生徒は期待を下回る者ばかり。もう帰ってしまおうかと考えていたらしい。

「けど……まさかEクラスに使えそうな奴がいたとはなァ」

　気絶している大宮さんを横目で見ながら言う。近年は不作続きで劣等クラスと揶揄されたEクラスについてはスカウト対象からは除外していたものの、これくらいの実力者がいるなら話は別。それにEクラスなら優秀だったとしてもどこかの組織に紐付けされている可能性は少ないはず。生徒の情報が書かれたリストを寄こせと凄んでくる。

（やっぱり、魔狼トレインのときから遠くで見ていたのね）

　大宮さんのあの動きを見れば普通でないことくらいは私にでも分かる。でもEクラスに同じくらい強い生徒が他にいるとは思えないし、いたとしても学校のデータベースに本当のレベルは載せていないのでリストを見ても無駄だろう。それ以前に……トレインなんてしてくる外道に仲間を売り渡す道理はない。

「お前らに拒否権はない。ウチのもんに手を出したことは償わせなきゃならんしな……それと、このガキは連れていくか」

「そんな勝手なことはさせるかよっ！」

磨島君が立ち上がって殴りかかる――が、加賀はその攻撃を見もせずにふわりと躱して、振り返りざまに鳩尾に拳をめり込ませる。先ほどの《オーラ》を見て分かってはいたけど、大宮さんですら躱せないほどの速さで蹴り飛ばした実力は本物だ。私達程度が拳を繰り出したところで掠りもしないだろう。

磨島君が崩れ落ちるのを見て、ソレルメンバーとDクラスがせせら笑う。劣等クラスのくせに。雑魚が粋がるなと。確かに私達の実力は低い。それでも譲れないものくらいある。

（何と言われようとも大宮さんは命の恩人で、大事な仲間。絶対に渡すわけにはいかない！）

大宮さんを連れていこうとする理由は彼女の背後を確認し、その後に脅迫し従えるためだろう。貴族や士族でない一般人が金蘭会という武力に抗うことなど不可能。司法に脅迫されたと訴えても泣き寝入りをするしかない。そんなことにはさせてなるものか。

大宮さんの前まで走っていき両手を広げて立ち塞がる。強大な相手だからと震えて見ているだけの人間に、望む未来なんてやってくるわけがない。その程度の弱い心では何も掴めず挫けて、折れて、腐った学校生活を送るだけだ。クラス対抗戦とかその後の成長だとか言ってる場合ではない。

「あァん？　何のつもりだ。まだ実力差を理解してないのか？」

「俺に任せて下さいよ加賀さん。コイツは前から狙ってたんです」

「雑魚に用はねェ、好きにしろ。おい連れていくぞ！」

間仲が下卑た顔で私の全身を舐めまわすように見ながら任せろと言う。以前の颯太と比べても何十、何百倍も嫌な視線だ。何を仕掛けてくるのかと警戒して見ていると、構えも無警戒に取らず手を伸ばしてきたので掴んで投げ飛ばす。

「痛ってぇ……テメェ！　優しくしてやろうって思ってたがもう容赦しねーぞ！」

メイスのようなものを取り出して地面を叩き威嚇してくる。私よりレベルは上だろう。だとしても絶対に負けてやるものかっ！

私の気概を感じ取ってくれたのかクラスメイト達も続々と私の隣に立ってくれる。たとえ間仲に勝ったとしても背後には格上のソレルメンバーが何人も控えている。私達が束になって挑んだところで敗色濃厚な状況は変わらないだろう。それでも、一緒に立ち向かってくれる仲間とは何と心強いものか。

「おいおい面倒クセェな。そいつらにはソレルの怖さをきっちり叩き込んでおけよ。俺はそこのガキを連れて帰るわ。じゃあな」

「かっ……はぁ……お前ら、大宮に手を出したら……俺らの助っ人が黙っちゃいねぇぞ」

「あァん？」

倒れていた磨島君が咳き込みながら吐き捨てるように言う。大宮さんを連れて行こうとしていた加賀は歩みを止めて先ほどの言葉に思考を巡らす。

「それはどこの、どいつだ」

「ええと……そんな奴いたのか？　劣等クラス共、答えろ！」

「呼べ。その助っ人やらが俺に勝てたら今までのことを全てチャラにしてやるよ。お前ら陣を張れ！」

大宮さんがどこかの紐付きだとは思わなかったのか、はたまたEクラスに助っ人がいることに疑問を覚えたのか。何に興味を引かれたのかは分からないけど、ソレル達はキャンプ用品を取り出してこの場に陣を敷き始めた。私達が逃げ出さないよう出口に居座る気だ。

だけどクラスメイトを救ってくれた恩人をこんな物騒な場所に呼び出すのは躊躇われる。

それに大宮さんと相談も無しに決めることはできない。

「（磨島君、そんなことを言って大丈夫なの……？）」

「（助っ人だって大宮が連れ去られるよりはマシだろう……もとより、俺達だけではどうやったって守れなかった。その手しかなかったんだ）」

「（それは……大宮さんも目を覚ましたようだし、相談してみましょう）」

クラスメイトが気絶した大宮さんの頭を抱きかかえて介抱していると、ようやく目を覚ましてくれた。脇腹を蹴られていたけど、骨や内臓に異常はなさそうに見える。

「私、お腹蹴られたんだね。気づかなかったよっ」

まだ少し痛むけど軽い打ち身で済んでいると言う。吹き飛ぶくらい強く蹴られてたのにその程度で済む頑丈さには驚くけど……でも、本当に良かった。

早速何があったのか説明してみる。お面の冒険者の連絡先は大宮さんしか知らず、呼ぶかどうかの主導権も彼女にある。どうするのか聞いてみると、元々この後に合流して狩りを手伝ってくれる予定だったようだ。

「でも、あの子はとっても大事な人なの。そんな危ないことに巻き込むわけにはいかないよっ」

「だがお前を連れ去ると言っていた。それだけでなく俺達のトータル魔石量の辞退まで要求してきたんだ。あいつらは何でも暴力で押し通そうとしているんだぞ」

「そ、そんなことまで……でも……」
Ｄクラスは最初から私達トータル魔石量グループにトレインをぶつけて、駄目なら脅して辞退させる作戦だった。ソレルにいたっては大宮さんを連れていくとまで言っている。そんな理不尽な要求は受け入れるわけにいかない。かといって、この場を切り抜けるアイデアもない。ではどうするのかと磨島君が問う。

「なら私が倒してあげるっ。さっきは油断したけどもう負けないから！」

「無理だ。アイツの《オーラ》は異常の域だった。お前が強いのは認めるが、金蘭会の名は伊達じゃない」

「やってみないと分からないよっ」

「いいぞ。お前らの助っ人が来るまで暇だからな、少し腕前を見てやる」

　こちらの様子を見ていた加賀が「拳で相手してやろう」と金ぴかの大剣を放り投げ、不敵な笑みを浮かべながら近寄ってくる。いくら大宮さんが強いと言っても、あの《オーラ》を体感した身としては勝機があるとは思えない。止めようとしたけど「大丈夫だよ」と笑顔で言われて何も言えなくなってしまう。

「悪は……許さないんだからっ！」

「フハッハッハ、正義を貫くにも実力は必要なんだぜ？」

大宮さんは拳をパチンと合わせて気合を入れると、重心を落としリズムを取りながら構えを取る。対する加賀はだらりと腕を垂らした自然体だ。金蘭会という有名クラン出身の冒険者に、劣等と蔑まれたEクラスの仲間が立ち向かっている。その姿に違和感と高揚が綯い交ぜになった不思議な感覚を覚える。

Dクラスやソレルのメンバー達は負けるわけがないと高を括って笑いながら見ていたけど、それも戦闘が始まるまでの話だった。

大宮さんが地面を蹴り上げて瞬く間に間合いを詰めて正拳突きを仕掛けると、加賀は腕をクロスさせ真っ向から受け止める。その速度と風圧にソレル陣営からも驚きの声が上がる。そこから目にもとまらぬ速さで突き蹴り、裏拳、回し蹴りの高速コンボをお見舞いする……だけど、余裕の表情で全て受け止められてしまっている。

「速さはまずまずだが、攻撃が素直過ぎるな」

「くっ」

加賀は防御しながらも大宮さんの袖を掴んでバランスを崩し、躱せないようにしてから背中に蹴りを叩き込む。かなり重い一撃だったのかよろめいて咳き込んでしまう。それでもダウンせず、気丈にも構えを取ろうとする。

（凄い戦い……でも）

今見た攻撃のどれもが速く、鋭く、はっきりいってEクラスのレベルからは大きく逸脱していた。Cクラスの組手を一度だけ見たことがあるけれど、それと比べても全く劣らない攻撃だった。だというのにこれほどまでに通用していないのはレベル差があるからなのか、対人経験の差なのか。きっと両方だろう。

予想以上の格闘戦に互いの陣営が静まり返っている。劣等クラスと馬鹿にしていたDクラス達は口をぽかんと開けながら何が起こったのか凝視しているし、ソレルのメンバーは目つきを変えて興味深そうに観察している。私達ももちろん驚いていたものの、絶望的な状況は何一つ変わっていないので険しい顔にならざるを得ない。できることなら助太刀してあげたいけど、あの高レベルの戦いの前では足手まといになるだけだ。

――そんな緊迫した戦いの最中に、妙な鼻唄が聞こえてきた。

「ふんふんふ～ん、おっ金～おっ金、ふんふん♪」

なんとも間の抜けたメロディーと歌詞……その場違いな鼻唄が聞こえてくる方向に目を向ければ、何者かがスキップをしながらこちらに向かってきているのが見える。

一見、普通のスキップのようだけど、かなりの速度でクルクル回ったりジグザグしたりと不規則に動いているのに全く足音がしない。何故なのだろう。

その異様な人物の接近を、この場にいる皆(みな)が目をしばたたかせて見ていた。

第05章 ✦ フェイカー

── 早瀬カヲル視点 ──

「ふんっふふん……ふん？」

高速かつ不規則なスキップで近づいてきたのは、やはりお面の冒険者だった。今日も助っ人として来てくれたのだろう。

だけど私達と同じ部屋にＤクラスや見知らぬ男達がたくさんいることに気づくと部屋の入口で立ち止まり、盛ん(さか)に首を傾(かし)げ始める。状況が掴めないのも無理はない。

「あァん……誰(だれ)だ？」

「かっ……か、仮面ちゃん！　来ちゃ駄目！」

大宮さんがいることに気づいたお面の冒険者は、まっすぐに走ってきて抱き着いてしまう。ただ髪や呼吸が乱れ、顔が紅潮しているのを見て再び首を傾げている。

「助っ人……のようには見えねぇな。どうなんだ、善(ただし)」

「弱そうだし、違うんじゃないの」

間仲兄弟がお面の冒険者を見ながら自分より弱そうだと言いつつも、足の速い魔狼がポップするこの６階をソロ行動するなんて普通ならしないはずだと訝しんでいる。

「早瀬、あれがそうなのか」

「ええ。私達を助けてくれた冒険者よ」

磨島君が険しい表情をしながら小声で聞いてくる。私はお面の冒険者がオークロードトレインを１分足らずで壊滅に追い込んでいる現場に居合わせたし、その後にオークを一撃で斬り捨てたり、片手で投げ飛ばしたりしているのを目撃している。小柄だとしてもあの細腕には驚くべき力が秘められているのだ。

だけど彼女の強さを見たことのない磨島君達は、がっかりした態度を隠しきれていない。肩を落とし嘆いているクラスメイトもいる。恐らく彼女の見た目だけで判断してしまったのだろう。

一流の冒険者とは装備も一流というのが常識。強そうに見せることは他の冒険者から一目置かれ、ギルドやクランに厚遇されることにも繋がる。加賀のように強い冒険者ほど派手な格好を好む傾向があるのも、そういった理由がある。

だというのに彼女の装備はみすぼらしく見えるボロのローブと古びて黒っぽくなった木

製のお面。その上、武器は装飾一つないシンプルなダガーを腰に差しているだけ。小さな体格と相まってその見た目からは強さが欠片も見て取れない。

（でも、あれはただの装備ではないはず）

何かしらの魔法が付与されたマジックアイテムだと私はみている。存在感を消すような、もしくは弱くみせるような効果があるのかもしれない。

「あぁ……ごめんねっ。危ないことに巻き込んでしまって」

大宮さんがやさしく抱擁して再会の挨拶をする。お面の冒険者はどうしてこんな状況になっているのか知りたいのだろう、頻りにこちらを無言で見て状況説明を求めてくる。私が前に出ようとするとソレルの男達が騒がしく割って入ってきた。

「このちっこいのがお前らの助っ人だって？」

「加賀さんの期待する実力には遠く及ばなそうだな。どうする」

「もしもということはある。《簡易鑑定》で見てみるか」

ソレルの一人がお面の冒険者に向けて無遠慮に鑑定スキルを放つ。一体どのくらいの強さなのか、その結果を聞こうと誰もが耳をそばだてる。だけど男の表情を見るに、あまり良くない結果がでたようだ。

「あれ……〝弱い〟ってでたぞ」

「弱い？　お前レベル10だったよな……ということはレベル8かよ」

「あ〜あ、こりゃ加賀さんキレちまうぞ」

《簡易鑑定》は使用者からみて相対的な強弱判定しかできない。レベル10から見て〝弱い〟という表示は、スキル使用者よりレベルが2低いということ。つまり、お面の冒険者はレベル8ということになる。だけど。

（あれほどの強者がレベル8なわけがない……）

　目に追うのが難しいほどのスピードで走り回り、100kg近いオークを片手で投げ飛ばす膂力。あのオークロードでさえ全く相手にならなかった。とてもじゃないけどレベル8ができる芸当ではない。鑑定阻害、もしくはステータスの偽装でもしているのだろうか。だとしたら何故そんなものを……

「レベル8かよ、ビビらせやがって！　加賀さんの手を煩わせるほどでもねぇ。こんなヤツ、俺が倒してやるぜっ」

「ん〜もしかすると……まァいい。やってみろ」

　自分よりレベルが低いと分かると、お面の冒険者を挑発しだす間仲兄。睨みつけて、掛かってこいと露骨な挑発ポージングをする。先ほど大宮さんに投げ飛ばされたことを根に持っているのか、はたまた弟に良いところを見せたいだけなのか、先ほどまでと打って変わって随分とやる気を見せている。加賀は何か引っかかるような曖昧な態度を見せたものの、決闘の許可をだしてしまう。

「ワンパンだ。こんなチビ、ワンパンで仕留めてやらぁ」

「……」

人差し指を頭上高くに掲げ、弟に向かって一発ＫＯ宣言する間仲兄。一方のお面の冒険者は受けて立つつもりなのか、ゆっくりと近づいて間仲兄の顔を……じっくりと見返す。睨み返しているのかと思いきや、何度も首を傾げていることから見覚えのある顔かどうか調べている様にも見える。

「かっ、仮面ちゃん、危ないことは駄目だよっ」

「だが大宮。あんな奴くらい大丈夫なんだろ？」

「でもっ。あの子は……」

大宮さんとしては、どうしてもお面の冒険者を戦わせたくないようだ。負けることを危惧しているというよりも、純粋に危ない事から遠ざけたいという保護者みたいな振る舞いを見せている。

「いい見世物を期待してるぜ、間仲君よ」

「それじゃルールはいつものでいくか」

ソレルメンバーが勝手に決闘のルールを決めていく。冒険者同士の決闘はよくある事らしく、武器は禁止、どちらかが戦闘不能、または降参するまでというルールでいくとのことだ。

私闘(しとう)は違法(いほう)であるが、人目に付かないところで殴り合うだけならば冒険者ギルドも見て見ぬふりをしている。気性(きしょう)が荒(あら)くプライドの高い冒険者のガス抜きにもなるからだ。とはいえ、肉体強化された者同士で殴り合いの展開となれば死ぬことも普通(ふつう)にあるのでそれなりのリスクはでてくる。

お面の冒険者にとってもこんな安い挑発を受ける理由はないと思っていたけど、先ほどからシャドーボクシングをして驚くほどやる気を見せている。彼女(かのじょ)をそこまで駆(か)り立てる理由でもあったのだろうか。

「そんじゃ立会人やってやるか。両者前へ出ろ」

「おうおうおうっ、俺に本気を出させてみろよ、チビ助」

「そんな奴、軽くぶっ飛ばしてソレルの強さを見せつけてくれ、兄貴！」

「……」

ソレルやDクラス陣営は「このままでは賭けにもならない」と笑いながら見ている者が

いれば「一発で倒さず、ボコボコにして見せしめにしろ」とかいう過激な者までいる。加賀は先ほどまでと打って変わって大人しく見ている。

一方の大宮さんはウロウロとして落ち着きがない。いつも前向きで多少のことでは動じない性格だと思っていたのに、こんな彼女を見るのは初めてだ。でも間違いなくこの決闘には勝てるはず。あの男はワンパンで倒すと言っているけど、お面の冒険者にパンチを当てることすら難しいのではなかろうか。

「(これはチャンスかもしれないぞ)」

「(どういう意味？)」

磨島君がこっそりと耳打ちしてくる。これまでのどうにもならなかった絶望的な状況で、お面の冒険者が勝てば〝二つの意味〟で交渉カードとして使えるかもしれないという。

一つはEクラスの意地を見せられること。身勝手な挑発から生まれた私闘とはいえ、助っ人同士の勝敗には多少なりとも意味が出てくる。お面の冒険者が勝つということは私達の勝利とも言えるため、ここは引けと交渉できるかもしれない。

もう一つはこの決闘で加賀の関心がお面の冒険者に移ることだ。今も加賀はこの決闘の成り行きを注視している。このままEクラスや大宮さんに対する興味を失ってくれれば、この場を乗り切れるかもしれないという。でもそれは自分達だけが助かりたいというあまりにも身勝手な考えだ。

「（お前の言いたいことも分かる。だが加賀の強さは別格だ。俺達でどうにかなるものじゃない。ならば奴の関心の矛先だけでも逸らすしかないんだ）」

確かにあれだけの《オーラ》を放つ加賀には、お面の冒険者でも勝つことは無理だろう。他に方法がないというのも分かる。でも磨島君の考えに乗るわけにはは――

「よぉし、それじゃ始め！」

そうこう悩んで考えているうちに決闘が始まってしまった。互いが向き合って構えを取っていたところ、開始の合図と同時に間仲兄が最初に動く。

「すぅーぱぁーとるねーどぉぉ！」

何かの技名を言いながら踏み込み、木製のお面に向かって一直線に拳を振り下ろそうとする。その速度はレベル10と言われてもおかしくないほどに速くて鋭い。直後、その運動エネルギーに見合った「パァン！」という大きな音が鳴り響いた。

だけどそれは当たったのではなく、拳を手の平で掴んで止められた音だった。

首をコテリと傾げるお面の冒険者。間仲兄は自分よりレベル2も下の冒険者に、しかも片手で受け止められるとは思っていなかったのか、驚きのあまり目を見開いて固まっている。かなり動揺しているようだ。

「おぉっ……おっと。気づかないうちに手加減しちまったぜ……って放しやがれ！」

「フンッ」

「お？　おぉ……ぎゃっ」

　仕切り直して手を引こうとするが、お面の冒険者は掴んだ拳を離さない。そのまま振り回して地面に叩きつけてしまう。その際にビターンという大きな音がしたけど、さすがはレベル10。あの速度で打ち付けられてもまだ意識はあるようで、決闘は止まらない。

「ぉ……ぉ……ま、参っ……」

「フンッ」

　何かを言おうとするけどその前に持ち上げられ、再びぐるりと振り回された後に反対側の地面にビターンと叩きつけられてしまう。それがトドメとなり地面に張り付いたまま間仲兄は動かなくなってしまった……

　圧倒的パワーを見せて勝利したことに唖然としたものの、我に返ったクラスメイト達が声を上げて喜びを爆発させる。

「ふっ、ふざけんなっ、兄貴があんなチビに負けるわけが無ェだろ！　何かやりやがったな！」

　ガッツポーズをしたり抱き合って喜んでいると、間仲弟が顔を真っ赤にして言い掛かりを付けてくる。剣を抜いて今にもお面の冒険者に斬りかかろうとしている――ように見えるが、一歩も踏み出さず威嚇するだけにとどまっている。レベル10の兄でも全く勝負にならないほど強い相手なのだと、本心では分かってはいるのだろう。

「やはり〝フェイカー〟だったか……貴様の所属クランはどこだ？　まぁどこでもいいか。フェイカーだというなら旧貴族の狗に変わりはない」

　地団駄を踏む間仲弟を押しのけて、後ろで眺めていた加賀が前に出てきた。フェイカーとは一体何を意味する言葉だろう。

　背後のメンバーに「そこで伸びてる奴をどけろ」と指示すると、今までの緩い表情ではなく、殺気すらこもった鋭い目でお面の冒険者を睨みつける。その直後に凄まじい《オーラ》が放射状に吹き荒れた。

「うちの頭が戦争したがってたぜェ。とりあえず、その仮面を引っぺがえして晒し者にしてやる」

（うっ……またこの《オーラ》……）

　胸の奥底から込み上げてくる恐怖が「この男に服従しろ」と訴えかけてくる。抗いたくても本能がそれを許さない。それは皆も同じで、まるで王に跪くかのように頭を垂れて蹲っているのが見える。これほどの格を持った冒険者なら、私達程度の相手に戦うことすら必要ないのだ。

そんな男の敵意と《オーラ》を一身に浴びているお面の冒険者は、ただただ首を傾げるばかりだった。

第06章 ✦ まだ遠く及ばないけど

―― 成海華乃視点 ――

「うちの頭が戦争したがってたぜェ。とりあえず、その仮面を引っぺがして晒し者にしてやる」

ジャラジャラと金や宝石を大量に身に着けた派手な男がこちらを睨みながら意味不明なことを言ってくる。どうしてこんな状況になっていたのかさっぱりだけど、仮面を取ろうというのなら〝あの女〟に正体がバレるので阻止しなければならない。

「仮面ちゃん……逃げてっ！」

後ろでサツキねぇが息も絶え絶えに言う。無遠慮に《オーラ》をばら撒いているせいで、この部屋にいる人達が蹲って苦しんでいるではないか。

レベル差がある格上の《オーラ》は私も身をもって体感したことがあったけど、心が折れるまで一瞬だった。ただ諦めることしかできなかった。あの状況に陥っても立ち向かうなんて……おにぃを除けば無理だろう。

　このまま放っておくと心身に大きな負担をかけるので早々に何とかしたほうがいいけど、どうやって止めようか。


　目の前の派手な男の胸には私が先ほど投げ飛ばしたバカと同じ太陽のバッジを付けているので、ソレルというクランなのだろう。サツキねぇの体を痣だらけにしたのも、この男の仕業に違いない。ソレルはどうしようもない悪党集団だとママも言っていたし、遠慮せずに叩きのめしてもいいのかもしれない。

「どうした。俺の《オーラ》に怖気づいたか？」

　余程の自信があるようで、私と数ｍも距離がない位置で武器も持たず棒立ちしながら挑発してくる。《オーラ》の量から察するに私より一つか二つレベルが高いかもしれないけど、この距離で棒立ちできるほどの余裕はないはずだ。

　私のレベルと速度を過小評価しているのか。それとも対抗できるほどの強力なマジックアイテムを持っているのか。とりあえず鑑定ワンドを使って調べてみよう。

　魔石が先端に付いた15㎝程の長さの棒切れ。それが入れてあるポケットに手を突っ込んで魔力を流す。すると――

〈名前〉　加賀大悟（かがだいご）
〈レベル〉　Lv22
〈ジョブ＆ジョブレベル〉　ウォーリア　レベル10
〈ステータス〉
最大HP：68
最大MP：53
STR：43　＋6
INT：49
VIT：58　＋8
AGI：39
MND：41
〈スキル　4／4〉
〈偽装確率〉　極小

項目（こうもく）リストがいくつも脳裏（のうり）に浮かんでくる。この鑑定ワンドは《簡易鑑定》よりも精度が高く、《フェイク》などの偽装スキルも突破できる。偽装確率も〝極小〟とでているので信用してもいいだろう。

レベルは一つ上だけどステータス自体は全体的に私より低く、レベル差は特に考慮する必要はない。

ジョブは中級ジョブのウォーリア。スキルが四つのみということはスキル枠を1つも拡張していない。ソレルはカラーズ系列のクランだと聞いているけど、末端のクランでは情報が制限されているのか。それとも、おにぃのダンジョン知識が凄いだけなのか。きっと両方なのだろう。

――以上の鑑定結果から不安要素は何一つ見つからなかった。この決闘もさっきと同じように武器無しルールのようだし、私としても是非とも戦ってみたいと思っている。実戦形式で確かめてみたいことが山ほどあるのだ。

それに、私にはいくつも取って置きがあるので、そう慎重にならなくてもいいかもしれない。負けるわけがないのだから。

「《簡易鑑定》かァ？　そんなスキルを入れてるとかなっちゃいねーな……まぁいい。少し遊んでやる」

《簡易鑑定》は貴重なスキル枠を一つ潰すので、戦闘職が持っていると見くびられる要因になると聞く。だけど私は鑑定ワンドを携帯しているので鑑定スキルはもう消してあったりする。ちなみにこのワンドの存在は成海家マル秘ランキングの上位に記載されているので、誰にも言ってはならず、バレてもいけない。

男は悪そうな笑みを浮かべて構えを取る。腕の位置は若干低く、後ろ足に重心があるオーソドックスな受けの構え。私が鑑定スキル持ちだと勘違いしたせいか先ほどよりも余裕の表情だ。向こうから仕掛けてこないというならば、私から行くとしよう。

（さぁ、上げて行こう。《アクセラレータ》）

足元に加速魔法の青白いエフェクトが現れると同時に地面を蹴り上げ、数mの距離を瞬き一つの時間で縮める。ガラ空きの左頬に拳を打ち込もうとするけど、私の速度に驚きながらも即座に反応して腕を上げ、ガードを間に合わせてきた。

そのガードの上から手加減抜きの力で殴る。真横に吹っ飛んでいる間に側面に回り込んで今度は回し蹴りを入れる――が、これも見えていたのか瞬時に両腕をクロスしてガードをしてくる。それでも構わない、主導権は私にある。

蹴り飛ばして壁際近くまで追い込むと、私の進行方向を読んでパンチを重ねてくる。でも、それは見えているので若干身を屈めてダッキングで躱しカウンターを合わせる。しかしこれも首の動きだけで躱され、すぐに距離を取られてしまった。

（あれ。もしかしてこの人……強いのかな？）

ステータスと《アクセラレータ》のおかげでＡＧＩは私の方が倍近くあるはず。先手も取れたというのに全てをガードし、その上、反撃までしてくるとは。速度が速い相手との戦いに慣れているのかもしれない。

「ハァ……こりゃ、トンでもねーな。舐めていた……ハァ……だが、これでテメェの所属は確定した」

また変な事を言い出した。けど所属とは何のことだろう。もしかしておにぃ達と作った秘密結社がバレたのだろうか。バレても別にどうということはないけど。

「フェイカーだから〝くノ一レッド〟傘下のどこかだと疑っていたが、まさか〝朧〟だったとはな……ボコボコにするくらいで済ましてやろうかと考えてたが、朧だけは許さねェ」

くノ一レッド？　あそこのユニフォームは露出多めのくノ一スーツだ。こんな茶色くて地味な格好なのに、あんな破廉恥集団とどう間違えたというのか。

そして朧といえば、「悪い子は朧に連れ去られてしまうぞ」と子供に躾として使う、架空上の悪の組織だ。そんなおとぎ話を大人になってまで信じているとは、意外と夢見がちな人なのかもしれない。

だけど私の何かで朧のメンバーだと確信すると、態度は豹変し瞳の奥に憎悪に満ちた炎を灯す。武器無しルールだというのに後ろに置いてあった金ぴかの大剣を持ち出してくるではないか。この様子だと朧は本当に実在しており、過去にソレルとクラン抗争をやっていたのかもしれない。それにしても——

先ほどの格闘戦を経験してもなお、勝てると思っているのは何故だろう。戦闘経験が豊富というのは分かったけど、それでも私のスピードに付いてこられてなかった。アドバンテージがこちらにあるのは変わらないはずだ。もしかしたら私と同じように戦況を覆す取って置きを持っているのだろうか。

「テメェのところにはウチのモンが何人もやられてきてんだ。お前の首を持ち帰ればカラーズに昇格できるかもしれねェ。この場で俺の糧となりやがれ！」

「まっ、まずいぞ。加賀さんがあの剣を使うぞ！」

私に殺意を向けながら金ぴかの鞘から刀身を引き抜こうとする。それは淡く薄緑色に光っており、生暖かい風をゆったりと漂わせている。風系のエンチャントウェポンだろう。おにぃから教わった知識を思い出してみる。

（風エンチャントは切断力アップと……あと何だっけ？）

同じ風エンチャントでも切断力アップは高周波音がすると言っていた。この風をまき散らすタイプは攻撃速度付与……でもない。衝撃付与だ。

あの大剣は斬るというより叩き潰すもの。その上さらに衝撃付与まで加われば、まともな装備では防御するのも難しくなる。あんな武器を使ってくるのなら――私も遠慮しないでいいよね。

後ろに置いてあった30㎝ほどの大きさの巾着袋まで一っ飛びし、中から1mほどのブーストハンマーを2本取り出す。赤く周期的に光っている方にファイアエンチャント、ヘッドの部分にバチバチと電気が走っている紫色の方にライトニングエンチャントが付与されている。

これらを使えば衝撃付与の大剣だろうと何だろうと十分に打ち合える。というかあんなピカピカな見た目だけの武器に負けるわけがないのだ。

「なっ、なんだありゃぁ！　あんな小さな袋からなんてものを取り出すんだ」

「あんな武器、見たことねぇ！　炎と雷を纏っているぞ。しかも2本だと⁉」

「怪物同士の戦いだ、ヤバイ！　逃げろォ！」

「俺達では手に負えない。大宮、早く逃げるぞっ」

「でっ、でも」

　ソレルらしき男達が私の武器を見て驚き、騒ぎ出して一目散に逃げ出す。するとそれに釣られて冒険者学校の生徒も恐怖の表情を浮かべながら逃げ始める。目の前の男次第ではサツキねぇ達も巻き込んでしまうので、逃げるよう頷いて合図を送っておく。それはともかく。

（こんな純真可憐な女の子に向かって怪物とは失礼しちゃうんだけどっ！）

　苛立ちをぶつけるかのように1つ約60kgのハンマーをそれぞれの手に持って素振りをすると、ブンッブンッと小気味よい風切り音が奏でられる。

　レベル21ともなれば私の体重以上の重さであっても片手で苦もなく持ち上げられるようになるけど、考えなしに振り回せば私自身があらぬ方向に飛んでいってしまう。最初はそれで苦労したものだ。

　それでもブラッドなんちゃらを毎日何時間もぶっ叩いているおかげで、重心を取りながら振り回すコツは掴めた。今日はその成果をとくと見せてあげよう。

「両手武器を2つ同時だとォ？　舐めやがって」

　そう言うと怒気を放ちながら金ぴかの剣にさらなる風を纏わせる。別に舐めているわけではないのに。そういえば私とおにぃ以外で二刀流を使っている冒険者は見たことがないけど、もしかしたら珍しいのかもしれない。

私も武器に魔力を通し、ブーストハンマーを起動させる。するとモーター音と同時にヘッドの片方がパカリと開き、ロケットブースターのように展開して光を放ち始める。この状態で勢いよく振るうと爆炎が出て加速支援してくれるという面白い機構が付いた武器なのだ。

ブーストハンマーをくるりと回しながら構えを取り、あの時のおにぃを強く、強くイメージする。変幻自在の剣捌き、神速の如き立ち回り、決して折れることのない不屈の闘志。それらが今もなお色褪せず、くっきりと私の脳裏に再生される。うんっ、絶好調。

まだおにぃには遠く及ばないけど、それでも少しずつ近づいているはず。そう思うと気分が高揚し、次から次へと勇気が溢れ出してくる。

（さぁ、行こうっ！）

第07章 ✦ 真なる勇者の力

――早瀬カヲル視点――

目にもとまらぬ速度でパンチが放たれ、そのたびに空気が弾けるように震える。あれだけの《オーラ》を放つ加賀を、まるでピンポン玉のように殴り飛ばし壁際まで追い込むとは。小柄な体躯からは想像もできないほどのスピードとパワーに、この場にいる誰もが目を丸くして言葉を発せずにいた。

（これほどだなんて……一体どれだけの実力を隠していたというの）

オークロードを含む巨大トレインを1分で沈めたそのときよりも、さらに速く力強い。地味な見た目と実力とのギャップが彼女を一層底知れないものとしている。

それでも流石は金蘭会のメンバーだ。速度で負けていても加賀はしっかりとガードを成功させて間合いを取り、仕切りなおした。そんな十秒にも満たない格闘戦の最中、お面の冒険者の正体に心当たりがあるという。

「フェイカーだから〝くノ一レッド〟傘下のどこかだと疑っていたが、まさか〝朧〟だったとはな……」

（朧!?　噂では聞いたことがあるけど……）

それを聞いてクラスメイト達もどよめき出す。

秘密結社、朧。その噂は様々だ。数ある都市伝説や陰謀の背後にはこの組織の名がたびたび登場し、日本国民なら誰もが知っている悪名高き組織。所属メンバーは誰一人として知られておらず、一説によればその首に途方もない懸賞金が懸けられているとか。テレビや雑誌でも面白おかしく特集しているのを何度も見たことがある。

私はそんな組織が存在していることに懐疑的……いえ、全く信じていなかったけど、加賀は確信しているようだ。素手で戦うという決闘ルールを無視して後ろに置いてあった派手な装飾が施された大剣を持ち出し、魔力を通しながら鞘から引き抜こうとする。

（あれは、エンチャントウェポン！）

刀身が緑色に鈍く光っており、魔力の風が吹き込んでくる。エンチャントウェポンはとても珍しく高価で、第一線で活躍する冒険者でもそう簡単に手に入るものではないと聞く。

あれにどんな効果が付与されているのか分からないけど、ソレルメンバー達の慌てた様子を見た限りでは相当に強力なもののようだ。

それを見たお面の冒険者も後ろに走っていって、小さな革袋（かわぶくろ）から巨大な武器を取り出してきた。あの革袋がマジックバッグだということに驚きながらも、取り出された異色すぎる武器に二度驚く。

自身よりも重そうなハンマー型の武器を２本。しかも両方ともエンチャントウェポンのようだ。赤く光る方は恐（おそ）らくファイアエンチャントだろう、有名なエンチャントなので知っているけど……もう一方はバチバチと紫電（しでん）を纏（まと）っている。あれは何なのか。見ているだけでも不安に駆られてしまう。

さすがにもう危険だ。あの二人が全力で戦うことになれば、この部屋に安全な場所などなくなってしまう。磨島君や周りにいるクラスメイト達も危険を察知し、慌てて避難（ひなん）し始める。

「怪物同士の戦いだ、ヤバイ！　逃げろォ！」

「ここにいては危ない。大宮、早く逃げるぞっ」

「でっ、でも」

これから始まるのはルール無用の命を懸けた死闘（しとう）。見学するにしても、この部屋からは出たほうがいいだろう。渋（しぶ）る大宮さんの手を引っ張って部屋の入り口まで一緒（いっしょ）に避難する。

同じように避難したDクラスやソレル達もこの超一流の決闘に興味があるのか、狭い部屋の入り口にぎゅうぎゅうになって集まって見学しようとしている。

そのため「オイ押すなって」「ちょっとっ！　どこ触ってるのっ！」といった具合に接触の混乱が起きるのは必然だ。私もお尻を触られた気がするけど、こんな非常時にそんなことをするとは思えないので気のせいということにしておく。


お面の冒険者が2本のハンマーをそれぞれの手に持ち、くるりと回して構えを取る。あれは二刀流というスタイルだ。それを見た加賀が怒気を放つけど、それはそうだろう。一般的に冒険者が使う二刀流は弱いとされているからだ。

二刀流スタイル自体は珍しいものではなく、宮本武蔵が開いた二天一流など、現代でも二刀流古武術がいくつも継承されている。実際に戦場でも二刀使いは無類の強さを誇ったというし、私も剣道で何度か戦ったことがあるけど本当に手強い相手だった。しかし冒険者同士の戦いとなれば話は別だ。

冒険者最大の攻撃であり要でもあるウェポンスキル。それを二刀流の状態で放てばどうなるのかというと、利き腕しか発動せず、さらに威力は半減。スキルによっては発動すらしなくなってしまうという致命的な問題を抱えることになる。そうまでして二刀流スタイルを貫くメリットがないというのが冒険者の常識だ。

（それでも二刀流をやる理由があるというの？）

あのお面の冒険者が本当に朧所属なのかは分からないけど、ただ者ではないことは確かだ。ウェポンスキルの弱体化というデメリットを承知の上で二刀流を使うというならば、何かしらの理由があってもおかしくない。

そんな思惑はお構いなしに、お面の冒険者がハンマーを軽々と振り回して魔力を通す。すると2本のハンマーが妙な物音を立てながら変形し光を放ち始めた。超一流の冒険者とは、こうも未知が多いものなのか。

数秒ほど睨み合い、両者がふらりと前傾姿勢になる。


（始まるっ！）


最初の一歩を踏み込んだと思ったら一瞬にして間合いが詰まり、直後にドゴンッと重い音が鳴り響く。その衝撃により飛ばされ土煙が円環状に巻き起こる。ハンマーと大剣がぶつかる音というよりは、武器に付与されたエンチャント同士がぶつかる音だろうか。

お面の冒険者はすぐにもう一方のハンマーも振り下ろして次々に連打を浴びせる。ハンマーが振るわれるたびに強烈な閃光が放たれ、恐るべき速度で撃ち込まれている。

まるで右手と左手のハンマーが独立して襲い掛かっているような、それでいて互いの隙を補完しているような奇妙なまでに完成された動き。自分の体重よりも重い武器をあんなに自由に振り回していたら、いくら膂力があったところで自身が振り回されてしまう……と思うのだけど何故かそうはなっていない。

（2本のハンマーを振るうタイミングで上手くバランスを取っているのかしら……でもどうやって。速すぎてよく見えない）

一方の加賀は、あの暴風のような連打を大剣で全て防ぎきっている。剣の傾きを変えて、あるいは一歩引いて。受ける衝撃も相当なはずなのに上手く勢いを殺し、一発も被弾せずにいる。やはり加賀の動体視力と戦闘経験は並ではないようだ。さすがは指定攻略クランのメンバーといったところか。

それでも押されて苦しい立場なのは変わらずだ。加賀は反撃のためにここでスキルを発動してきた。

「金蘭会を舐めんじゃねェぞ！　《フレイムアームズ》!!」

両腕に赤く燃えるようなエフェクトが巻き付く。ＳＴＲを上昇させるスキルだ。そこで初めて受けていただけのハンマーをはじき返すと、先ほどまでのお返しと言わんばかりに数発の斬撃の後、上段の構えから大きく一歩踏み込んでウェポンスキルを放つ。

「弾けろォォ!!　《ぶった斬り》!!」

目の前の全てを切断するかのように途方もない速度で大剣が振り落とされる。前方数mに衝撃波が吹き荒れ、ズンッと低い地響きが響き渡った。あれをまともに受けてしまえば重装甲を着ていたとしても深刻なダメージは免れないだろう。だけどお面の冒険者はスキルモーションを見た時点でスキルの効果範囲から回避に移行していた。さらにはハンマーを振りかぶり、カウンターを狙って疾走に入っている。

「させるかっ！」

加賀は何かを起動させると脚に青白く光るエフェクトを纏わせ、急旋回してハンマーを受け流した。そして受けるだけでなくお返しとばかりに斬撃を何発も叩き込む。お面の冒険者と立ち位置を目まぐるしく入れ替えながらの攻防戦だ。

（加賀の動きが速くなった⁉）

あの足元が青白く光るスキルを使った直後から見違えるように速度が上昇している。お面の冒険者も同種のスキルを使っていたけど、速度アップ系のスキルに間違いない。発動直前に手首が光っていたので所持スキルではなく、腕輪の魔導具から発動したのだろうか。

それにしてもかなり際どい攻防だ。速度は今や互角——とまではいかなくても速度において、お面の冒険者に明確なアドバンテージはなくなっているようにみえる。むしろ、対人経験に秀でている加賀の方に分があるかもしれない。

「死にさらせ!!」

リーチの長い大剣による渾身の鋭い突き。さらに一歩踏み込んで至近距離から斬り返して袈裟斬りからの横なぎ。流れるような連続攻撃だ。踏み出しも攻撃速度も非常に速く、全ての斬撃がほぼ同時に飛んできているように見える。大剣使いの極致とも言える立ち回りだ。

堪らず後ろに飛んで距離を取り、仕切りなおそうとするお面の冒険者。ギリギリの回避だったとしてもあの一連の攻撃を避けきれただけで途方もない実力の持ち主なのだろう。

だけど——

「これで……《アクセラレータ》の優位性はつぶれたぜェ？　朧は、速度が通用しなけりゃただの雑魚に過ぎないからなァ……覚悟しろよォ」

勝利を確信したかのようにニヤリと笑い、大剣の剣先を向けて挑発する。それを聞いたソレルやDクラスの連中は大盛り上がり。「派手にブッ殺してくれ」だの「所詮はEクラスの助っ人だ」だの、先ほどまでの硬く渋い表情が嘘のようにはしゃいでいる。

でも……その通りかもしれない。あの《アクセラレータ》という速度バフスキルのおかげでお面の冒険者は大きなアドバンテージを取ることができていた。それを戦闘経験で勝る加賀も使えるとなれば立場は逆転するしかない。

　クラスメイト達は沈痛な表情を隠しきれていない。自分たちの助っ人がこれほどまでに強者だったことに驚きながらも、それでも加賀に対して勝ち目がないという非情な現実に打ちのめされている。このままでは彼女は殺されてしまうかもしれない。なんとか止めたいとは思うものの、私達程度があの場に入ればかえって邪魔になるだけだろう。己の無力さに打ちひしがれながらふと横を見れば――大宮さんの、まだ何かを信じているような顔が気になった。

「速度がもう通用しねェと分かって、その仮面の下はどんな顔になってんだ？　焦りか。それとも恐れか。今すぐにその小汚ねェ仮面をはぎ取って素顔を晒してやる」

　再び大剣を突き出すように構えて重心を下げる加賀。窮地に追い込まれているはずのお面の冒険者は……ただ首を傾げているばかりだ。

『私の……速度？　本物の速度は……コレじゃない……』

　初めて聞く可愛らしい声色。か細く、小さな声であるというのに透き通るように響く。そこに焦りや恐れのようなものは窺えない。それどころか、自信に満ち溢れているように

さえ感じるのは何故なのか。

加賀も同じように感じ取ったのか笑みを消し、怪訝な表情で聞き返す。

「あァ？　本物の速度だと……何ふざけたことを」

『なら……見せてあげる。魔王をも討ち滅ぼした……真なる勇者の……力を』

お面の冒険者はそう小声でつぶやくと、ハンマーを持った両手を広げ、ふわりと軽やかに舞う。そして――

『《シャドウ……ステップ》』


――世界が、闇色に染まった。

第08章 ✦ 黒い影

── 早瀬カヲル視点 ──

痛いほどの緊張感と静寂に包まれる中、スキル名が歌うように紡がれる。

消え入るような小さな声がかすかに響くと、それなりに明るかった広間が急に暗くなり、彼女の足元にぼんやりとした霧が立ち込めた。もとより希薄だった存在感がさらに少しだけ薄くなった気がする。だけど変わったことと言えばそれくらいだ。薄暗くして見えにくくする〝視覚阻害系〟のスキルかもしれない。

「初めて見るスキルのようだが……魔導具からの発動じゃねェな」

お面の冒険者を上から下まで、じろりと睨みながら加賀が言う。先ほどのスキルを随分と警戒しているようだけど、姿が若干見えにくくなったところで加賀の優位性が崩れるとは思えない。それは周りで見ているソレルメンバーも同じように考えていたのか、次々に野次を飛ばし始める。

「ハッタリだっ！」

「苦し紛れで何かをやったところで加賀さんには通用しねぇんだよ！」

「小賢しいチビっ！　早くくたばれぇ！」

　Ｄクラスの生徒も一緒になって大きく声を荒らげて野次を飛ばしている。だけどその声の内にはどこか苦しさが混じっているようにも感じる。圧勝すると思われた加賀とここまで渡り合えた事実は、彼らにも相当プレッシャーとなっていたに違いない。

　とはいえ私達の立場が苦しいというのも変わっていない。もし負けるようなことがあれば私達Ｅクラスは二度と浮上できないよう徹底的に叩かれ、未来が絶たれる可能性がある。彼女にいたっては最悪命を取られるだろう。

（でも、このまま何事もなくやられるとは思えない）

　加賀が放つ濃密な殺気の前でも、お面の冒険者は逃げる素振りを見せず飄々としていて、とても追い込まれているようには見えない。それに伝説のクランに所属しているというのが事実なら特別な何かを隠していても不思議ではない。そう、例えばあのスキルだって
――

「大宮。あれにどんな効果があるのか知っているか？」

「すっごく速くなるスキルだよっ。やっぱりあの子も覚えてたんだね」

「……なに？」

大宮さんによれば周囲を暗くする視覚阻害系スキルではなく、速度バフスキルらしい。だけど、さっきの口ぶりでは他にも――

「始まるぞっ」

磨島君の声に我に返って前を見れば重心を大きく下げ、大剣の剣先をお面の冒険者に向けて構えている加賀がいた。先ほどまでの嘲るような顔ではなく、眼光は鋭く随分と険しい表情になっている。もしかしてあのスキルがハッタリではないと感じ取ったのだろうか。

対するお面の冒険者は構える、というより、ふわふわと飛んでいるように舞っている。二つの武器を合わせるとかなりの重量だというのに、あのように軽やかに動けている姿に高い実力を感じざるを得ない。そこに加賀が大きく一歩踏み込み、地面を蹴り上げた。

「うォおおォおおお!!」

爆発的な加速力で距離を縮め、お面の冒険者の喉元に大剣の剣先をねじ込もうと腕を伸ばす。疾風のような速さに外野から歓声が上がる。

そんな高速突きをお面の冒険者は半回転ほど舞ってふわりと躱すと、その場から消えてしまった――と思ったら、加賀の真後ろにハンマーを振りかぶって現れた！

加賀は必死の形相で振り返ってガードするものの、恐ろしい速度で叩きつけられたハンマーの衝撃を殺しきれず勢いよく飛ばされてしまう。その着地先に、再び瞬間移動するかのように現れたお面の冒険者。

「……あれはなんだ。ワープでもしているのか？」

「速すぎて見えないだけだよっ、あのスキルは本当に凄いの」

あまりの速さに磨島君が訊ねると、握りこぶしをぶんぶんと振るいながら凄く速くなるのだと力説する大宮さん。少し前までかろうじて見えていたはずの立ち回りが、すでに私の目で追うことは不可能な領域となっている。注意深く見れば、ほんの僅かに黒い影があることに気づくくらいか。

吹き飛ばされながらも身を翻して身構える加賀に、お面の冒険者が見えない影となって縦横無尽に襲い掛かる。大剣とハンマーが勢いよくぶつかって大きな金属音が鳴り響き、周囲にいくつもの火花が上がる。そのたびにお面の冒険者の立ち位置が変わっているため、クラスメイト達が目をしばたたかせて見ている。

ハンマーから強烈な光が噴射して、攻撃速度がさらに上がる。大剣にぶつかる音から察するに、一発の威力も相当に跳ね上がっているようだ。

四方から無数に放たれる攻撃に対処するため釘付けとなっていた加賀は、苦し紛れに無理な体勢からスキルモーションに入ろうとする。

「糞がァァ弾けろっ！　《ディレイスラッシュ》!!」

「ダブル……《フルスイング》！」

　強力な斬撃を2回飛ばす大技、《ディレイスラッシュ》。最前線の攻略クランでもメインの火力として扱われる前衛最強格のウェポンスキルだ。お面の冒険者はそれに合わせてハンマーを横に大きく振りかぶり、《フルスイング》のスキルモーションに入る。

《フルスイング》は単発技だ。単発としては火力の高いスキルではあるが、《ディレイスラッシュ》の火力には及ばない。

だけど、お面の冒険者が振りかぶる右手と左手の両方には、ウェポンスキルのオーラエフェクトが発生している。あれではまるで2発の《フルスイング》を同時に放つようではないか――

　うねる様な風を纏った2発の斬撃がほぼ同時に放たれ、赤と紫色のエンチャントを纏った2発の《フルスイング》と真正面からぶつかる。部屋全体に切り裂くような衝撃波が吹き荒れ、そして――かき消えた。

　加賀が驚きのあまり目を見開いているけど、それは2発の斬撃がかき消されたことに対してなのか。それとも《フルスイング》が左右両方のハンマーから放たれたことに対してか。

スキル硬直で動けない僅かな時間。先に動いたのはお面の冒険者だ。紫電を放つハンマーが爆発的な速度で加賀の左足に撃ち込まれ、ついに均衡は破れる。

「ぐあっ……」

加賀の下半身は合金の軽装甲で覆われているものの、あれだけの速度でハンマーを撃ち込まれれば多少の装甲があったところで意味を成さない。その一撃で足はあらぬ方向に折れ曲がり、追加で電気のようなものが身体を駆け巡る。よろめきながら呻き声を上げて、もう崩れ落ちる寸前だ。

それでも大剣を支えにして何とか倒れるのを回避し距離を開けようとするが、お面の冒険者はそれを許さず、すでにハンマーを振り上げて追撃に入っている。

数発の打ち合いこそ発生したものの、左右のハンマーが怒涛のように撃ち込まれて大剣が飛ばされ、次に利き腕を折られ。ついには気絶し動けなくなってしまった……

（つ……強すぎる……）

金獅子の勲章の持ち主を一方的に圧倒するとは……想像を遥かに超えた強さに戦慄し震えが走る。格闘戦のときも、加賀が《アクセラレータ》とかいうスキルを使って挑発してきたときも、本気なんて出していなかったのだ。あの状態となった彼女を止めるためには、金蘭会よりさらに上のカラーズを呼ぶしかない。

スキルを解除したのか、足元の靄が収束し部屋全体の光量が元通りになる。その部屋の中央でポツンと立っていた少女は何を思ったのか、マジックバッグからワイヤーのようなものを取り出して加賀をグルグル巻きにし始めた。

右手と左足は折れて使えないはずだけど、そんな状態でも私達程度なら十分に殺せる力はある。目が覚めても暴れないよう縛ってくれているのだろう。

一方でそれを見たソレルメンバー達は恐慌状態となっている。

「ありえねぇ！　あの加賀さんがやられるなんて！」

「あいつ加賀さんをどうするつもりだ？　蜘蛛が捕食するみたいに縛ってるけど……」

「ほ、捕食？　うぅわーっ、俺等も喰われるぞっ！」

「ば……化け物だあああ！　早く逃げろっ！」「ちょ、ちょっと待ってよー‼」

自分達が次のターゲットになると思ったのか、ソレルメンバーが恐れ露わに一目散に離脱し、その後にDクラスの生徒たちがパニックになりながら慌てて逃げ始める。だけど、もし彼女が本気なら誰一人として逃げることは叶わないだろう……そのつもりはないようだけど。

そんな混乱の最中に大宮さんが真っ直ぐに駆け出していった。

「もうっ、危ない事しちゃだめでしょっ」

「……」

小柄な体を優しく抱擁し、お面の冒険者も抱き着き返す。その姿は仲睦まじい姉妹のよう。武器を持ち出して戦っている最中は気が気でなかっただろう。二人には聞きたいことは山ほどあるけど、今はそっとしておこう。


「まさか、攻略クランまで出張ってきたとはな。参ったぜ」

気難しい顔をしながら磨島君が話しかけてきた。ソレルの男達に奪われていた腕端末を取り戻し、クラス対抗戦の運営本部に連絡を取っていてもらっていた。軽く今までの状況を説明したところ、先生がここまで直接来られるそうだ。幸い、この階に近いところにいたようで、20分もあれば到着するとのこと。

「先生は何か言ってたの？」

「この場にいる全員は活動を止めて待機してろってさ。まぁここまで大事になれば先生も出張って判断せざるを得ないだろ。あそこで倒れてる男の処遇も決めなきゃならないしな」

磨島君の視線の向こうには、うつ伏せになって縛られている加賀がいる。お面の冒険者がいてくれたから難を逃れられたけど、本来ならあれほどの猛者が介入してきた時点で私達だけではどうにかなるものではなかった。学校側は今回のことをどう捉えようとしているのか。

「まぁ、しかしだ。Ｄクラスの奴らの慌てた顔が見られてスッとしたぜ」

「ふふっ。そうね」

色々あったけど、いつまでもへこたれてはいられない。しばし休憩を取った後は気持ちを切り替えて、最後まで戦い抜く算段をつけるとしよう。

それから大宮さんと磨島君、私の三人で今後どうするかを話し合う。時間を大分ロスしてしまったため計画を修正する必要があるからだ。Ｅクラスは他種目の成績が厳しく、ここから巻き返すには私達トータル魔石量グループの得点が重要となってくる。失敗は絶対にあってはならないので、残りの時間でどれだけの魔狼を狩れるか念入りに計算していく必要がある。

だけど今回の件は悪い事だけではない。大宮さんが想定していたより強いということは分かったし、後ろには金蘭会メンバーすら倒したお面の冒険者まで控えている。安全性が増した今では、より積極的な狩りができるだろうし、頑張ればＤクラスに十分届くはずだ。

意見を出し合って詳細な狩り計画を立てていると加賀が目を覚ます。すでに武具は取り上げ、ワイヤーできつく縛っているので大丈夫……とはいえ、恐ろしくもある。

「ぐっ……俺を、殺さねェのか？」

この期に及んでも眼光鋭く睨んでくるとは、呆れた精神力だ。その視線からお面の冒険者を守るように前に立つ大宮さん。

「あなたは先生方に引き渡すわっ。この子は朧なんかじゃないし、もう関わらないでっ」

「ふっ、そういうことにしておくか……誰かきたな」

後ろを振り返れば、遠くから凄い速さで走ってくる人達が見える。先頭にいるのは……Ｅクラス担任の村井先生だ。手に細長い剣を持って、絡んでくる魔狼を一撃で切り殺している。

その勢いのまま、あっという間に部屋に入ってきて縛られている加賀とお面の冒険者のいる方へ歩いていく。あの速度でここまで走り続けていたにもかかわらず、息一つ切らしていない。

「冒険者学校で教師をしております村井、と申します。金蘭会の加賀大悟様ですね。至急、救急班へ運ぶ手配を。それとお面を被っている貴女は……Ｅクラスの補助要員として登録されておりませんが、冒険者ＩＤはお持ちでしょうか？」

　村井先生が腕端末から出した画面を操作しながら加賀とお面の冒険者の素性を調べようとする。いつもの指導的な口調ではなく、上客に接するような丁寧な口調だ。違和感を抱きつつも登録という言葉が気になる。

「あぁ。うっかりしてました。立場というものがおありでしょうし無理に提示していただかなくても結構です……が、お前達」

　こちらに振り返ると、低く冷徹な声色に変わる。

「補助要員名簿に記載されていない、外部からの助けを借りた場合は……即失格になることは知っているのか？」

「ちょっと待ってくださいっ。そんなルールはお聞きしていませんっ。それは何ですか」

「俺達は助っ人が許されていることすら聞かされていなかったんですよ！」

　登録されていない人に手助けしてもらうことは失格対象……それには大宮さんと磨島君が猛抗議する。助っ人が許されていることすら聞かされていないのに、それが登録制だったなんて知るわけがない。理不尽すぎるのではないかと食い下がるものの、先生の態度は相変わらず冷え切っている。

「トータル魔石量グループの処遇について、これから審議に入る。だが結果には期待するな。この場にいる生徒全員、ギルド前広場にある運営本部へ速やかに移動し、そこで待機を命ずる」

「そ、そんなっ」

クラス対抗戦は今日を合わせて残り2日しかない。ここはダンジョン6階。今から外まで行って戻るなんてことをしていたら、狩れる時間はほとんど残らない。Dクラスからの妨害(ぼうがい)がなくなって、これからだというのに……私達が止まってしまえば逆転の目は完全に潰(つい)えてしまう。

しかし、どうして村井先生は助っ人ルールを教えてくれなかったのか。教えても大した助っ人を呼ぶことができないと思っていたのだろうか。それに失格だなんて……これではまるで私達を勝たせないよう仕組んでいたようではないか。

酷(ひど)く底冷えするような目で見降ろす村井先生。トータル魔石量グループ一行は疑心暗鬼(ぎしんあんき)になりながらも、その場を後にする他なかった。

第09章 ✦ 立木の決意

― 立木直人視点 ―

「失格だと⁉　何故だ」

カヲルから「トータル魔石グループが審議にかけられた」というメッセージが来た。そこで急遽、僕とカヲル、磨島の三人で端末を使ったグループチャットを行なったわけだが……審議にかけられた理由を聞けば「許可されていない助っ人の手を借りた」ので失格対象になったとのことだ。

「他のクラスの助っ人は全員登録していたとでもいうのか」

『そうみたい。名簿を見せてもらったけど金蘭会の加賀やソレルの名前もしっかり載っていたわ』

目を伏せながら肯定するカヲル。確かに仮面の助っ人の手は借りたが、それはモンスタートレインに襲われたときや、大宮が拉致されかけたときの暴力に対してだ。それを跳ねのけてもらったからといって手を借りたことになるのか。もとより、助っ人ルールなんてものがある時点で公平な試験なんてものは臨めない。

「何を言ってもクラス対抗戦運営本部は聞き入れてくれなかったわけだな」

『あぁ。あの様子じゃ失格はほぼ確実だろう。たとえ奇跡的に失格を回避したとしても、今からはもう魔狼を狩る時間なんざほとんど残されていない。つまり……俺達のクラス対抗戦は事実上、終了だ』

　気難しい顔をさらに顰めるクラスリーダーの磨島。僕らの指定クエストグループはそれなりに上手くいっていたものの、この1種目だけが良かったところでDクラスには遠く及ばない。残り時間が僅かしかないこの状態では、もう打つ手はない。

『もしかしたらというところまで行ったのに、残念ね……』

『確かに助っ人ルールは不条理ではあったが、今回のクラス対抗戦は収穫もあった』

　悔しがるカヲルに対し磨島は意外と前向きだ。というのも、大宮のような非常に優秀な戦力がいることも分かったし、Ｅクラスの士気も高く、長丁場となった集団行動でも思った以上に団結して動けていた。最低限の感触は掴めたので次のクラス対抗戦ではもっと良いところまで戦えるという自信もできたと言う。

（だが、負けは負けだ……）

その事実は動きようがない。悔しさのあまり思わず拳に力が入る。だが考えるのが仕事の僕が熱くなってはいけない。どんな状況であっても冷静に逆転の目を探し続けねばならない。

「……とりあえず今はゆっくり休息を取ってくれ。僕らは次回のクラス対抗戦を想定し、最後までやっていくことにする」

『分かった。結果は散々だったが次は負けねぇ』

『何か情報が入ったらまた報告するわ』

腕端末の通信を切り、一息吐いてから後ろで見ていた新田のほうに振り返る。彼女も先ほどのグループチャットは聞こえていたはずなので、考えを纏めるためにも話を聞いておきたい。

「助っ人ルール。先生はわざと黙っていたとみるべきか」

「一教師の判断とは考えにくいから、そういった指示がされていた、と考えるほうが自然ね～」

僕らは経験を積み重ねて着実に強くなっている。だが、助っ人ルールなんてものがあると、生徒同士の公平な競争が一瞬で破壊され兼ねない。このルールは本来、重要な跡取りである子息や息女に不測の事態が起きぬよう導入されたシステムなのだろうが、これをE

クラス叩きに悪用されているわけだ。

次のクラス対抗戦を見据えるならクラスメイトの強化はもちろん、この助っ人ルールをなんとかしなければならないが……僕達に向けられている悪意は何も助っ人ルールに限ったことではない。先月の部活動勧誘式や決闘騒ぎもそうだったし、この先も事あるごとに悪意を向けられるだろう。

これら全てに対処していくにはどうすればいいか――

「そうね～。例えば、私達も悪意に対抗できる後ろ盾を用意するとか？」

「……相手が〝八龍〟だとしてもか」

今のところDクラスとの揉め事が多いので、Dクラスさえ何とかすれば悪意は止まる、と勘違いしそうになるが……本当の敵は彼らではない。その背後の背後、ずっと奥にいる大元の元凶は、八龍だ。

八龍とは冒険者学校を仕切る8つの大派閥のこと。8つ全ては知らないが、現在僕が知っているのは〝第一剣術部〟、〝第一魔術部〟、〝第一弓術部〟、〝Aクラス同盟〟、〝シーフ研究部〟、そして〝生徒会〟の6つ。

これら派閥の背後には官僚や大貴族、大企業が連なっており、学校の運営にも大きな影響力を及ぼす。学校の上層部を動かし、村井先生に助っ人ルールの口止めをさせたのもこの八龍だろう。そんな強大な相手に対抗できる後ろ盾とは何なのか。それを僕らが用意するなんて普通に考えれば不可能だ。

だが新田は微笑みを崩さない。その様子から相手が八龍だと見当は付いていたのだろう。そしてその手段も。ならばこの機会に僕の考えを聞いてもらおう。

「もうすぐ生徒会長選がある。そこで次期生徒会長の席を巡り、候補者同士が争うことになるわけだが……」

生徒会長選とは、生徒たちの投票によって生徒会長を決める選挙イベントだ。だが投票というのは建前で、実際には八龍のパワーバランスによって生徒会長が決められていく。

この冒険者学校の生徒会長とは生徒でありながら巨額の資金を動かし、学校の運営陣や他派閥に対しても強い影響力を与えることのできる特別美味しい役職である。仮に自分の派閥から生徒会長を輩出することができたならば、八龍が1つ〝生徒会〟を自分たちの有利なように動かし、他の八龍に号令をかけることも可能となる。

だからといって、次期生徒会長の席はそう簡単に手に入れられるものではない。それは八龍の力をもってしてもだ。どこかの派閥が出し抜かないよう、八龍同士が目を光らせて牽制し合っているためだ。

今頃、水面下では八龍内で多数派工作や駆け引きが盛んに行われていることだろう。そして近いうちに候補者が決められ、誰彼に投票しろと僕達Eクラスに通達してくるはずだ。

「だから前もってEクラスの票を手土産にし、八龍のいずれかに近づき交渉する……というのはどうだ」

「一筋縄ではいかないわよ～？　相手は貴族様だしEクラスを見下してもいる。下手を打てばただではすまないかもね～」

「そうだな……だが、それくらいの覚悟がなければ僕らは這い上がることなんてできない。今回のクラス対抗戦で身に染みたんだ」

これまで何度も絶望の淵に落とされてきた。悪意はさらに苛烈さを増し今後も襲い掛かってくることは確実。だからこそ、全てを終わらせるために決死の覚悟で切り込むしかないと考えている。Eクラスが前に進むために八龍は避けては通れない相手なのだ。

どこの誰に近づくか。票を捧げたところでそれだけで済むものではないだろう。ならばどこまで要求を呑めるのか。もし交渉が失敗し睨まれることになれば、完膚なきまでに叩き潰される可能性だってある。針の穴を通すような行動と決断力が求められ、決してミスは許されない。そんな重圧の中で、はたして僕は最適解を掴み取れるのか。

だが過去の生徒会長選を見れば、八龍は決して一枚岩でないことも分かっている。突破口は必ずあるはずだ。徹底的にリサーチして分析し、何ができるか対策を纏め上げねばならないが、一人でそれら全て行うことは無理がある。だから——

「僕だけでは力が足りない。だが新田。そして大宮もいれば立ち向かえると思う。力を貸してもらえないだろうか」

ユウマ達なら二つ返事で力を貸してくれるだろうし、もちろん当てにもするつもりだ。しかしながら踏み込む先は権謀術数が渦巻く貴族社会、八龍。そんな相手にでも怯まず適切な機転と知略で対処でき得る新田と大宮には是非とも力を借りたい。

可愛らしい眼鏡の奥にある、優しげでありながらも理知的な瞳を見つめて手を差し出す。だが新田は手を取らず、ニコニコと微笑んでいるだけだ。駄目なのだろうか……

「う〜ん。私とサツキが手伝うのはいいけど〜、それなら〝ソウタ〟も仲間に入れてほしいかな〜」

「……なに？」

あっさりと力を貸してくれるという新田だが、同時に誰かの名前も口にする。ずいぶんと信頼しているような、そして親しみがこもった物言いだが、ソウ……タとは一体誰なのだ。

その名前は、僕と新田との間に立ちはだかる最大の障壁のようにも聞こえた。

――成海颯太（そうた）視点――

『ということがあったのっ。失格だなんて酷いよねっ』

『助っ人が登録制というのは、私も知らなかったわ～』

腕端末の画面の向こうでは不満顔のサツキと困り顔のリサが映っている。アーサーと別れ、天摩さんと執事（しつじ）達（たち）に紛れて集団で帰っているところにサツキからメッセージが来たため、臨時の会議となったのだ。今現在は12階のとある寂（さび）れた安全地帯で一人画面に向き合って話している。

（……プレイヤーでも知らない情報か）

華乃（かの）が助っ人として参加していたことは承知していたが、まさか登録が必要だったとは。それはプレイヤーである俺やリサでも知らなかった情報だ。もっとも、ゲーム時代は勝手に助っ人なんて呼ぶことはできなかったので知るわけがないのだが。

『でも華乃ちゃんに無理させちゃって……ソウタには本当に何と謝（あやま）ればいいか……』

「いや、大丈夫だ。華乃には余程の格上でもなければ問題なく逃げられる手段を持たせていたしな」

クラス対抗戦の助っ人として行く前にどうしても【シャドウウォーカー】になりたいと駄々をこねた妹。しょうがないので徹夜でジョブチェンジアイテム集めに付き合ってやった経緯があった。今の華乃を捕まえるには相当に苦労することだろう。ついでに離脱アイテムの取得クエストもやって持たせてあるので、強敵相手でも逃げるだけなら問題なく可能のはずだ。

しかしサツキによれば戦った相手は金蘭会のメンバーだったらしい。金蘭会はゲームのサイドストーリーの中盤くらいに登場する〝そこそこ強い相手〟だというのに、こんな序盤で登場してくるとは……何かがおかしいぞ。1年最初のクラス対抗戦で登場するDクラスの助っ人は、ソレルだけだったはずなのに。

『金蘭会が出てきたことも気になるけど〜、ソウタのその痩せっぷりも気になるわね〜』

『そうそう。私もびっくりしたよっ』

「……色々あったんだ」

その〝色々〟を思い出し、思わず遠い目になってしまう。そのせいで体重が激減し、恐ろしいほどの空腹感に苛まれているという状況が今も続いている。

しかしアーサーの野郎……まさかドッキリを仕掛けてくるとは。しかもその後、反省もなく天摩さんが何をしているのか昼夜問わず数時間毎に電話してきやがる。俺を天摩さん観察係か何かと勘違いしている可能性が高い。それはともかく。

「俺が20階まで行って、そこで何が起きて誰に会っていたか。後でゆっくり話し合いたいから時間を作って欲しいんだ。今後の指針を決めておきたい」

『もちろんだよっ。でも20階って凄いね！　到達深度のポイントがかなり入ってくると思うけどっ』

『同率1位みたいだし、そうなるのかな～？』

レッサーデーモンの魔石は無理やり天摩さんに押し付けたからいいとして、20階までついていってしまったのはどう言い訳をすればいいのか。まぁ護衛に囲まれながらついていっただけとゴリ押せば何とかなるだろう。

『でもそれだけでは点数は厳しいよね……やっぱり負けかな』

『助っ人ルールは問題ね～。そのせいで立木君も覚悟を決めたみたいだけど』

「何かやるつもりなのか」

7月にある生徒会長選を前に、八龍のどこかにEクラスの票を手土産にして、後ろ盾になってもらえないか交渉しにいくとのことだ。その際に手を貸してくれと頼まれたらしい。

確かに頭が回るリサとサツキが手伝うなら上手くいく可能性は高くなる……が、俺にも手伝えとはどういうことだ。

それ以前に不安要素もある。

「八龍とやり合うには、それなりのレベルが必要になると思っていたが、大丈夫なのか？」

『立木君達はまだレベル6だったかな～。レベル上げが遅れてるのは気になるわね』

『ゲートを教えてあげられないなら、せめてパワーレベリングくらいはしてあげたいかも。もちろん私が率先してやるよっ』

八龍相手に投票権という武器を持って弁舌を振うというのはいい。だがそれだけでは押し切れないはずだ。というのも、八龍とその周辺にはとにかく喧嘩っ早い脳筋野郎が多く、説得するには交渉術だけでなく腕っぷしも問われることが多いからだ。推奨レベルは15から20近くは必要だったはず。ゲームのときでも1年生のこの段階で相手にするには無理があった。

にもかかわらず、肝心の立木君やカヲル達のレベルは低いままだ。ゲートが使えないせいで狩場までの移動時間が長くなり、この先レベル上昇速度がますます鈍化するのは目に見えている。主人公チームにしか対処できないイベントも多くあるので、俺達が平和に過ごすためにもサツキのいう通り、多少のパワーレベリングくらいさせたほうがいいかもしれない。

『それなら私も手伝ったほうがいいかな～。いつもサツキと一緒にいるから、きっと私のレベルも立木君にバレているだろうしね～』

『それもそうかも。リサ、一緒に頑張ろうねっ。あ、そろそろ〝発表〟の時間だ』

「すまないな。俺も何かできることがあったら手伝うよ」

また後で話し合うことを約束し、通信を切る。

クラス対抗戦が終わっても生徒会長選という厄介イベントが始まる。ダンエクのストーリー通りに進むならば今後も頭を抱える問題が目白押しだ。でもその前。クラス対抗戦が終わったくらいにもう1つ厄介イベントがあったような、なかったような。まぁ、思い出せないなら大したことではないか。


時計を見ればクラス対抗戦が終了時刻となっている。きっと今頃、冒険者ギルド広場では結果発表が始まっていることだろう。腕端末からもライブ映像を見ることはできるが、疲れていて見る気はしない。途中経過の点数もあまり良くなかったし期待度はゼロだ。

「はぁ、腹減ったな……」

ゆっくりと横になって疲労した手足を伸ばす。ここはアンデッドが出没するＭＡＰなので空はどんよりとし不気味な雲が渦巻いている。清々しいとは程遠いが、それでも洞窟MAPと違って開放感があってよろしい。近くではBクラスがスケルトンを相手に剣を抜いて遊び始めたようだが、元気なこった。

「まぁ、やる事なんて荷物持ちくらいだしな。ちんたら帰りますか……って、何だぁ⁉」

腕端末に何十もの通知が一斉に入り始めたではないか。通知音が連続で鳴り響き、カヲルや磨島君からは電話までかかってきている。何かが起きたようだ。

――が、どうせ面倒事なので電源を落とし無視することに決めた。

第10章 ✦ クラス対抗戦結果発表

― 早瀬カヲル視点 ―

　試験の終了時刻となり、各生徒の腕端末に終了を知らせる通知が一斉に発せられる。クラス対抗戦運営本部が設置されている冒険者ギルド前広場では、順位や点数などの結果発表が行われることになっているので、それを見に各クラスの生徒たちが続々と集まってきており、上位クラスではどこが勝つのかという話に花を咲かせている。

　一方の私達は散々であった。順位も最下位は確実。それでも次回に活かそうと悔しさを目に焼き付けるためにEクラスの皆と一緒にやってきた。他のクラスからも分かりきった結果を何故聞きに来たのかという白い目で見られているけど、それも承知の上だ。

　そんな視線を無視するように時計を確認する。そろそろ結果発表の開始時間になる頃。前を見れば運営本部内で先生やスタッフの方達が慌ただしく動き回っていた。

『それでは集計が済みましたので、クラス対抗戦の結果発表に移ろうと思います。映像の方は……大丈夫のようですね』

広場に特設された壇上にて、三十代くらいのスーツを着た女性がマイクを持ち、後ろにある大きなスクリーンを確認しながら説明する。冒険者学校1年の学年主任だ。

その少し離れたところでは数人が大きなカメラを持って構えている。あのカメラで撮っている映像は、指定のアドレスを入力すれば腕端末からでもアクセスして視聴できるようになっている。まだダンジョン内にいる生徒でもライブ映像を確認することが可能だ。

「はぁ……間に合ったぜ。思ったより手こずった」

後ろから私に声をかけてきたのは「大きな魔石を取ってくる」と豪語して勝手にグループを抜け出した月嶋君だ。約束の魔石はすでに取ってきて登録を済ませたと言うけど本当だろうか。

「ま、Ａクラスでも取ってこられないような魔石を取ってきたから期待してくれよな」

ウィンクしながら自信ありげに胸を張る月嶋君。期待してと言われても……できることなら最後までトータル魔石量グループを支えてほしかったのに。仮に言っていることが本当だとしたら何故そんなことが可能なのか気になってしまうけど、とりあえず今は結果発表を聞くことに注力しよう。

『では発表します。1位はAクラス。846点。内訳は――』

後ろのスクリーンには1位であるAクラスと点数、その内訳が表示される。今朝の朝9時に発表されていた途中経過では、いくつもの種目でリードしていたので驚（おどろ）きはない。

「おっしゃー！」

「やりましたわ、世良（せら）様！」

「皆様（みなさま）、頑張ってくれましたわね」

前方にいるAクラスの集団から歓声（かんせい）が上がる。内訳は「指定ポイント到達」、「到達深度」、「指定クエスト」の3種目で1位。特に指定ポイント到達では他クラスを圧倒した点数を叩き出していた。ユウマもこの種目では最後まで頑張っていたものの、経験とレベル、そして助っ人（すけっと）の有無（うむ）の差は大きく、覆（くつがえ）しようがなかった。

「あのクラスは層が厚すぎる。うちのクラスと違って雑魚（ざこ）は一人もいねぇから気にすんな」

月嶋君が辟易（へきえき）しながら呟（つぶや）く。Aクラスには落ちこぼれなどおらず、誰が出てきてもそれなりの戦力になる強みがある。また、首席で入学した世良桔梗（せらききょう）さんや次席の天摩晶（てんまあきら）さんなど突出（とっしゅつ）した生徒がいるため多少の無理も通せる。何の種目でも、どんな振り分け方（かた）にしたところで隙（すき）がない学年最強のクラスがAクラスだ。

あの場所をずっと目指してこれまで頑張ってきたけど、今の私では遥か遠くに霞（かす）んで見えてしまう。弱気になりかけた考えを払拭するように頭を振って、次の発表に耳を傾けよう。

『次。2位はBクラス。828点』

僅差でAクラスに敗れたと分かり、Bクラスの方からため息と残念がる声が聞こえる。Aクラスとは強烈なライバル意識を持っている生徒が多いようで何人かは睨み合っているのが見える。

「くそっ、たった18点差か」

「周防……すまない」

「皆、頑張りました。次こそは勝ちましょう」

1位となったのは「指定モンスター討伐」、「到達深度」、「トータル魔石量」で、それ以外は2位。Aクラスとは実力差がそれなりにあると思っていたけど、こうして点数の内訳を見るとほぼ互角。実力者も多く在籍しているようだ。到達深度の同率1位というのは、Aクラスと協定でも結んでいたのだろうか。

集団の中央ではクラスリーダーらしき長い黒髪の男子生徒——たしか周防君だったか——が周囲のクラスメイトに声をかけて宥めている。もしかしたらこれだけ健闘したのも彼の人望や統率力が高いから、という線も考えられる。あとでナオト達と情報を分析して共有しておきたい。

『次。３位はＣクラス。４３８点』

２位のＢクラスから大きく引き離されたＣクラス。ほぼ全ての種目の２位以内をＡクラスとＢクラスが独占していたために、これほど点差が開いたのだ。だけどレベルや装備を見た限りではそう劣っているようには見えない。個々で見てもあの和風の鎧を着た男子生徒など優秀な生徒もいる。どうしてここまで点数差が開いてしまったのだろうか。

「Ｃクラスは助っ人が来ないからな。バックにゃ強力な組織がいるんだろうが、貴族連中のように過保護じゃねぇ。いちいち生徒同士の試験なんざに介入してこねぇよ」

月嶋君がＣクラスの背後関係を説明してくれる。確かに助っ人がいなければ厳しい戦いとなるのは身をもって体験した。結局、上位クラスと渡り合っていくためには彼らに対抗して助っ人を用意するか、助っ人ルール自体を排除しなければならない。いずれにしても今の私達には難しい問題だ。

次は４位の発表のはずだけど……なにやら先生方がごたついている。何かが起きたようだ。学年主任の様子を見ていると磨島君が状況を教えてくれる。

「早瀬。集計直前で点数の加算があったみたいだぞ」

「点数の加算？　Ｄクラスかしら」

「オレが取って来た魔石のせいかもな」

私達のクラスに点数加算なんて思い当たらないのでＤクラスかと思いきや、隣で「オレに期待しろ」と親指で胸元を差してニヤケ顔で言う月嶋君。仮に、そこそこの高レベルの魔石を取ってこられたとしても、それだけではＤクラスの点数には届かない。つまり順位の変動は起こりえない。

――そう思っていたのに。


『失礼。それでは4位。Ｅクラス。３４９ポイント』

何事もなかったかのように紙面の数値を読み上げる学年主任。今、Ｅクラスといったか。

「何っ⁉」

「え、どういうこと？」

「内訳が出るぞっ」

Ｅクラスだけでなく、上位クラスまでもが一斉にどよめき驚きの声を上げる。それはそうだろう、今朝の点数発表まで4位のＤクラスに１００点以上引き離され、ダントツでビりだったのだから。私も、そしてクラスメイト達も理解が追いついていない。何が起きていたのか、皆がスクリーンに映された点数内訳を食い入るように見つめる。

　ナオトが率いる「指定クエスト」が3位ということに驚きはない。途中経過で上手くいっていたということは知っている。だけど「指定ポイント到達」と「指定モンスター討伐」は最下位で点数はほとんど入っておらず、「トータル魔石量」にいたっては失格で0点。

　そう、ここまでは今朝見たときと同じで絶望的ともいえる点数だ。この惨憺たる状況からDクラスに逆転できるなど誰が考えよう。でも――

（到達深度が……1位⁉　どういうこと。颯太は何をしていたの……）

　トータル魔石量グループが失格となったことを颯太に伝えようと昨日から何度かメッセージを投げていたのだけど返信はなし。その前にも現在どこにいて何をしているのか確認を取ろうとしても反応はなかった。勝手に家に帰って寝ているのかもしれないと思っていたけど、同率1位ということは20階まで……まさか上位クラスに最後までついて行っただなんて。なんという無茶を。

　そこまで行ったのなら、高レベルモンスターの《オーラ》を少なからず何度も浴びたことだろう。金蘭会の男の《オーラ》ほどではないにせよ、遥か格上のそれは精神を蝕み弱らせてしまう。小心者の颯太なら無茶はしないと思っていたのに、どうしてそんなところまで……

さらに疑問が浮かぶ。AクラスとBクラスはどうして颯太の同行を許したのか。相手は貴族様ばかりで大量の助っ人を囲っていたし、わざわざEクラスと協定を結ぶ理由はない。気まぐれで帯同を許してくれたにしても、レベル3の颯太を20階まで連れていくのは危険すぎる。無事なのだろうか。

「だが……到達深度の件が本当だとしても逆転にはほど遠いはずだ。どうなっている」

隣で磨島君が訝しむ。そう、仮に到達深度が1位だったとしてもDクラスとの点数差が開きすぎていて逆転は無理のはず。他に理由がないか、大きなスクリーンに映された項目を念入りに探しているとその理由が新たに表示され、生徒達が再度どよめくことになる。

「〝魔石格〟だと⁉」

魔石格とは、魔力量の一番多い魔石を取ってきたクラスに特別ボーナスが入るという種目だ。当然そのような魔石を取るためには、首席や次席でも倒せないほどの高レベルモンスターを倒す必要がでてくる。魔石格は点数が大きいものの、Eクラスの戦力ではそんな魔石を取ってくることは不可能なので作戦上、最初から除外していた種目――だったはずなのに。

しかも取ってきたのはただの魔石ではないようだ。

「レベル25の……それもレイドボス級の魔石を、うちのクラスの誰かが取ってきたというのか⁉」

「もしかして……月嶋君が取ってきたの？」

「……いや。オレが取ってきたのはアレじゃねぇな。誰だ」

　魔石格を私達Eクラスが取ったことに驚きつつも、誰が取ってきたのかと大きな声で情報を聞き出そうとする磨島君。月嶋君が「大きな魔石を取ってきた」と言っていたので一応聞いてみると、取ってきた魔石はあれとは違うと言う。

（なら、いったい誰がレイドボスの魔石を……）

レイドボスとは特殊な条件下でのみ呼び出すことのできる特別なボスモンスターで、フロアボスよりも強力な個体が多いと聞いている。落とす魔石の魔力量も一般モンスターのそれと比べて桁が二つほど変わるという。レベル25のレイドボス級ともなれば、もはや貴重すぎて財宝ともいうべき代物となる。

　問題は、そんなモンスターを倒す難度。恐らく金蘭会の加賀と同等以上の冒険者をダース単位で、しかもジョブをバランスよく集める必要がでてくるだろう。助っ人を頼りにできないEクラスの生徒にそんなものを取って来られるとは到底思えない――けど、実際に点数として加算されているのだから信じざるを得ない。

クラスメイトがそれぞれ思いを巡らせていると、上位クラスのほうから大きな声が聞こえた。

「どういうことですかっ、世良桔梗！」

「私も存じません。でもまさか……そうとしか考えられませんわ」

「劣等クラスのレベルは確認済み。ならばアレを天摩一人で倒したと言うのですかっ⁉」

突然の大声に皆が振り返って注目する。目を剥いて怒声を放っていたのはBクラスリーダー周防君だ。あのような取り乱し方はしないと思っていただけに私も驚いてしまう。話しかけている相手は学年首席である世良さん。彼らは何かを知っているのだろうか。

「先生。その魔石は〝大悪魔〟の魔結晶でしたかっ⁉　データを見せてください」

周防君が壇上にいる学年主任に詰め寄ってデータの開示を求める。クラス対抗戦では倒されたモンスターと、倒した人数、名前まで腕端末は細かく自動集計している。もしレイドボスの魔石を取ってきたというのなら、そのとき誰が倒したのか分かる仕組みになっている。

『場所は20階、大悪魔の討伐を確認しています。討伐者は天摩晶、久我琴音、成海颯太の三名です』

「な、なんだと！　あの大悪魔を⁉」

「三名？　ありえないだろっ！　助っ人が手伝ったのかっ」

「天摩は分かるが、残り二人は誰なんだ」

レイドボスの正体を聞いて上位クラスから驚きの声が上がる。Ａクラスの生徒でも驚くほどだなんて、いわくつきのモンスターなのだろうか。もっとも、大悪魔というユニークネームが付くくらいなので、まともなモンスターではないというのは私でも想像がつく。

（そんな相手をたった三名で……）

助っ人の力を借りた？　それなら「討伐三名」とは表記されない。データで三名となっているなら最初から最後まで三人で倒しきったということになる。

それに驚くべきポイントはまだある。颯太はもちろん、久我さんまでいたことだ。彼女もトータル魔石量グループを抜け出していたけど、まさか20階でレイドボスと戦っていただなんて。想定外のことばかり起きてその時の状況が皆目見当つかない。

「ブタオは違うな……あいつは単なるモブ野郎に過ぎない。天摩も現時点ではレベルが足りてないはず。久我はどうなんだ……仮に本気を出したなら……」

ブツブツと独り言を言う月嶋君。最近の颯太がどれほど実力を伸ばしているかは分からないけど、レベル25のレイドボス戦なんて明らかに無理だと分かるし、ちょっと前までＥクラスの落ちこぼれだった久我さんも同様に違うはず。なら天摩さんが一人で倒したのだろうか。たとえ倒せたとして、どうしてその魔石がEクラスのものになっているのか。

（何もかも分からない……それなら）

そう思い立つと腕端末から電話画面を呼び出し、颯太に通話をかけてみる。分からないなら聞けばいいのだ。だけど何度コールしても一向に繋（つな）がらず、送ったメッセージも既読（きどく）にならない。もうっ、何をしているの。せめて無事かどうかだけでも知りたいのに。

磨島君や他のクラスメイトも同じようにメッセージを送ったり通話を試みたりするものの、結果は同じようだ。

『静粛（せいしゅく）に。最後に5位を発表します。Dクラス——』

衝撃（しょうげき）の事実により、もはや結果発表どころではなくなっており、誰も聞いていない。多すぎる疑問が憶測（おくそく）を呼び、情報が錯綜（さくそう）している。クラスを飛び越（こ）えて情報を交換（こうかん）し合う姿も見える。磨島君も上位クラスから颯太と久我さんがどういった人物なのか問われているけど、私達（たち）ですら何がなんだか分かっていないのに、答えられるものなんてないと思う。

そんな雑多とした人混みの中を鮮（あざ）やかな碧色（へきしょく）の髪（かみ）を靡（なび）かせて優雅（ゆうが）に歩く者がいた。佇（たたず）まいからしてただ者ではない。

ふと私と目が合うとにこりと微笑み、真（ま）っ直（す）ぐこちらに向かってくるではないか。

「ちょっとそこの貴女（あなた）。ここに成海颯太という者はいるかしら」

折りたたまれた黒扇子（せんす）を私の方へ向けた後に、パッと開き、上品に口元を隠（かく）す女生徒。スカーフの色が青なので二年生。胸には金色に輝（かがや）くバッチが付いていることから貴族様だと分かる。思いもよらぬ高貴な身分の方に話しかけられ、心臓が跳（は）ねてしまう。

「……颯太はまだダンジョンの中だと思いますが……あの、どちら様でしょうか」

「楠 雲母（くすのききらら）と申しますわ。明日、予定通りお茶会が開催（かいさい）されますので、くれぐれも遅れのないようにと伝えておいてもらえるかしら」

そう言うと、スクリーンに目を移し「ずいぶんと目立つことをしますのね」と独り言（ご）ちる。楠雲母といえば、確か八龍のリーダー的存在ではないか。そんな大物がどうして颯太と……お茶会？

驚きの事実が怒涛（どとう）のごとく襲（おそ）い掛（か）かり、もう頭がオーバーヒート寸前。颯太の電話番号を見つめながらその場で立ち尽（つ）くすことしかできなかった。

第11章 ✦ 降りだした雨

20階の大聖堂から帰る道中、久我さんと執事長の厳しい追及をぬらりくらりと躱して、やっとのことで我が家に辿り着く。

ゲートを使えばすぐに帰ることはできたのだが、もちろん秘密にしているためそんなことはできない。また実力も隠しておきたいので適当に話題をそらしたり、時には黙秘を続けていたのだが、しまいには俺の一挙手一投足を監視されるようになってしまい、ずっと針のむしろの時間を過ごしてきた。オラはもう心身共にクタクタである。

『ピンポーン』

2階の自分の部屋に行くのも億劫だったため居間にある古びたソファーにぱたりと倒れ込む……と同時に家のチャイムが鳴った。今日の成海家はダンジョンダイブデーなので「雑貨ショップ　ナルミ」は休店。家族は狩りに出かけて家には俺しかいない。眠いが店の客かもしれないので出るとしよう。

誰かと思ってドアを開けてみれば、腕を組みジト目で睨んでいる幼馴染が立っていた。

「どうして電話にでてくれなかったの？」

「……カヲルか」

電話。そういえば腕端末にはクラスメイトから数百件もの着信とメールが届いていたのは知っているが……疲れ果てていたため全て無視していた。何か起きていたのだろうか。

どう言い訳をしようか逡巡していると、幼馴染は俺の顔をまじまじと見て、大きな目をさらに大きくし驚いている。まぁこんな短期間でここまで痩せればそりゃビックリするだろうが、ちょっと驚きすぎな気もするけど。

「ど、どうしたの。そんなに細くなって……颯太よね？」

「男子、三日会わざればってな。まぁ折角来たんだ、茶くらい出すぞ」

いくつか聞きたいこともあるだろう。といっても大して言えることはないけど、カヲルには心配をかけてしまったし多少は説明しておきたい。

一方のカヲルは少しの間、考えるような仕草をするものの、微かに頷いて靴を脱ぐ。そういえば家には俺しかいなかったので警戒されていたのかもしれない。疲れていてその程度のことにも頭が回らなかったのは良くないな。何もしないから安心してほしい。

俺も一息入れたいので二人分の茶を入れることにする。美味しい新茶があそこにあったような……あぁ、これだ。熱めの茶を入れた湯呑をテーブルに置いてカヲルをふと見てみれば、こちらの様子をじっーと見ていたではないか。

「口に合えばいいけど……どうした」

「……あ、ありがとう。いただくわ」

カヲルは慌てたように湯呑を取ると、姿勢を正し両手でゆっくりと茶をすする。いつもだけど何でこうも綺麗な飲み方をするのか分からないが、目の保養になるので文句なんてあるわけがない。俺も向かいのテーブルに座って一息入れるとしよう。よっこらせと椅子に座り湯呑を取ろうとすると、カヲルがおずおずと聞いてくる。

「……クラス対抗戦のことだけど。いいかしら」

「いいぞ」

腕端末は電源を切っていたりロッカーに預けていたりしていたので連絡ができなかったわけだが、そのせいでグループを総括する立場だったカヲルには手間と心配をかけてしまった。話せることは話そうと思う。

「本来なら7階で引き返して私達と合流する予定だったのに……どうして20階なんて危険な階層までいったの？」

「俺も引き返そうとしたさ。でもBクラスの貴族様がな――」

荷物持ちのために集団についていっただけ。何十人もの助っ人に囲まれていたので生徒が戦わなければならない状況なんてなかったと説明する。まぁ最後だけはあったけど。

カヲルは一つひとつ確認するように聞き、本当かどうか俺の瞳の奥を覗き込むように見つめてくる。その目で見つめられるとどうにも落ち着かなくなる。言っていいことと悪いことを選別し落ち着いて対応すれば何とかなると思いながらも、俺の中のブタオマインドが嬉しい悲鳴を上げそうになるため、ちぐはぐな思考になってしまうからだ。

続いて何故、大悪魔の魔石がEクラスのものになっていたのかと怪訝そうに聞いてくる。

これは後で気づいたことだが、天摩さんに押し付けたと思っていた魔石をいつの間にか俺のものとして登録してしまったようだ。だがレッサーデーモンと戦ったことは言えないので「俺は特に何もしていなかったけど、仲良くなったからくれたのかもしれない」とゴリ押しておく。が、やはり納得はしてもらえない模様。

「それであんな貴重な魔石をくれるのかしら……売れば一千万円はするような貴重なものなのよ」

「一千万⁉」

聞けばレイドモンスターの魔石は魔石エネルギーとしての価値よりもお宝としての価値

のほうが高く、市場では高額取引されているらしい。それが有名なモンスターのものとなれば金額は跳ね上がるとのこと。最近の成海家は景気が良くなってきたとはいえ、これほどの金額の商品は取り扱ったことがない。額が額だけに天摩さんと久我さんには分け前を渡さないといけないな。

「でも、学年次席とずっと一緒にいたって情報は入ってきているわ。余程気に入られたようだけど……最近の颯太は妙に顔が広いというか……例えば、楠雲母先輩にしても」

昨日あったクラス対抗戦の結果発表。そこに楠雲母が一人で現れ、俺に伝言をしてくれと頼まれたとのこと。

「今日の夜に〝お茶会〟をやると言ってたわ」

「……そういえば誘われていたな」

一ヶ月ほど前に楠雲母から〝くノ一レッド〟のクランパーティーに誘われたことを思い出す。くノ一レッドのクランリーダーはお色気女優としてテレビで度々登場するので一般人からの認知度は高く、俺としてもくノ一レッドは芸能人グループのようなイメージであったが……リサから教えてもらった情報では非常に保守的なクランで攻撃的。諜報・工作を専門とする裏世界の組織だそうな。

そんな危険なクランに招待されたところで何も嬉しくはないし断りたいところではある

が、そうもいかない。なにせ、くノ一レッドのクランリーダー御神遥直々の招待状を送られたからだ。

俺もこの御神遥という人物について調べてみたところ、伯爵位を持つ貴族で父親が軍方面に強い貴族院政治家で大臣経験者、母親が侯爵位の流れをくむ大資産家の娘ということは分かった。この御神家というのは政界、財界に強いコネクションを持つ金満貴族のようだ。ちなみに楠雲母は御神遥の姪である。

「楠雲母という人がどんな人なのか、知っているの？」

「まぁ。一応な」

「前に聞いたときは知人ですらないと言っていたはずだけど……でも昨日話した限りでは颯太のことを知っているようだったわ」

と言うと俺が何者であるのか、何を考えているのかを見極めようと再び目の奥を見つめてくる。

高校まで平凡な生活を送ってきたはずの幼馴染が、いつの間にか貴族と知り合いになっていた。しかも相手は冒険者学校の中でも指折りの大貴族。そんな人物がわざわざ俺と会うために一人で接触しに来たとなれば何かあったと思うのも無理はない。

大抵の貴族はプライドが高く、一般庶民がどうなろうと気にも留めない。何かあれば司法すらも捻じ曲げようとしてくる輩だっている。天摩さんのように寛容で誰にでも分け隔てなく接する貴族なんてまずいないと思ったほうがいい。

いわば貴族とは庶民にとって災害のようなものであり、カヲルはそれを危惧して探りを入れているのだろう。

「それでお茶会というのは……」

「あぁ……まぁ。なんというか」

俺が呼ばれているのは、お茶会という名の伏魔殿だ。向こうも俺の素性を調べた上で直に見極め判断したいという思いから招待したはず。相手は貴族なので無視するわけにもいかないが、行けばトラブルになる可能性もなくはない。家族には今夜だけでもダンジョンに退避して待機するよう言っておくつもりだし、当然カヲルも巻き込みたくはない。

――と思うのだが、内なるブタオマインドが全てを晒して味方に引き込めと訴えかけてくる。早瀬カヲルという人間はとても賢く誠実。それでいて信頼もできる女性だと。

（そんなことは重々承知だぜ）

俺としても味方に引き込みたいと何度も考えたことはある。だが、何せ今までの行いのせいで嫌われすぎてカヲルの俺に対する信用はゼロどころか大きくマイナス。ここまで人間関係が破綻しているなら他の人を引き込んだほうがまだやりやすい。

（とはいえ、赤城君達のこともあるしな）

今回のクラス対抗戦。赤城君達はレベルが基準に満たないまま試験に突入し、案の定、成果は挙げられず様々なトラブルに苦しめられていた。このまま放置しておけば今後のイベントにおいても苦戦は必至。下手すればメインストーリーが失敗に終わる可能性もある。ならば赤城君達を強くするため、関係構築の苦労を承知でカヲルを引き込み、彼女経由で支援に回ったほうがいいのではないか。

「何か、言えないことでもあるの？」

大きな瞳で「何か隠しているなら話してほしい」と訴えかけてくる。無論、カヲルを引き込みたいのは赤城君達をどうにかしたいということだけが理由ではない。こんなにも才能豊かで可愛く優しい子が味方になってくれればどれほど頼もしいか。どれほど毎日を華やかに過ごせることか。ブタオマインドも心躍るように「手を差し伸ばせ」と何度も訴えかけてくる。だけど――

「――いや。料理をご馳走してくれるってさ。せっかくなら楽しんでこようかと」

「そう……」

核心は話さないと悟ったのか残念そうに長い睫毛が伏せられる。カヲルはサツキのように破滅的な状況に追い込まれる未来はないし、特段酷いバッドエンドもないはず。たとえ苦難があったとしても賢く頼りになる仲間に恵まれているし、不屈の精神があれば乗り越えていける高いポテンシャルも持っている。そんな輝かしい未来が待ち受ける彼女を、俺の勝手な欲を理由にして巻き込んでいいわけがない。

それにだ。もし苦難を乗り越えられそうにないなら、いつでも駆けつけるつもりではある。これまでの罪滅ぼしというわけではないが陰から全力でサポートしよう。リサとサツキも立木君経由でバックアップするというし、カヲルを内側に引き込むかどうかはそれを見て判断してからでも遅くはないだろう。


無言でお茶をすすりながら相手の出方を見るという気まずい空気を過ごす。このお茶こんなに苦かったっけ……とか思いつつ何かいい話題がないか思案していると、ポツポツという音が聞こえてくる。雨が降りだしてきたようだ。

カヲルは、憂うような表情で窓の外をぼんやりと見る。長い睫毛に切れ長の目。整った鼻や輪郭。その美しい横顔を見ていると、ダンエクでは次期生徒会長やピンクちゃんほどではないにせよ、とても人気の高いヒロインだったことを思い出す。幼馴染がこれほどの美人なら誰にも取られたくないと必死になるのも頷ける。

もちろん美人なだけではない。ゲームではツンケンしていた描写が多かったが、実際に観察していくと、まじめで不器用なだけだと分かってきた。努力家だし、根はとても素直でいい子なのだ。

　そんな高得点すぎる幼馴染に、俺の中のブタオと共にしばし見惚れていると――突然、目を見開き立ち上がったではないか。

「颯太っ――いえ。ちょっと私にも考えることができたから、今日のところは帰るわ」

「あ、あぁ。気を付けてな……っていっても家はすぐそこだし大丈夫か」

　てっきり見ていたのを怒られたと思い、オラびっくりしてしまったぞ。

「クラスメイトには私の方からそれとなく説明しておくから……それではまた」

　先ほどまでのゆっくりとした時間が嘘のように、風のように去っていくカヲル。急用でも思い出したのだろうか。何にせよそんな忙しい中、わざわざ伝言を届けてくれた上にクラスメイトに説明までしてくれるとはマジで助かる。玄関まで送り届けて感謝の言葉をかけておくとしよう。


　ドアが閉められ再び静寂が訪れる成海家。凝り固まっている筋肉痛を伸びでほぐしながら居間へと戻る。

「しっかし。やっと家に帰ってゆっくりできると思ったのに、クランパーティーがあったとはなぁ」

全力で逃げだしたい。思う存分ベッドにダイブしたい。そんな衝動に駆られるものの、頭を振って誘惑を断ち切ることにする。貴族連中に歯向かうにしても家族のレベルを30くらいにまで上げてからだ。それまでは目を付けられるような行動は控えるべきだろう。

服は制服でもいいとか言ってたっけか。とりあえずシャワーでも浴びてからどうするか考えよう。

着替えを持って浴槽に向かっていると、上からドタドタと階段を下りる音が聞こえる。静かだったから誰もいないと思っていたけど、華乃がいたようだ。

「おにぃ。おっかえり～！　ほんとに痩せてるねっ！」

「いたのか。部屋が真っ暗だったからお前もダンジョンに行ってるのかと思ってた」

「寝てたのー！　あ、もう結構降ってる！　早く洗濯物いれないとっ」

急いで洗濯カゴを取り出し、外に干してあった洗濯物を取り入れる妹。こんなどんよりした天気なのに洗濯物を干したまま寝てたとは。呑気な奴だ。

「風呂から上がったら話がある。後で時間くれよなー」

「タオルとぉ、Tシャツとぉ、仮面とぉ……このローブ、乾きにくいのに濡れてる！」

1週間ぶりのシャワーだ。体は《浄化》で綺麗にしていたとはいえ、やっぱりお湯を使いたくなるもんだな。

第12章 ✦ 貴族街の豪邸

くノ一レッド主催のクランパーティーに行くため、髪をセットしながら鏡を見る。すると元のブタオのイメージからはかけ離れたイケメンがそこに映っていた。両親も妹もそれなりに見た目はいいので、ブタオも痩せればひょっとするのではと思っていたが、くっきりとした目鼻に涼しげでシャープな輪郭。多少やつれてはいるものの、期待通りと言っていいのではなかろうか。

完全に悪役顔では無くなっているし、これならクラスに溶け込みやすくなるかもしれない。可愛い女の子から言い寄られる可能性だって無きにしもあらず。ダンジョンから帰ってくるこれまでの間、ずっと空腹に耐えてきたんだ。前は一瞬でリバウンドして元に戻ってしまったが、今回はなんとしてもこの体型を維持していきたい。

だが痩せたことで弊害もある。例えばこの制服だ。

上着はともかく、ズボンがダボダボになっていて見た目があまりよろしくない。ここまでウェストのサイズが変わったのなら買い替えも検討したほうがいいだろうか。今日のところは時間もないのでベルトできつく締めておくとしよう。

さて。準備はできたわけだが、その前に華乃と話しておかねばならない。

「華乃。ちょっと話がある」

「どうしたの。こんな時間に制服なんか着て」

居間で寛いで雑誌を見ていた華乃が顔を上げると、制服姿の俺を見て何事かと聞いてくる。

「親父とお袋がスケルトン狩りしてるけど、今夜はお前も一緒にいろ」

「そのつもりだったけど、何かあるの？」

「もしかしたら危ない場面があるかもしれないから、念のために華乃には退避しててほしいんだ」

「え、危ない？」

状況が飲み込めず盛んに首を傾げる華乃。これから招待状に書かれていた場所――恐らく、くノ一レッドの拠点――に向かうことになる。向こうも俺を攻撃するつもりならとっくにやっているはずなので戦闘にはならないだろうが、それでも万一のことを考えて家族には退避していてもらいたいのだ。

両親達は今、スケルトンウォーリアが多数ポップする狩場にいる。お袋が魔法を覚えたことで乱射魔になっているとの動画が送られてきたが、親父もまんざらでもない顔をしているので楽しんではいるのだろう。華乃も向かうなら三人でブラッディ・バロン狩りもできるし、今夜はダンジョンで頑張っていて欲しい。

「大丈夫だ。ちょっと人と会って飯を食ってくるだけ。危ないことなんてまず起きない。起きたところで俺にはとっておきがいくつもあるから余裕だ」

「ふーん。まぁー、おにぃを倒せる人なんてコタロー様くらいだしねっ！」

カラーズのクランリーダー、田里虎太郎か。ゲームでも様々なストーリーで登場する有名人。1対1で戦う場面はゲームでは出てこなかったので強さは不明だが、どれくらいの実力なのかは興味がある。

「そうそう、ダンジョンに行くときは仮面とローブも持っていけよ。あれは対人に滅法強いからな」

「うん。ちょっと濡れてたけどもう乾いたかなー。ふんふんふん♪」

妹が変な歌を口ずさみながら部屋干ししてあったローブの様子をみる。あのローブには存在感を低下させる効果が、そして古びた木の仮面には鑑定系スキルを阻害する効果がある。モンスターには効かないものの、対人には絶大な効力を発揮するので俺と両親の分も早いところ買い揃えておきたいところだ。

「それじゃ行ってくる。何かあったら連絡しろよ」

「はーい。気を付けてねー」

再びソファーに寝ころび雑誌を見ながら手を振る妹。クラス対抗戦も終わったし、そろそろ家族のパワーレベリングも本格的に再開させたいところだ。そのためにも面倒事はさっさと終わらせてこよう。


玄関から出て時計を取り出し、時間に余裕があることを確認する。空を見上げれば、本来ならまだ明るいはずの空はどんよりとして、かなり薄暗い。もう雨は止んだようだが天気予報によればまた降るらしいので、折りたたみ傘がマジックバッグに入っているかも確認しておく。

「くノ一レッドか。穏便に終わればいいが……ん？」

どうにも気の進まないパーティーをどうにかポジティブに捉えて夜の街へ踏み出そうとすると、向こうから黒塗りの高級車がやってきて……我が家の前に停車したではないか。

誰が乗っている車なのか様子を見ていると窓が開き、中にいたのは――碧色の長い髪に赤い花飾りを付け、ノースリーブのドレスを着た楠雲母であった。

パッと見た感じでは深窓の令嬢のようでとてもエレガントである。そんな彼女は俺を見て柳眉を寄せていた。

「……あら？　成海颯太……のご兄弟かしら」

「ど、どうも。こんばんはぁ」

俺の姿を上から下まで見ながら「もっとタヌキっぽい雰囲気だったような」と呟きつつ、顎に手を当てて訝しむキララちゃん。オレだオレだと言うものの信じてもらえず、もらった招待状を見せてようやく俺だと認めてくれた。

「では改めて。楠雲母ですわ。わたくしが送ったメッセージはお読みになって？」

「メッセージ？」

腕端末から一覧を急いで開いて確認すると「クランパーティーの1時間くらい前に迎えに行く」という趣旨のメッセージが今朝に届いていた。クラスメイトからの大量のメッセージを放置していたため埋もれて気づかなかったぜ。後で整理しておかねば。

「まあいいでしょう。こちらへお乗りなさい」

キララちゃんが合図をすると中から執事服を着た人がでてきて、ここに乗れと後ろのドアを開けてくれる。軽やかで上品な身のこなしから執事というより士族かもしれない。それでは遠慮なく乗せてもらうとしよう。

やけにフカフカな後部座席に腰を下ろしドアが閉じられる。すると外の喧騒が全く聞こえなくなり、静かなクラシック音楽が流れていることに気づく。白い革張りの内装を見てもとんでもない高級車だと分かるが、一般庶民を地で行くオラにとっては逆に居心地が悪い。ケツがむずむずするぜ。

キララちゃんが再び片手を上げるとモーター音がして、スムーズに発車される。そんな彼女の横顔をふと見てみれば微笑をたたえており、最初に会ったときと比べるとずいぶん表情が柔らかい。まぁ……最初は不審者扱いされてたからな。特に会話がなさそうだし外の景色でも見ることにしよう。

元の世界では閑静な住宅地だったこの街は、ダンジョンができたことによりビルがたくさん建てられ、多くの人が行き交うダンジョン都市に変貌している。飲み屋が連なっている通りにはダンジョン帰りの冒険者が鎧を着たまま飲み交していたり、「俺に勝ったら10万円」とかいう路上パフォーマンスで客が騒いでいたりと非常に活気がある。

そんな繁華街を走り抜けて、向かってる先は貴族街。もう少し行くと小高い台地があり、そこに貴族達がこぞって屋敷を構えている。別の名前はあるのだが地元の人達は貴族街と呼んでいる。冒険者学校の貴族達も寮からではなく、この貴族街から車で通っているようだ。

もちろん庶民は仕事でもない限り貴族街に行くことはない。歩いているだけでも貴族連中にどんないちゃもんを付けられるか分からないからだ。本来なら俺も立ち入るべきではないのだが……貴族とはどんな生態をしているのか、これを機にちょっと探ってみたいという気持ちはある。初めて行く場所に内なるブタオマインドも興味津々のようだし、せいぜい美味いもんも食いながら楽しむことにしよう。そんな風に考えながら窓の外を眺めていると隣にいるキララちゃんが話しかけてきた。

「成海……成海君。クラス対抗戦では大活躍したようですわね」

「はぁ。いろいろと手違いがありまして」

「隠さなくてもよろしいですのよ。貴方がただ者ではないことは存じておりますし」

ただ者ではない……か。くノ一レッドが水面下で動いて調べていた可能性は想定していたが、どれくらい情報を集めていたのか少し気になるな。少し探りを入れてみるか。

「ただ者ではないとは買いかぶりすぎでは。俺は劣等クラスと言われるEクラスの中でも出来損ないの扱いなんですけどね」

「貴方の正確な強さは分かりませんが〝フェイカー〟だということは知っています。それだけで一定の実力が保証されているようなものです」

フェイカーとは……まぁ大体の予想はつく。恐らくステータス偽装スキルの《フェイク》を所持している人のことを指すのだろう。このスキルはどうやら一部の組織や団体しか知られていない隠匿スキルのようで、くノ一レッドがわざわざキララちゃんを使ってコンタクトを取ってきたのも、このスキルを持っていることがバレたせいだ。だが俺から何を聞きたいのだろう、素性はすでに調べて何もないと分かっているはずだ。いや、もしかして何か掴んでいるのか？

「そう警戒しなくてもよろしいのですのよ。叔母様からも友好的に接するよう言付かっておりますし」

「叔母様……御神遥さんですか」

「ええ、とても美しくて素晴らしい方ですわ。寛容な方ではありますが失礼のないよう気をつけてくださいまし」

「……肝に銘じておきます」

正直、貴族には余り良いイメージを持っていない。それでも天摩さんや世良さんのように庶民に対して割と友好的な貴族もいる。くノ一レッドのクランリーダーもそうであってほしいと僅かな可能性を願いながら再び窓の外に視線を移すことにした。

緩やかな坂を上がっていくと、見慣れた無機質の街灯からアンティーク調の街灯に、歩道もアスファルトから天然石の舗装に変わっていることに気づく。貴族街に入ったのだろう。この付近の家は豪邸ばかりでフェンス越しに見える庭は広く、垣根や木々も綺麗に手入れされているのが見て取れる。

夕闇の中、その通りを数分くらい走っていると前方にライトアップされた城のような巨大な建物が見えてきた。迎賓館か何かだろうか。

「あちらが叔母様の私邸ですの。とっても素敵でしょう？　クランで催し物があるときは使わせていただいておりますのよ」

「……なんというか、中世の城みたいなんですけど」

3階建て。横幅は50mはあるだろうか。それがコの字に建てられている。外から淡い暖色系の光で上品にライトアップされており、屋敷の正面にある大きな噴水の水に光が反射して外壁がキラキラと輝いている。というか日本でこんな城みたいな建築物を個人所有できるものなんだな。

「こちらで降りますわ」

想像以上の豪邸っぷりに度肝を抜かれていると、車が鉄製の門扉の前につけられる。執事にここで降りろと言うかのようにドアが開けられたので、よっこらせっと降り立つことにする。門扉の横にある表札には「御神」と書かれているのでここで間違いないようだ。

見ればキララちゃんは仮面舞踏会で付けるような仮面を付けているではないか。目鼻だけを隠すファッション性の高いカーニバルマスクだ。でも俺はそんなもの持ってきていないぞ。

「これを付けるのはわたくし達メンバーだけですのでお気になさらず。それでは参りましょう。ついてらして」

キララちゃんの後を付いて行き、開かれていた門から御神邸の中へと入る。入り口付近には街灯に照らされた2色のアジサイが咲き誇っており、その中にある小道を通ってゆっくりと歩いていく。芝などは綺麗に刈り揃えられており、奥にある花壇には様々な種類の草木が植えられている。これほどの庭を管理するには何人の庭師が必要なんだろうか。

丸い噴水を迂回し正面玄関までいくと、待ち構えていたのは剣を携えて武装した人達。

スーツを着ているものの荒事に慣れていそうな雰囲気を纏っているので雇われた冒険者達だろうか。このエリアはマジックフィールドではないが、いざとなれば人工マジックフィールドの魔導具を展開するのかもしれない。

そこで招待状を見せ、簡単なボディチェックを受けた後に中に入る許可をいただく。

（さて。中はどうなっていることやら……）

中庭も家の外観も凄まじく金がかかっていただけに、この豪邸の中はどれだけ凄いのかと俺の中の一般庶民魂が震え上がる。恐る恐る巨大な正面玄関をくぐり抜けると案の定、煌びやかなロビーが広がっていた。

吹き抜けの天井には2mはあろうかという巨大なシャンデリアが吊り下げられており、ピカピカに磨かれた大理石の床に光が反射して眩しい。インテリアとして美術品や調度品がそこかしこに置かれ、壁には大きな絵画が連なって飾られている。こんな入ってすぐの場所に堂々と金目のものを置くとは、泥棒に盗ってくださいと言わんばかり……と思ったが、貴族の私邸であり攻略クランの拠点でもある場所に押し入る馬鹿などいるわけがないので大丈夫なのだろう。

（しっかし、これは貴族の中でも上位ランクじゃないのか）

派手であると同時に歴史と気品が感じられる豪奢な内装。調度品1つとっても細かく文様や彫刻が刻まれており、それなりの職人が手掛けたものだと分かる。これだけの財を築き上げられる家は貴族といえどほんの一握りなはずだ。御神家は伯爵位と聞いているが、より上位の貴族にはさらなる金持ちもいるのだろうか……

窓際に置いてある応接ソファーにふと目を移せば、黒と赤が織り交ざったようなドレスを着た女性がゆったりと座っており、こちらに小さく手を振っていることに気づく。仮面で目鼻を隠しているので誰だか分からないが、目の前にいたキララちゃんが突然背筋を伸ばし会釈したことから上司的な人だということは推測できる。

その女性は優雅に立ち上がって近くまで来て、真っ赤な口紅が塗られた口元をにっこりとさせる。胸元が大きく開かれているのでなんというか、目のやり場に困るのだが……

「ようこそ～成海颯太君♪　お久しぶりね」

「こちらは副リーダー。成海君とは以前にダンジョンでお会いしたと聞いていますけど」

「あぁ。あのときはお世話になりました」

艶のある声で挨拶をしてくる妖艶な女性。以前に冒険者階級の昇級試験を受けたときに出会った、やけに色っぽいくノ一さんか。そのときの赤いくノ一スーツも良かったが、今着ている体のラインが強調されたドレスも負けず劣らずセクシーだ。

「今日は他にも何人かの賓客をお呼びしているのだけど、私達は、あなたに精一杯おもてなしする、つ・も・り・よ♪」

「そ、それはどうも。よろしくお願いします」

「うちのクランリーダーも後でお話をしてみたいと言ってたわ。でもその前に、ご馳走を用意したので遠慮なく食べていってね」

「さぁ成海君。いきますわよ」

ドレスを着た美女二人にエスコートされながらパーティーホールへと誘われる。

（両手に花な上にご馳走までありつけるとは。来てよかったかもしれん）

気を良くして浮かれていた俺は、ここが伏魔殿であることをすっかり頭から抜け落としてしまっていた。

第13章 ✦ 壇上の麗人

ドレス姿のくノ一さんとキララちゃんに付き添われながらパーティーホールへと続く長い廊下を歩く。そのつきあたりには観音開きの扉があり、俺達が近づくとスタッフの人達が笑顔で開けてくれる。

扉の向こうは体育館ほどの広さの豪奢なホールとなっており、中に入るとウェイトレスや執事達十数人が一斉に頭を下げて「ようこそ」と出迎える。こんな大層な待遇を受けても庶民にとってはストレスになるだけだが、それも狙いの1つなのかもしれない。少しばかり怯んでしまったけど上手くごまかしながら、くノ一さんとキララちゃんの後ろをおずおずとついて行く。

奥の方には大きなテーブルの上に料理が載った大皿が並べられており、ここに置かれたものは全て自由に食べてもいいとのこと。予定より到着が早かったため今は数種類の料理しか置かれていないが、これからたくさん持ってきてくれるそうだ。

「好きなものをお皿に取って食べてね。これとか今日のために仕入れた料理なのよ？　おすすめ♪」

赤いマニキュアの塗られた指先でくノ一さんが教えてくれたのは、金属製の大きな丸い蓋が被せられた大皿。開けると現れたのは飴色に焼けた鳥の丸焼き。これは北京ダックだろうか……実に美味そうだ。

物欲しそうに見ていると近くにいたコックが早速切り分けてくれる。それをクレープのような薄餅の上に載せてタレを付け、野菜と一緒にくるくると巻いて食べるようだ。ダンジョン20階であのアホと戦った後からずっと空腹を耐えてきたせいでもうフラフラ。遠慮なくいただくとしよう……ぱくりとな。

「うんめええぇえ」

こんがりと焼けた鳥皮とふんわり野菜をパリッとした薄餅が包み込み、何とも言えない香ばしさが鼻腔を通り抜ける。俺の反応を見てコックが次々に切って巻いてくれるので、そのたびに口に入れさせてもらう。こりゃ止まらん。

「ふふっ。いい食べっぷりね。じゃあ次はあれとかはどう?」

向こうから運ばれてきたのは大きな海老の載った大皿だと言う。蓋を開けてみれば50cm近くある巨大な伊勢海老が乗っていた。その上にはホワイトソースがかかっており、新たなコックが小皿に切り分けて差し出してくれる。

「うほぉ……なんだこのぷりっぷりの食感は」

口に入れてみれば伊勢海老とソースが見事に絡み合い、噛むごとに海老の旨味とクリーミーな香りが溢れ出てくる。こんな美味い海老は初めてだ。

本来ならゆっくり味わって食べるような食材であるが、ちまちまと小皿に分けてくれるのが待ちきれず大皿を持って丸々一匹を口いっぱいに頬張り平らげさせてもらう。感動に打ち震えながら隣にあったフルーツを齧っていると、今度は新たな大皿が3つもやってきたではないか。非常に食欲をそそる香りがするぜ……どれから食・べ・よ・う・か・な。

「そ、そんなに食べても大丈夫なんですの？」

「彼は大事なお客様なのだから、あなたもぼ〜っとしてないで、もてなしなさい」

「はっ、はい……」

慌てたように炭酸ジュースを注いでくれるキララちゃん。くノ一さんが料理をどんどん持ってくるように声をかけるとコックやウェイトレスが慌ただしく動き出し、色とりどりの高級料理が運ばれてくる。

どれほど珍しく手に入りにくい食材なのか隣で一皿ずつ丁寧に説明してくれるくノ一さん。こんなに食べたらさすがにマズいのではないか、なんてことが一瞬だけ頭によぎるが、目の前の全てが食べ放題という誘惑の前にはそんな心配は露と消えるしかなかった。

気を良くして次々に料理を胃に流し込んでいると、ウェイトレスと執事が部屋の入り口に集まり始めたではないか。誰が来るのかと横目で見ているとドアが開かれ、俺のときと同じように一斉に頭を下げて出迎える。入ってきたのは左右に妖艶な仮面美女を侍らせた、でっぷりした男だった。

（はて……あの顔はどこかでみたことがあるような）

「あちらは私達が日頃お世話になっている先生よ。でもちょっと気難しい方なのよね」

「先生ですか」

誰だったか思い出そうと見ているとくノ一さんが何かの先生だと教えてくれる。胸にはきらりと光る金色のバッチがつけられているが、それだけでは政治家、弁護士、闇の組織などいろいろあるので特定はできない。

その男はホールの中を大股で歩いていき大きなソファーへ乱暴に腰を下ろすと「おい、もっとネーちゃんを呼べ」と神経質な声を出す。

すぐに奥から仮面をしたドレス姿の女性が数人出てきて接待に入るが、今度はその女性達の肩に遠慮なく手を回して引き寄せ、酒を注げと騒ぎ始めたではないか。うらやま……けしからんっ。

しかし接待する側の女性たちは嫌そうなそぶりを一切見せず「大臣様」と笑顔でもてな

して酒を注いでいる。大臣様ね……まさか日本の大臣じゃなかろうな。そういえば御神家も軍の大臣経験者だったからその繋がりかもしれない。

この世界の日本は戦前のものに近い政治体制を敷いており、国防に対しても自衛だけしていればいいという認識ではない。大臣の名称も防衛大臣ではなく陸軍大臣、海軍大臣とかいう名前になっている。その2つの大臣の中で〝くノ一レッド〟と繋がりがあるとすれば冒険者ギルドを管轄している陸軍大臣だろうか。だがそんな偉い人と一緒の場所で呑気に飯など食っていていいものなのか不安になるな……

「ほらほらぁ。美味しい料理はまだまだあるんだから遠慮しないで食べてね」

「成海君。はい、あーん」

そんな心配をよそに、くノ一さんとキララちゃんが手に持った肉料理を押し込んでくるので口を開けて食らいつく。噛むとジューシーな肉汁がじゅわりと溢れ出し、後からスパイシーな味付けが効いてくる。これだけのものが食える機会は滅多にないのだから今は深くは考えず食うことに集中するか。

ベルトを何度も緩めながらもっちゃもっちゃと口を動かしていると、再び入り口にウェイトレスと執事が集まりだした。また客人だろうか。

ドアが開かれ、次にそこに立っていたのは薄縞の高級スーツを着た、30代くらいの白人の男。ポケットに手を突っ込み前を睨みながら不遜な態度で入ってくる。だが眼光は鋭く、明らかに堅気ではない空気を纏っている。もてなしのための仮面美女も後ろにいるが、表情は硬めで警戒するかのように距離を開けてついてきている。

（ん？　あいつは確か……）

「あちらは私達と長らく交流をしていた海外のとある組織の方なんだけど、たまたま日本に来ていたのでお声をかけたの」

「んぐんぐ……なるほど」

とある組織ね。だがあの顔は知っている。東欧に冒険者達が集まって作った神聖帝国という国があるのだが、そこの要職についているヤバイ奴だ。ゲームでは終盤に登場するボスキャラ的な存在であるにもかかわらず、この時点から来日していたとは。いったい何の用事で来ているのか気になるな。子飼いの部下達も入国してきているはずだけど、この場にはあいつの姿しか見えない。

（これはさすがに楽しまなきゃ損とかいう段階ではなくなってきたか？）

今後ストーリーに沿って順調に進んでいけば、赤城君達と殺し合いが発生しかねない相手でもある。そんな奴と同じ空間で飯を食うというのは精神的によろしくない。くノ一レッドも長らく交流していたというくらいなので神聖帝国の要人だと承知で招待しているのだろうが、アイツの危険性まで正確に把握しているのかはなはだ疑問だ。

「あの～凄そうな方達を呼んでいるみたいですけど、俺なんかがここにいて大丈夫なんですかね」

「今日は三人の賓客をご招待したのだけど、主賓は成海君なのよ？」

「……俺が主賓？　それまたどうして」

一国の大臣と冒険者大国の要人を差し置いて一般庶民の俺を主賓にするとかありえないだろ……いや、ありえなくもないがそこまで俺の情報を掴んでいるとは思えない。最初は《フェイク》絡みでどこの組織の者か探りを入れるだけかと思っていたけど、他に何か重要な情報でも掴んだのだろうか。

それとなく聞いてみると、クランパーティーに誰を呼ぶかどうかの判断はリーダーである御神遥が独断で決めるらしく、詳細は分からないとのこと。後でじっくりお話をしてみたいと言ってたので気になるなら直接聞いてと言われてしまう。どうにも嫌な予感がしてきたぞ。今さら帰るなんて言えないし、こうなったら開き直ってとことん食ってやる。

「あの……ところで成海君。何だか体が横に大きくなっているような……」

「ほんとだわ。不思議な体してるのねぇ」

柳眉を寄せながら「最初に見た時くらいまで膨らんでいますわよ」と言うキララちゃんに、珍獣を見る目つきで俺を見てくるくノ一さん。そういえば腹が苦しいからベルトを何度も緩めていたけど、腹だけじゃなくてなんかこう……全体的に膨らんでいる気がする。今の俺の体どうなってんだ。

今すぐ鏡を見たいような見たくないような、そんな複雑な心境に駆られながら次なる皿に手を伸ばしていると、ステージのような場所にスポットライトが当たり、閉じられていたカーテンがゆっくりと上方向に動き始めた。

「叔母様の登場ですわっ」

カーテンが上がるとそこには弦楽器やサックスをもった奏者達が並んでおり、ジャズっぽい軽快な音楽が奏でられる。それと同時に艶やかな紫系統のドレスを着た女性――御神遥が満面の笑みで登場し、執事や仮面の美女達から拍手で迎え入れられる。

『ようこそいらっしゃいました。お三方にはたくさんの催し物を用意しておりますので、今夜はどうぞ楽しんでいってください』

明るい群青色の髪を花飾りと一緒にアップで編み込み、紫紺のドレスの上から大きな宝石の付いたイヤリングやネックレスなどで着飾っている。目鼻は非常にくっきりしており、

その美貌はテレビで見たときよりも輝いてみえる。

　御神がアイコンタクトで合図を取ると光量が少し落とされ、ピアノによるゆっくりとした曲調の前奏が始まる。やがて小気味のよいドラムのベースと共に、しっとりとした甘い声で歌いだした。

「この歌声を生で聞くことができるのは本当に限られた人だけですのよ」

　隣で目を潤ませながら聞き惚れているキララちゃん。ジャズにはあまり詳しくないけど、それでも抜群の歌唱力だというのは分かる。高音から低音まで透き通るような声質がとても心地好い。こういった歌は酒をちみちみ飲みながら聞きたいものだけど、この身は未成年なので我慢するしかない。

　歌が終わるとスタッフ執事総出で大きな拍手が沸き起こり、キララちゃんも立ち上がって興奮気味に熱烈な拍手をしている。確かにこれほどの歌唱力なら拍手の1つもしたくなるってもんだ。ブラボー。

『それでは銘酒と料理、名うての奏者が奏でる音楽を引き続きお楽しみください。私は一人ひとり挨拶を兼ねてお話させていただきたく存じます』

　御神は軽く一礼してステージから降り、最初に向かったのはあのでっぷりした――大臣がいるテーブルだ。まるで入学前のブタオのようなニヤニヤしたいやらしい目つきを向けているけど、御神は笑顔を崩さず面白そうにコロコロと笑っている。調子に乗って肩に手を回そうとする大臣だが、その手をするりと躱して酒を注ぐ。御神はこういった対応にかなり手慣れているように見える。

　だが一番大事に扱うと思っていた大臣には1～2分しか話をせず「もうお帰りです」といって退散させてしまう。「ワシはまだ楽しむんだっ」とか言って椅子にしがみついて抵抗するものの、黒服の執事が出てきて羽交い締めにし、ホールの外に連れ去ってしまった……見た限りでは何らかの交渉が決裂したようだ。

　次に向かったのはつまらなそうに飲み物を飲んでいる白人の男がいるテーブル。長めの金髪を丁寧にサイドに流し、よく整った顎ヒゲを蓄えているので上品には見えるが……スーツの上からでも分かる筋肉の盛り上がりに加えて目つきも鋭く、ビジネスマンというよりマフィアに近い印象を受ける。

　簡単な挨拶を交わした後、男の方は不機嫌そうに顔を歪めて足を机の上に乗せ、横柄な態度で話し始めた。対して御神はそんな態度は一向に気にしないと言うかのようにコロコロと笑っている。本当に同じ話題について話しているのか疑いたくなる光景だ。

　何を話しているのか聞き耳を立てようとしていたところ、くノ一さんが冒険者学校のことを聞きたいようであれこれと質問してくる。

「成海君はこの子と同じ学校に通っているそうだけど、やっぱり成績は優秀なの？」

「え？　いえ。俺のクラスはEクラスといって……」

「はい。クラス対抗戦でも大暴れしていたようですわ。わたくし見ましたもの」

　聞けば俺のおかげでEクラスはDクラスに打ち勝ち4位に浮上し、結果発表の会場にいた1年生全員がどよめいていたという。確かに20階までついて行って到達深度の点数を取れたのは大きいが、貴族の護衛達が全てモンスターを排除してくれたので俺の実力ではない――と言ったところで聞く耳を持ってくれない。

「初めて会ったときの動きを見た限りだとレベル20くらいに見えたから、20階まで行けたとしても不思議じゃないわね」

「そのようですわ。そのような逸材がどうしてEクラススタートなのか不思議でなりません……学校の上層部は何を見ていたのでしょう」

　くノ一さんには冒険者階級の昇級試験を受けたとき、クソ試験官をぶん殴るところを見られていたんだっけか。あれくらいの相手を圧倒するならレベル20くらい必要だとみたのだろう。あながち間違いではないが……

「そういえば、あなた。シーフ部に強力な新人が欲しいと言ってたじゃない。成海君は誘ったの？」

「まだですわ……成海君は入部する気はありまして？」

「俺は帰宅部で――」

ドンッ！　ガシャン！

大きな物音が聞こえたので見てみれば、テーブルがあらぬ方向にひっくり返っていた。机の上に載っていたグラスや皿が割れ、料理があちこちに散らかっている。あの白人の男が蹴り上げたようだ。その際に飲み物が御神のドレスに少しかかったようでウェイトレスが慌てたように布巾を持って駆け寄っている。

「なっ……叔母様――」

「待ちなさい」

キララちゃんは殺気を放ち駆けつけようとしたものの、瞬時にくノ一さんが肩を押さえて制止させる。だが周囲にいた執事や仮面美女達は殺気を抑えきれておらず、中にはスカートの中から武器を取り出そうとしたウェイトレスさんまでいた。

（白……ただのウェイトレスさんじゃないのか）

仮面をせず素顔のまま料理やドリンクを運んだりしていたので普通のウェイトレスかと思いきや、あの女の子も立派なくノ一レッドメンバーのようだ。

ちらりと見えた白く輝くシークレットエリアをひっそりと脳裏に留めておきながら、辺りを見回して状況を確認する。

(戦闘には……ならなそうだな)

一部の者が取り乱した以外、非常に統制がとれている。先ほどのウェイトレスもすぐに武器をしまって何事もなかったかのように笑顔で業務をこなしている。戦闘が始まるかもしれないと思ってオラは少し焦ったぞ……というのも、あの男に喧嘩を売ることは浅はかな行為であるからだ。

冒険者大国と言われ、ヨーロッパの並み居る国家群を一国で抑え込んでいる神聖帝国。その中でも十指に入る実力者で、伊達に枢機卿というポストに就いているわけではない。くノ一レッドが集団としてどれほどの強さなのかは分からないが、戦えば無事では済まないだろう。

ただ……アイツは残虐ではあるが冷徹で計算高く、無暗に怒気を放つような男ではない。にもかかわらずあれほど怒りを隠さなかったのは、御神の方から何か挑発的な話題を振った可能性も考えられるな。

「申し訳ございません。すぐに代わりの料理をお持ちしますので少々お待ちください」

「――ッ、――！」

　やけに落ち着いている御神が新たな料理を持ってくるよう指示を出そうとするが、男は何かを吐き捨てるように呟いてこの場から立ち去ろうとする。周りの執事達はそれを止めもせず頭を下げるばかり。また交渉事が決裂したのだろうか。

　残された御神は肩をすくめた後に最後の客である俺のほうに振り返り、微笑みながら優雅に近づいてくる。

　目の前まで来ると軽く会釈して対面の椅子にゆっくりと腰を掛ける。近くで見ると恐ろしいほどの端麗な顔立ちと容姿をしているのが分かる。その細い手で2回軽くパンパンと叩くと、執事がおつまみとドリンクを運んできて、ステージの上の奏者は再び心地好い音を奏で、空気が元通りとなる。

「先ほどはお見苦しいところをお見せしてしまいました。初めまして成海颯太様。私は御神家当主、御神遥と申します」

　深く丁寧に頭を下げて自己紹介する御神。伯爵位を持つ高位貴族が庶民に頭を下げるなど考えもしなかったことなので驚いてしまう――と同時に警戒感も高まる。

何故ここまで礼を尽くすのか。神聖帝国の男、なんちゃら大臣、そして俺。共通点があるとは思えないこの三人を、ただもてなすためだけにこの場に呼んだのではないだろう。それが証拠に二人はすでに退散し、残りは俺一人となっている。だけどいったい何を聞きたいのか、あるいは交渉したいのかさっぱり見当がつかない。

まぁそれも話してみれば分かることか。

「これはご丁寧に。冒険者高校1年Eクラスの成海颯太です」

第14章 ✦ テーブル越しの思惑

くノ一レッドのクランリーダーである御神とテーブル越しに向かい合い、互(たが)いに挨拶を交わす。俺としては延々と回りくどい社交辞令などしたくないので、呼んだ理由を直球で聞くことにする。

「それで、俺を呼んだのは《フェイク》を所持していたことではないんですか」

《フェイク》はステータスや名前を偽装して鑑定(かんてい)スキルから自分の情報を守るスキルだ。この世界では《簡易鑑定》を使って冒険者の身分確認(かくにん)を行っているところが多く、社会のシステムとして有効活用されている。そこに《フェイク》なんてものが知れ渡(わた)ってしまえば混乱が起きてしまうのは明らかである。

仮に《フェイク》の存在が公にバレて一般化(いっぱんか)してしまっても、より上位の《鑑定》というスキルで見破ることはできるのだが、この《鑑定》はアメリカだけの国家機密であり、それ以外の国に習得方法は公開されていない。一方で《鑑定》の魔法(まほう)が込められたマジックアイテムは出回っているものの、1回鑑定するだけで数百万円が飛ぶほど高価であるため乱用はできない。

以上の理由から世界の国々は《フェイク》というスキルが広まる前に有害指定し、情報や習得方法を制限したのだと推測している。

そんな隠匿スキルを俺が持っていたため、くノ一レッドは問題視した――少なくともクランパーティーの招待状を送った当初はこれが気になっていたはずだ。御神はゆっくりと頷いて肯定する。

「確かに《フェイク》の所持についても興味を持っていたわけですが……その前に。成海様は私どものクランについてどれほどご存じですか？」

御神とくノ一レッドはテレビや雑誌によく登場するので、普通の人なら芸能グループ、または芸能事務所を連想するだろう。俺もそう答えようと思ったが惚けていても話は進まないので率直に答えることにする。

「冒険者ギルドの運営……以外にも、諜報活動などをやられているそうですね」

「はい。《フェイク》は私どものような組織にしか開示されないスキルなのですが、調べてみたところ成海様には国からの開示許可が下りた形跡がございませんでした。にもかかわらず、どうしてそのスキルを所持していたのか……私なりに推察してみました」

御神は頬に人差し指を軽く当てて考える素振りをする。

そも、スキルというのは特定のジョブに就き、モンスターを倒して経験値を溜めていけば自動で覚えていくものだ。ダンエクではそうだった。しかし、こちらの世界では、そのスキルがあるという認識が覚えるための必要条件のようである。《フェイク》というスキルは一部の暗部組織以外には隠匿されているため、たとえ覚えられるジョブに就いて経験値を稼ごうと、スキルの存在を知らない一般冒険者では覚えることができない。それを何故俺が習得しているのか、という問題だ。

最初に御神が疑ったのは外国の工作員。つまり久我琴音のようなエージェントだ。海外でも国家直属の工作員なら大抵が《フェイク》を覚えている。俺についても同様に、冒険者学校という日本の特殊機関を諜報すべく海外からやってきたエージェントなのではないかと疑ったそうだ。冒険者学校のリサーチやセキュリティーを掻い潜って侵入してきた人物に、御神はとても興味を持ったと言う。

だが俺の家族構成や経歴がそれを否定する。詳しく調査したところ成海家の誰もが一般人にしか思えなかったからだ。

「エージェントならば過去が消え去っていたり、経歴が操作された跡が残るものですが、成海様も、そしてご家族様についてもそれまでの人生の全てを追うことができ、純然たる一般人との確証が得られました。であれば――」

国内の暗部組織の可能性。普段は一般人として過ごし、任務のときだけ裏の顔を持つ同業者だ。

「国内でも《フェイク》を所持する組織はいくつか存在しておりますが、その中で構成員が全く把握できていない組織といえば……一つだけ心当たりがあります」

心当たりね。多分というか絶対に違うと思うが、御神は確信を持っているとでも言いたげな顔つきだ。とりあえず何と言うか聞いてみよう。

「ダンジョンに出たそうですね――〝朧〟が」

「……朧？」

正体を暴いてやった、とでも言うかのようなドヤ顔気味の笑みを浮かべる御神。隣で聞いていたくノ一さんは知っていたらしいが、キララちゃんは朧と聞き、目をぱちくりして驚いている。

朧とは様々な陰謀の陰にいるとされている秘密結社で、都市伝説にもなっている有名な組織だ。ダンエクではサブストーリーにも登場し、正体を突き止めて幹部を捕まえるという討伐クエストがあったのを覚えている。その朧が俺とどう関係があるというのだ。

「一応聞きますが、それってあの有名な秘密結社のことですよね」

「その朧です。なんでも、成海様が所属するクラスの助っ人として現れたそうではないですか」

うちのクラスの助っ人だと？　妹以外に助っ人が来たという情報は知らないので多分妹のことだろうが、どうして朧ということになっているのか。

「ソレルというクランのリーダーが、仮面を被った正体不明の少女に倒されたと私どもは把握しております。その倒されたクランリーダーというのが実は金蘭会のメンバーでして——」

攻略クラン金蘭会の実力者が何者かに倒され、医務室に運ばれたという情報を掴んだくノ一レッド。その後にギルド職員として駆けつけ事情聴取をしたときに、正体不明の少女は朧であると証言したそうだ。

金蘭会メンバーを倒したということは妹に直接確認したので間違いない。レベルも20を超えていたらしく、本気を出さざるを得なかったと言っていた。しかしその男は華乃の何を見て朧と勘違いしたのかが分からない。

俺がいまいち事情を飲み込めていないと察したのか、御神は説明を補足する。

「その少女はフェイカーでした。それだけでは朧と断定はできないのですが、なんと〝速度上昇スキル〟も使用したそうです」

「速度上昇スキル？　それは朧だけしか知らないスキルなんですか？」

「朧を強者たらしめているスキルです。私どもはそのスキルを何としても手に入れたいのです」

どうやら御神は俺と仮面の少女が共に朧メンバーであり、速度上昇スキルの情報を持っていると疑っているようだ。

妹が覚えていた速度上昇スキルといえば、移動速度を30％上げる《アクセラレータ》と、回避も上がる《シャドウステップ》だが、《アクセラレータ》については久我さんも使っていたので朧と断定するのは早計だろう。

わざわざ間違いを指摘して正しい情報を与えてやる必要はないが、一応ツッコミを入れておく。

「手に入れたいと言われても、俺はそんなスキル知らないので取引しようがありません。それに速度上昇スキルを所持していたくらいで朧と断定するのもどうかと。勘ぐりすぎではないですかね」

「お言葉ですが……《フェイク》と速度上昇スキルを両方習得している正体不明の実力者が、都合よく成海様のクラスに助っ人として現れた……これを怪しむなと言われましても無理がございます。それに――」

たとえ仮面の少女が朧でなかったとしても、速度上昇スキルを覚えていたということに変わりはない。くノ一レッドが欲しいものは朧の情報ではなく、あくまで速度上昇スキル。そのスキルの詳細は何なのか。どのジョブで、どれくらいの経験値があれば覚えられるのか。習得条件は他にあるのか。スキルの詳細を是非に教えて欲しいと言う。

速度上昇スキルさえあればくノ一レッドは飛躍し、様々な任務を遂行できるようになる。それはこの国の安定にも繋がる——などと、どれだけ国や社会のためになるのかを説くが、正直どうでもいい。俺にとって重要なのは俺の大事な人達を守れるかどうかであり、その点においてくノ一レッドなどに期待していないのだから。

御神は説得が効いていないと見るや上品な顔つきをやや崩し、交渉カードを1枚切ってきた。

「成海様はきっと私どもの力を必要としますわ」

「……それまたどうして」

また変なことを言い出したぞ。くノ一レッドなんかを頼りにするくらいなら家族もろともダンジョンに引きこもる。が、まぁ一応理由を聞いてみるか。

「これは私どもが入手した極秘情報なのですが、金蘭会が近々、朧へ宣戦布告するそうです」

と言って足を組みなおしながら金蘭会がどういったクランなのか説明してくれる。

カラーズの傘下になる前の金蘭会は今よりも規模が大きく、利権を巡り様々なクランとの抗争に明け暮れていたそうだ。大規模攻略クランであれば抗争は付き物。日本最大のクラン〝十羅刹〟も年がら年中抗争の日々を送っているので、想像に難くない。

金蘭会も数多の抗争で勝利を重ね、スポンサーや優秀な人材を次々に確保。日本でも有数のクランにまで急拡大し絶頂期を迎えていた――が、それも長くは続かなかった。

10年ほど前のある日。何かがきっかけで朧との抗争が始まり、一ヶ月もせずに半壊。金蘭会メンバーの半数以上が死亡し、味方であったクランやスポンサーも次々に離反。クラン存亡の危機に陥ってしまう。そのため当時勢いのあったカラーズの傘下に入るという苦渋の決断を下し、再建を目指したという経緯があったそうな。

「カラーズ合流前からいる古参の金蘭会メンバーは今も朧に対し、激しい憎悪の感情を抱いています……ですが先日、その朧と思わしき冒険者に敗れてしまいました」

冒険者ギルドから朧に負けたという知らせが伝わると、金蘭会の幹部達は「クランの名に泥を塗った」と激怒。すぐに幹部全員を集めたクラン総会が開かれ、報復にでるべきか、命を取られたわけでもないため静観すべきか、怒鳴り合いとも呼べる論戦が続いたという。

「大揉めの末、汚名返上という名目でソレルの先代クランリーダーであった幹部が朧討伐の陣頭指揮を取ることに決まったそうです」

「……ソレルの先代クランリーダーですか」

「はい。霧ケ谷宗介という男です。仮面の少女に負けた男——加賀大悟はソレルの現クランリーダーですが、つい最近に襲名したばかり。先月までのクランリーダーは霧ケ谷でした」

霧ケ谷宗介……そういえば以前に家族会議で「ソレルのクランリーダーは危険な男だ」とお袋から聞いたことがあったけど、この短期間で2次団体の幹部にまでなるとは随分と出世したものだな。

「なんでも〝途轍もない功績〟を挙げ、金蘭会のナンバー2まで異例の昇格を決めたそうです。二つ名は〝狂犬〟。人物については調査中ですが、その名の通り相当に気性の荒い性格だと聞いております」

狂犬ね……そんな悪そうな奴が陣頭指揮するとなればどうなるか。朧の情報を集めようと暴力をちらつかせて聞き出そうとするに違いない。そうなれば妹だけでなくサツキやカヲルも心配になる、か。

「……ご推察の通り、仮面の少女だけでなく学校のご友人方にも被害が及ぶ恐れがあるというわけです。成海様のお心を慮れば胸が痛みます」

俺が僅かに眉を寄せたのを見て、あたかも心を痛めたかのように両手で胸を押さえる演技をする御神。その物言い全てが交渉の内だろうによく言うものだ……が、先ほど言ったことにはいくつか穴があるのでしっかりとツッコミを入れておこう。

「仮に、霧ケ谷が冒険者学校に乗り込んで生徒を傷つけるようなことになれば、学校や政府も相応の対応に出ると思いますけどね。それくらい金蘭会だって分かっているはずでしょう」

　冒険者学校は日本政府が威信をかけて作り出した冒険者育成機関だ。そこに在籍する生徒に手を出したら政府も黙っちゃいないだろう。攻略クランとて厳しい制裁は免れまい。

「おっしゃる通り、表立って生徒に危害など加えれば政府が動くことでしょう。しかしながら校外やダンジョンの中など目の届かない場所はいくつもございます。狂犬と呼ばれた男が何をしでかすか、予測できないものと存じ上げます」

「……確かに。それともう一つ。10年前の今より規模が大きかったときでも朧に半壊させられたと言ってましたけど、今の金蘭会が宣戦布告したところで勝算なんてあるんですかね」

　当時の強かった金蘭会でもたった一ヶ月で壊滅的な敗北に追い込まれたというのに、大した準備もなくどうして朧に勝てると思ったのか。背後には上位団体であるカラーズが控えているとはいえ、たかが下部組織の一人が負けた程度で朧と敵対する理由にはならないし、メリットもない。かといって金蘭会だけで事に当たって勝てると思うのも楽観的すぎる。

「勝算ができた、と考えるべきでしょう。恐らく霧ケ谷が挙げた〝途轍もない功績〟に関係していると思われます。何かの強大なマジックアイテム、スキル。もしかしたら新たなジョブを発見したのかもしれません。それくらいの算段がなければ朧に宣戦布告などしないでしょう」

最近のカラーズは下部組織も含め明らかに空気が変わった。必ず何かがある。それはまだ御神も把握できていないが、その正体を掴むのも時間の問題だと言う。

「金蘭会周辺にはすでに部下を忍ばせてあります。諜報能力に優れた私どもであれば、それが何であるか分かるまでそう時間はかかりません。同時に、成海様のご友人を彼らから守ることは可能と判断しております」

くノ一レッドが動いて金蘭会を監視し、情報収集しつつ、クラスメイト達を守る。必要とあらば間に入って交渉だって請け負う。そうしてくれるなら確かに俺にとって大きなメリットとなるだろうが――

「なるほど、御神さんの力が必要になるとはそういう意味でしたか。ですが、やはり取引に応じることはできません」

先ほどまで自信に満ちた顔をしていた御神は、思わぬ回答にキョトンとしている。

「……理由を伺っても？」

「御神さんの提案を受けるにもまず互いの信用が必要だからですよ。仮にこちらが情報を出したとして、都合が悪くなれば反故にされる可能性もある。まずは御神さん達が信頼できる相手なのか確認してからですね……もっとも、俺が速度上昇スキルとやらを知ってたら、という前提はありますが」

リサの話によれば、くノ一レッドというクランは正義の味方などではなかった。クランまたは国家の利益にそぐわないと判断すれば執拗に攻撃を仕掛けてくる過激な集団だと聞いている。いつどのタイミングで敵とみなされ攻撃されるか分からない相手に背中を守ってもらうわけにはいかないのだ。

「小僧……我々が契約を違えるとでも？」

「成海君。すぐに訂正して叔母様に謝りなさい」

御神の提案を断ると、笑顔で後ろに控えていたマッチョ執事が突如憤怒の表情に変わり、ウェイトレスさん達の殺気も膨れ上がる。隣に座っていたキララちゃんも血の気の引いたような顔で謝れと言ってくる。確かに礼儀は必要だろうが、俺の大事な人達の安全がかかっている状況では慎重にならざるを得ない。

（だけど、後ろの人達の怒りがなかなか収まらないな……こりゃマズいか？）

数十人から睨まれて針のむしろのごとき居心地(いごこち)である。これだけの数を相手に戦闘(せんとう)なんてしていられないし、逃(に)げる準備でもしておくべきだろうか。一方の御神を見てみれば周りの部下共を落ち着かせることなく何か考える素振りをしている。もしかしたらこれらの圧力も手の内なのかもしれない。

今のところ襲(おそ)ってくる動きは見せていないし、とりあえず目の前に並んでいるおつまみセットでも食いながら御神の判断を待つとしよう。

ところで……謝ったら本当に許してくれるのかね、キララちゃん。

第15章 ✦ 膨らむポケット

── 楠 雲母視点 ──

　くノ一レッドの本拠地で深謀遠慮の叔母様と正面から対峙しつつ、背後には特攻隊長である執事長、周囲にはくノ一レッドの先輩方が放つ怒気をまとめて一人で受け止めて、それでも平然としている成海颯太がいる。

　このパーティーホールにはあらゆる任務を熟し対人戦にも精通している本物の戦闘員しかいない。執事長や副リーダーにいたってはレベル25とトップクランにも劣らない実力者達である。

　一方、成海のレベルは20前後と調べがついている。その年齢では非常に優秀と言えるものの、いざ戦いとなってしまえば戦闘経験豊富なわたくし達に何もできず取り押さえられてしまうのは明白。にもかかわらず、執事長の睨むような鋭い眼光も、先輩方の怒気も全く意に介していないかのようにポリポリとおつまみを貪っていられるのは何故なのか。

「（あのぉ、コレ美味しいのでちょっと持って帰っていいですかね）」

などと耳打ちしてきてわたくしの返答を待たず、こっそりとポケットにおつまみを入れ始めた。図太いを通り越して異常としか思えない。これだけの面々に睨まれて怖くはないのだろうか。

実は恐怖に震えているけれど、あの丸々した見た目のせいで表情が読み取りづらいだけなのかもしれない。そういえば、とんでもない量の食事を食べて急に太り出したけどあれは感情をカモフラージュまたは隠蔽する特殊能力なのだろうか。常識というものから色んな意味で逸脱していて推し量ることができず、ただただ困惑してしまう。

そんな状況が30秒ほど続いただろうか。長考していた叔母様が動く。

「分かりました。今日のところは引き下がるとしましょう。ですがその前にこちらをお目通しください」

「これは……依頼書？　依頼主は……金蘭会」

手渡された一枚の紙に目を落とす成海。わたくしも横目でこっそりと覗いてみれば「仮面の少女とその関係者の情報収集または身柄の引き渡し」「調査費用は前金で1億」などと書かれていた。これは金蘭会から調査依頼があったということだ。成海は依頼書から目を上げると相変わらず何を考えているのか分からない表情で叔母様に問いかける。

「これを俺に見せた真意は何ですかね。金蘭会につくということでしょうか」

「そうは申しません。私どもは成海様との関係を重視したい、そのことをご承知おきくださればと。それと――」

　そう言いながらその場で依頼書を縦に引き裂く叔母様。そして執事に合図を送り新たに一通の封筒を受け取る。中には金色のカードが複数入っており、その内の一枚を成海の目の前に置く。

「こちらもお渡ししておいたほうがいいでしょう」

「これは何ですかね……クランパーティーの招待状？」

「はい。近く金蘭会でもパーティーが催されるとのことです。懇意にしているクランだけでなく多方面に招待状を出しているようで、私どもにも招待状が届いておりました」

　メディアや政府関係者、企業など幅広く招待状を送っており、そこで大々的に〝重大発表〟を行う予定とのこと。もしかしたら霧ケ谷の挙げた功績に関することかもしれないと叔母様が言う。

「金蘭会は今後、成海様の敵となるやもしれません。直に見て回られた方が良いかと」

「確かに俺の顔はまだバレちゃいないし、このカードがあれば堂々とクランパーティーに潜り込めるかもしれませんが……」

「私どもの何人かを護衛に付けますのでご安心ください」

　その後は2、3ほど簡単な確認をしつつ、話し合いは比較的和やかなムードのまま終了となった。叔母様は接待を続けようとするものの、成海は考えることができたので帰ると言い出し立ち上がる。眉を寄せて何やら難しい顔をしているけれど、おつまみでポケットがパンパンに膨らんでおり非常に不格好である。


「それでは彼を送ってまいります」

「あなたは残りなさい」

　成海がホールから出たので迎えのときと同じように送っていくつもりで立ち上がると、副リーダーに止められる。

「はい。では成海君をどなたがお送りするのでしょうか」

「その彼のことについて遥から話があるそうよ。あちらへ」

　副リーダーが指差す方向に目を向ければ、叔母様が何かを思案しているような表情で窓際に立ち、庭を見下ろしていた。先ほどまで浮かべていた柔和な笑みはない。わたくしが隣に立つとイヤホンのようなものを手渡され、耳に装着するように言われる。

「今から成海颯太の戦闘が始まります。彼の実力をその目に焼き付けておきなさい」

「……えっ？」

戦闘とはどういうことなのか。話し合いの終わり方からして友好的に接していくものとばかり思っていたので驚いてしまう。急いで窓の向こうに目を向けると、噴水の辺りで執事長と向かい合っている成海の姿が見て取れた。

同時にイヤホンから声が聞こえてくる。

『おい小僧。さきほどの御神様と我らに対する無礼。ただで帰れると思っていたのか』

『……はぁ。それは申し訳ありませんでした』

執事長が恫喝とも取れる言葉を投げかけている。ということはつまり――

「今日の三名。どうして呼んだのか覚えていますね」

「はい。我が国の〝希望〟となるか、仇なす〝厄災〟となるかを見極めるためと」

くノ一レッドは表向きはモデル業や芸能人のようなことをやっているけれど、本業は国や社会を脅かす人物や組織の情報を集め、ときには暗殺まで行う国家直属のクランである。今夜もクランパーティーという名目で要注意人物を呼び出し様々な情報をぶつけ、その反応から敵性を判断することが主目的となっていた。

「執事長の様子を見る限り、成海颯太は厄災になるということでしょうか」

「……あなたはどう思いましたか？」

　叔母様と成海のやり取りを思い返す。成海が朧かもしれないこと。金蘭会と揉める可能性があるということ。叔母様に対する敬意は足りなかったものの、いずれのやり取りもそれほど問題があるようには思えなかった。

　それに成海はわたくし達の求めるスキルや情報を持っているかもしれず、この場で排除に動くのは性急すぎるとすら感じている。

「正直、厄災となるような人物には見えませんでした。それにまだ速度上昇スキルの取得方法や朧の情報を聞き出しておりません。今すぐ排除に動く理由があるのでしょうか」

「それらの情報は確かに欲しいけれど、最優先事項はあくまで彼の処断です」

　だけど絶対に目的をさとられるわけにはいかない。そのためにもっともらしい文言を並べて内情を探っていたのだと叔母様は言う。もちろん速度上昇スキルや朧の情報を欲しているのは本当のようだ。

「国家に対する忠誠心がいささかも無いことは不安要素ではありますが、暴力に酔っていたり危険な思想を持ち合わせているようには見えませんでした。しかし肝心の背後関係が分からず処断は保留にせざるを得ません」

　あの年であれだけのレベルならば海外、または未知のダンジョンに潜っている可能性が高く、背後に朧かそれに匹敵する大きな組織がバックアップに動いているはず。まずはそれが何であるか、確実な情報を掴んで成海の処断を決めたいと叔母様は言う。しかし……

「だとしたら、あれは執事長の暴走なのでしょうか」

眼下では執事長がここまで届くほどの豪快な《オーラ》を放っている。つまりこのエリア一帯が人工マジックフィールドへと変移し、ダンジョン内と同じく肉体強化とスキルが使用可能な状態になっていることを意味する。

あれが排除でないのなら、イヤホンで聞こえていた通り叔母様に不遜な態度を取ったことに対する制裁なのだろうか。

「私の指示です。これで彼の情報が多少でも見えればいいのですが……」

そう言うと叔母様は薄っすらと目を細めて注意深く見つめる。成海の戦闘スタイルや使用スキルから素性を調べるつもりのようだ。仮に未知のスキルなどを使ったのならどこの誰なのか事細かに追うこともできる。高レベル冒険者同士の戦いというのは多くの情報に触れることができる絶好の機会にもなるのだ。

(あくまで情報収集を優先しますのね……でも相手が悪い気もしますわ)

成海と向かい合っているのは岩をも穿つ拳で過去に数えきれないほどの強敵を葬ってきた対人戦のスペシャリスト。レベルだって成海より5つほど高い。そんな格上すぎる相手とまともな戦闘が行えるとは考えにくい。同じように窓から眺めている先輩方も「勝負になるわけがない」と口々に言っている。

「いくら成海颯太とはいえ、あの執事長が相手であれば情報を掴む前に何もできず圧倒されるだけかと思います……」

「そう思っているメンバーも多いようですね。だけど彼は本物の怪物よ。一方的になることはないとみています」

年齢は15歳に間違いはない。であるにもかかわらず、くノ一レッドの面々や執事長の怒気に当てられても全く動じる様子は見られず平然としていた。あれほどの胆力は相当修羅場をくぐり抜けてこなければ身に付かないと叔母様は言う。

それは単に図太いだけでは……なんて言葉が出そうになるけど必死に飲み込む。聡明な叔母様には別の見え方がしているのかもしれない。ならばそれを信じて見守るとしよう。

なんとか話し合いに持っていきたい成海は焦ったように『ちょっちょ落ち着いてくださいよ』などと言うものの、執事長は問答無用とでも言うかのように構えを取る。体を横に向けたまま顔は正面、左手を相手の中段に据えた、いわゆる半身の構えだ。あれは強敵を相手にするときによく使う構えだと聞いているけれど、成海を警戒しているのだろうか。

対して、成海は僅かに重心を下げて両手を小さく前に出すという構えを取る。執事長への説得を諦め、迎え撃つ覚悟を決めたようだ。しかし見たことがない変わった構えだけど、どこの武術だろう。

「見慣れない構えですが、成海は何が狙いでしょうか」

「……あれは中国の拳法、八相構ね。中段攻撃を誘って狙い撃つつもりよ」

叔母様も様々な武術を修めている近接格闘術の使い手。あの前に出した両手で中段突きを受け流し、カウンターを狙うという中国少林寺拳法の構えだという。確かに執事長の得意技は正拳突きだけど、まさか撃ってもいない段階で見抜くとは……あの年齢で格闘術まで精通していることに驚くほかない。

とんでもなくハイレベルな戦闘になりそうな予感に固唾をのんで見守るわたくしと、情報を1つも見逃すまいと注視する叔母様。

『いくぞ、小僧……』

張り詰めるような緊張感の中、先に動いたのは執事長——ではなく成海だ。低い姿勢をさらに這うように低くして——いや、地を這った!?

『しゅみましぇんでしたーっ!』

この距離でも響くような情けない大声を上げる成海。勢いよくしゃがんだせいでポケットに入ってたおつまみがいくつも散らばる。窓越しで見ていた先輩方も何が起こったのか理解できず目を見開いて驚いているけど、かく言うわたくしも混乱の最中だ。

プライドの全てを投げ捨てたお手本のような土下座をする成海を前にして、執事長が困惑した表情で指示を仰いでくる。

「……こほんっ。あの状況でも本性を出さないとはさすがね。いいわ、戻ってらっしゃい」

（あれが本性なのでは……）

執事長の本気の【オーラ】に恐れをなし降伏したように見えたのだけど違うのだろうか。だけど成海ほどの実力があるのならあそこまで自分を卑下する行動を取る必要はないし、こちらに情報を何も掴ませることなく事を乗り切ったというのも見事と言える。全ては計算ずくの可能性も……ゼロではないのかもしれない。

叔母様はイヤホンを外して一度大きく息を吐くと、わたくしの方に向き直る。

「雲母。あなたに成海颯太の調査を命じます。学校では適度に接近し、情報を集めなさい」

「はい。金蘭会については、いかがいたしましょうか」

ソレルと金蘭会については暴力的な事件を何度も引き起こすので冒険者ギルド内でも問題のクランとなっている。背後にカラーズがいるので安易に制裁を科すことはできないが、いずれ潰す方向で動いているとも言っていた。今回の金蘭会の動きを叔母様はどうお考えなのか。

「金蘭会についても当分は情報収集を優先します。重大発表を前に大々的に動くことはないと思いますが、もし学校に何か仕掛けてくるようなことがあればすぐに知らせなさい」

「承知しました」

「上手く成海颯太を使って追い込みたいところね……」

そう言い終えると叔母様はアップにしていた髪をほどきホールから出て行く。わたくしも大きく息を吐き、成海について思案する。

今回のためにあれだけの情報を揃え、執事長をけしかけるという強引な手段まで使ったというのに大した情報は得られなかった。今後もちょっとやそっとでは尻尾を出すことはないだろう。気を引き締めて任務に当たらねばならない。

窓の向こうには散らばったおつまみに息を吹きかけ、ポケットに詰めなおしている姿が見える。あんな人畜無害そうな人物が本当に我が国の希望となりえるのだろうか。それともやはり厄災に？

いずれにしても――

（わたくしが必ずや貴方の正体を暴いて見せますわ）

第16章 ✦ 見慣れた姿

「いやいや……こんなことってあるのか？」

昨晩のクランパーティーでは御神の出方を窺うことだけでも大変なのに、金蘭会や執事の対処など考えることが多く気疲れし、ヘトヘト。そのため帰ってきてすぐにベッドへダイブし気絶するように寝てしまった。翌朝起きて鏡を見てみれば……見慣れた姿が映っていた。

クランパーティーに行く直前の俺は顎や腰回りの贅肉なんてものは無くなっており、腹筋も割れて細マッチョと言えるほどスリムになっていた……はず。だけど鏡の向こうにいるそいつは見事な贅肉が復活している。この太り具合からして、ざっと20kg近くは増えているのではなかろうか。

普通の人ならどれだけ食ったところで1日にせいぜい数kg増える程度だろうが、俺には《大食漢》という厄介なスキルがある。今回の暴食により食欲が異常に高まる、というだけではなく、過剰なカロリー摂取をした場合は強制的に脂肪へ変換するという副次的効果まである可能性が高くなった。

「……いや。もしかしたら痩せたこと自体が俺の妄想だったという線もあるな」

日頃からダイエットに励んでいたものの、食べすぎたり死闘をするたびにこれほど体重が増減するほうがおかしい。全ては妄想だった、そう言われたほうが納得できるものはある。いずれにせよ、今の俺が太っていることには変わりないのだから気を取り直してダイエットを続けていくしかない……はぁ。

やや鬱モードになりながら居間に戻って歯を磨いていると、机の上に置いてあった腕端末が鳴る。画面をタップし映像モードにすると、にんまりと笑みを浮かべた華乃とお袋の顔が映しだされる。後ろの薄暗く物寂しい風景から察するに、ブラッディ・バロンがでる〝亡者の宴〟からの通信のようだ。

『おにぃー！　ママとパパがレベル17になったよー！　これで次の狩場にいけるかなっ』

『颯太～【ウィザード】になれたわよー。燃え上がる炎よ、来たれ！　ふぁいやー……ぼ──るッ！』

お袋が手に人の頭ほどの大きさの火の玉を浮かべ、それを数十m先にポップしたコープスウォーリアに向けて勢いよく射出する。足元に着弾するとドンッという低い音と共に砂煙が舞い上がり、数mほどのクレーターが出来上がる。コープスウォーリアは10mほど吹き飛んだところで魔石となった。

　あのクラスの魔法が当たればモンスターレベル16くらいの相手なら一撃で仕留める威力があるようだ。もっとも、クールタイムが長く一発撃ったら10分は再使用できないので使いどころが難しい技でもあるが。

　そしてカメラがくるりと回り、別方向になる。奥の方には全身金属の重装備を着用した冒険者が大剣を持って走り回っている姿が見えた。ヘルムを被っているので顔は分からないが親父だ。俺がこちらの世界に来た頃は腰が痛いとか言っていたのに、今では自分の体重を超える重量の鎧を着つつ、大剣を振り回しながらあれ程の力強い走りができるようになっている。肉体強化は偉大だぜ。

　両親のレベルアップ具合を映して興奮気味だった華乃は、何を思ったのか急にこちらをじっと見てドアップの顔になる。

『ちょっと待って。おにぃ、また太った？』

『そう？　前と変わらないように見えるわよ』

『昨日はすっごい痩せてたのっ！　ほらこれ見て写真』

　華乃が昨晩撮った俺の写真をお袋に見せ、ワイのワイのと騒ぎ始めた。やはり昨日の俺が痩せていたのは気のせいではなかったようだ。もう無茶食いは止めようと心に誓いながら話を進める。

「前々から決めていた通り、新しい狩場に行くとするか」

『やったー！　ゲートのところで待ってるねーっ』

『パパ～颯太が新しい狩場に連れてってくれるって。準備するわよー』

　無駄に元気な妹とお袋の顔を眺めつつ通信を切る。俺がクラス対抗戦で動けない間も親父とお袋のレベルアップは順調だったみたいで何よりだ。それでは俺も準備をして合流するとしようかね。

　玄関を出て鍵を閉めていると、道路を挟んで向かいの家――つまりカヲルの家――から赤城君、立木君、ピンクちゃん、カヲルの四人が黒っぽい魔狼の防具を着て出てきた。いつもお馴染みの主人公パーティーだ。

「おや？　おはよう！」

「……お、おう。おはよう」

俺に気づいた赤城君が急接近して挨拶してきたので、後ずさりながら挨拶を返す。ずいぶんと晴れやかな笑顔をしているではないか。Ｄクラスの刈谷に負けた後くらいから闇落ちしたかのように影が差した彼であったが、再び明るい笑顔を取り戻している。まるで入学時点のときのようだ。クラスにとって良い傾向ではあるかもしれないが、ゲームでこの状態になるのはもっと後だったので気にはなるな……クラス対抗戦で何かあったのだろうか。

その後ろでは目を丸くしたカヲルが「また太ってるけど何故なの」と言って驚いている。何故なのか、それは俺が聞きたいくらいなのだが〝食い過ぎたから〟としか言いようがない。しかしクラス対抗戦が終わった次の日も、こうして四人で集まって狩りに行くとは感心だね。

「いや違うよ。今日は練習に行くんだ。良かったらキミも一緒に行くかい？」

狩りと思いきや練習とな。しかし空気を読まず、嫌われ悪役の俺を誘おうとするところはゲームと変わらない。これが勇者の素質ってやつなのだろうか。だが後ろではギョッとした顔でピンクちゃんが小さく首を横に振って拒否反応を示している。この小動物っぽい仕草は何だか癒されるね。一方のカヲルは、軽く顎に手を当て何かを考えるような仕草をしたあとに――

「……そうね。たまには一緒に行くのもいいと思う」

とか言い出した。てっきり断るのかと思っていたら赤城君に同意するとは何か変なものでも食ったのだろうか。その真意を探りたいところではあるものの、立木君が即座に反対へ回る。

「今日は大宮が、俺達のレベルに合わせたレクチャーをしてくれると言っていた。なのにレベルが合わない者を交ぜたら困らせてしまうんじゃないか?」

「……(コクコク)」

立木君が懸念を示すと、その通りだと言うように高速で頷くピンクちゃん。そういえば赤城君達はゲートが使えないせいでレベルアップが上手く行えておらず、手助けしたいとサツキが言ってたことがあった。リサもサポートするようだし俺はいなくても問題はなかろう。

それに一応俺は空気が読める男なのである。わざわざ仲の良い主人公パーティーに割って入るなんてマネはしない。そも今日は家族と一緒に狩りをする先約があるので断るしかないのだ。

「ちょっと用事があるから遠慮しておくよ。でも誘ってくれてありがとう」

「そっかぁ。でもオレは、キミが実は凄い人なんじゃないかって思ってるんだ。今度一緒に狩りをしてみたいから、よかったら考えておいてくれないかな。よろしくね」

「……それはどういう意味？」

「実は凄い人」とはいったいどういう意味なのか、俺ではなく横で聞いていたカヲルが怪訝な表情で食いつく。赤城君によれば、俺がクラス対抗戦の到達深度でダンジョン20階まで行けたのは、Ｅクラスを絶対に勝たせたいという強い覚悟があったからに他ならない。そうでなければ格上モンスターが蔓延るアンデッド地帯に足を踏み入れることすら難しい、そう考えたそうな。

「ふむ。確かにユウマの言うことも一理あるな。それなら今度よろしく頼む」

立木君も何か思うことがあったのか軽く頭を下げながら今度一緒に行こうと誘ってくれる。実際には荷物持ちを断り切れず、ずるずるとついて行っただけなのに……人を悪く疑おうとしないイケメンならではの考えに心苦しくなるね。

だけど立木君については普段からクラスのために尽力してくれている人なので、俺としても何かしてあげたいとは思っている。とりあえず今日はサツキに応援メッセージでも投げておくとしよう。

「それじゃオレ達は行くよ。またね、えーと……」

「成海(なるみ)だ、ユウマ」

「成海君、またね」

そう言って主人公パーティーは行ってしまった。よく気(き)が利いて誰にでも優(やさ)しく接するので人気の高い赤城君だけど、どうやら俺の名前は憶(おぼ)えていないらしい。まぁ所詮(しょせん)はモブキャラだしな。仕方がないか。


足を忍ばせながら学校地下1階の薄暗い教室前まで来る。顔だけ出してそっと中を覗くと、部屋の真ん中あたりで灯(あか)りの魔導(まどう)具と手入れ用具を並べてダガーを磨(みが)いているローブ姿の少女がいた。でも一人だけしかいないのは何でだ。

「華乃(かの)。親父とお袋はどうした」

「あ、おにぃ。パパとママは10階で買い物中……でももう戻ってきたみたい」

二人がどこにいるのか聞いていると後ろにあるゲートの紋様(もんよう)が紫色(むらさきいろ)に光りだし、中から全身金属鎧(フルプレートアーマー)を着た男が大きな革袋(かわぶくろ)を背負ってサンタのように現れた。こちらに気づくとフェイスマスクをクイッと上げて笑顔を見せる。

「来たか颯太。たんまり集めて来たぞ」

全身をミスリル合金製の防具で固めている親父。買えば総額一千万円はくだらない装備であるものの、材料は全て自前で集めたので加工賃として二百万円ほどで一式を揃えられた。昔からフルプレートアーマーに憧れがあったらしく、初めて揃えたときは抱いて寝ていたほどだ。

続いてゲートから出てきたのはお袋だ。牛魔というミノタウロス系モンスターの皮でできた赤茶けた色の軽鎧を着ている。ほとんどの金属武具は魔力の通りを悪くするため、魔法使いとの相性が悪い。そのため魔法使いは基本的に布か皮製品を着用するのだが、お袋もそれに倣っている。

その二人は背負っていた革袋をよいしょと降ろす。重量的にはそれぞれ100kgくらいあるだろうか。その近くにいた華乃は鼻を摘まんで眉をひそめる。

「臭っ……やっぱりそれ臭い～」

革袋からは酸っぱいようなアンモニア臭が広がってくる。中にはアンデッド系モンスターが落とす〝腐肉〟がたくさん詰まっているからだ。今まではドロップしても大した額で売れるわけでもなく使い道もなかったので拾わず放置していたが、今日はこれがたくさん必要になるので集めておいてくれと連絡しておいたのだ。

「数百個はあるけど……こんなに集めてどうする気なのー」

「これでモンスターを釣るんだよ。通称、ミミズ狩りだ」

「ミミズ？　そんなのを釣るのぉ？」

これから向かうは21階のＤＬＣ拡張エリア。サバンナのように背の低い木が疎らに生えたフィールドＭＡＰだ。クラス対抗戦で20階の魔力登録ができたので21階に行くだけならすぐである。狩りのやり方とモンスターの説明は現地でしたほうがいいだろう。

「それじゃゲートを開くから入ってくれ」

「20階って悪魔城って言われてる建物内よね。写真では見たことあるけど楽しみだわ」

「そうだな。一流の冒険者しか辿り着けない場所だって聞いているぞ。ついに行けるときが来たのか」

そわそわしながら言うお袋と、感慨深げに言う親父。だがまだこんなレベルで満足してもらっては困る。20階前後のモンスターなんて鼻唄交じりにワンパンで仕留められるくらい強くなってもらわないと困るのだ。

幾何学的な紋様が彫られた壁に手を置いてゆっくりと魔力を流す。するとすぐに紋様の溝にそって紫色の光が走り、低い周波数の音と共にゲートが開く。

「初めての20階、一番乗りいただきっ」

「パパそっち持ってね」

「よーし頑張るぞー！」

華乃が意気揚々と真っ先に飛び込み、続いてお袋と親父が革袋を背負って入っていく。

今回の狩りはやり方さえ分かれば難しくはないので気楽に行くとしよう。


「真っ暗。灯りを点けるねっ」

華乃がポケットから小型のランタンのような魔導具を取り出して魔力を流すと、電球色の光が辺りを照らす。

このゲート部屋は先ほどの教室と同じくらいの広さはあるものの、全面が大きな石のタイルに覆われているせいで遺跡の中にいるような閉塞感を感じる。しかしそんな場所でも家族はキョロキョロして興味深そうに周囲を見ている。

「ここを真っ直ぐ進んでも21階に行けるけど、左の狭い通路から梯子を上っていくのが近道だ。とりあえず20階のＭＡＰデータを共有して……ん？　何か聞こえるな」

説明していると遠くから何者かの歌声が聞こえてきた。声変わり前の少年のようなハスキーで高めの声。しかもこのメロディーは……ダンエクのオープニングテーマじゃないか。

あれから数日経っているけど、いったいそんなところで何をしているのやら。

第17章 ✦ アーサーの思惑

20階のゲート部屋に到着し、これから狩りの作戦説明をしようとすると遠くから何者かの歌声が聞こえてきた。この聞き覚えある声からして知り合いである可能性が高いのだが、一応確かめに行きたい。

「ちょっとここで待っていてくれ。誰がいるのか様子をみてくる。多分知り合いだと思うけど」

「うん、待ってるー」

知り合いでなかった場合、このゲート部屋はバレるわけにはいかないので物音を立てないよう慎重に梯子を上る。石床を僅かに上げてこっそり広間内の様子をのぞき見ると——

「ふんふっふーんっ、ふんふっふーん、だっだらだっだー♪」

やや小さな体躯に赤いマントを靡かせ、長さ5mはあろうかという巨大な丸太を担いで組み上げている姿が見えた。ときどきリズムに合わせて激しく踊っている。あのような細い体付きでも容赦（ようしゃ）なく肉体強化させてしまうダンジョンシステムに驚きながらも、何を作っているのか目を凝（こ）らして様子を探る。

（何だあれは……家か？）

一般冒険者（いっぱんぼうけんしゃ）が来るような場所に、しかも建物内部に家を建てようとしているのか。あまりにも非常識な行いにたまらず声をかける。

「おい、アーサー。お前は何をやっているんだ」

「んあ？　〝災悪〟じゃないか。何って拠点（アジト）を作ってるんだよ。見れば分かるだろ」

丸太を担ぎながらクルリと振り返る魔人（まじん）。確かにログハウスのようなものを組み立てているのは分かるが……ちょっと待て。節が多くて青みがかったあの丸太、ただの木材じゃないな。しかも奥に積み上がっているほど数があるぞ。

「その丸太、もしかしてフローズントレントのドロップ品じゃないのか。お前のレベルでよく取って来られたな。もしかして魔人はモンスターに襲（おそ）われないのか？」

「んや、ちゃんと襲われるよ。でもこの丸太はボクのアジト内に生えてくるトレントのドロップ品だからいっぱい取れるんだ」

「なにっ⁉」

フローズントレントはモンスターレベル40と、アーサーのレベルよりも高い。群生しているためリンクしやすく、その上、丸太のドロップ率もかなり低いので入手難度が非常に高いのだ。それをあんなにたくさん……あの丸太を加工すればエンチャント・フロストが付与された強力な弓矢が作れるはず。少し売ってくれるよう交渉できないだろうか……いやその前に、こんなものを作る理由を聞いておこう。

「こんな屋内に、しかも冒険者がたくさん来るような場所で家なんて作ってどうするんだ」

ステンドグラスがふんだんに使われ大聖堂のように荘厳な雰囲気のあるこの広間は、かつて聖女が大悪魔と死闘を繰り広げた場所として崇められている場所だ。今ではモンスターがポップしない安全地帯のため憩いの場として冒険者がよく立ち寄る場所でもある。そんな場所に家を建てるとは何を考えているのか。

ちなみに数日前に俺とアーサーの戦闘により壁や天井にいたるまでズタズタになって崩壊しかかっていたけど、今ではダンジョンの修復効果によりすっかり元の姿に戻っている。

「この20階はゲートで来られることが分かったから新たな拠点にするんだ。通りすがりの冒険者と話して情報を集めたいからね」

「情報だと？」

38階にはアーサーの拠点があるのだけど、冒険者が誰も来ないので情報が全く集まらない。なのでモンスターがポップしないこの安全な場所に新たな家を作って住み、冒険者から外界の情報を集めて分析したいのだそうな。

　しかし大きな問題をいくつか見落としている。まず、ダンジョン内に建物を作ったところで半日もすればダンジョンの修復効果により吸収されてしまうという問題だ。それを阻止するには素材にゴーレムの核を埋め込む必要がある。

「あ～っ、そうだった！　でもゴーレムってボクが行ける範囲にポップしないんだけど……持ってない？」

「持ってるぞ。その丸太とウッドゴーレムの核10個で交換どうだ」

「お前な。これはフロストトレントのドロップ品だぞ、分かってるのか？　20個だ」

「だがゴーレムの核はそこらの冒険者でも持ってないぞ。通常では行くことのできない場所ばかりだからな。15個だ」

　互いに足元を見ながらガンを飛ばし合って交渉する。まぁウッドゴーレムの核なんて数百個はストックがあるから20個と交換でも全く問題ないのだが、それでは負けた気がするので頑張って交渉し、丸太１つあたり15個で締結となった。これで強力な武具が作れるぜ、しめしめ。


「（おにぃ……出ていいの？）」

思わぬところで武具強化計画が上手くいきそうになりほくそ笑んでいると、後ろで華乃が顔を半分だけ出してこちらの様子を窺っていた。話に夢中になり心配させてしまっていたようだ。今のアーサーなら大丈夫と判断し、ＯＫのサインを送る。

「あれぇ？　大きな角が生えてる！　フルフルさんのお仲間かな」

「あら、どーもー。うふふ」

「この穴は狭いな……よっこらせっと。ほぉ、ここが世に聞く悪魔城か」

出てきてすぐに思い思いの行動を取る成海家の面々。だがアーサーは近づいて来た華乃を見ると呆けた顔をして固まっている。そしてどうしたことか俺の横にスススッと近寄り耳打ちしてきた。

「（あのツインテールの娘、めっちゃ可愛いんだけど……お前とどういう関係なの？）」

「俺の妹だ。それで後ろの二人が――」

「（いやいやいや、調子乗るなよ。何がどうなったらお前とあんな可愛い娘が兄妹になるんだよ。生物学的におかしいだろっ！）」

隠すんじゃない、本当のことを言えと揺すってくる。そういえば俺もこちらの世界に来て初めて家族を見たときは、ブタオとあまりのギャップにおったまげた記憶があったな。

「こんにちはっ、成海華乃っていいまーす。おにぃとお知り合い？」

「……なっ、成海？　おにぃ？　ほんとに兄妹なの？」

俺と華乃を高速で見比べながら動揺しているアーサー。終いには混乱のあまり俺のことを「お義兄さん」などと呼んできたので脳天に強めのチョップを叩き込み、状態異常を解除しておく。華乃は呪いが解けて元気になった天摩さんの雰囲気と何となく似ている部分があるのだけど、ああいう天真爛漫な感じの子に弱いのかもしれない。

「それで、組み立てているこれはなんですか？　家……ログハウス？」

「そうなんです！　ボク、これからここに拠点を――」

「いたぞっ。リーダー、あれですよあれ！」

カクカクした変な動きになっているアーサーと華乃の様子を眺めていると、広間入り口の扉が勢いよく開かれ、武装した冒険者が十人ほど入ってきた。武具から察するにレベル20くらいだろうか。一番前にいる身長２ｍ以上ありそうな大男のレベルはそれよりもやや高そうだ。

「レベルは……存外低いな。レアモンスターだというからフロアボスかと思っていたが」

後ろにいた男が手に短杖を持って無遠慮に向けてくる。恐らく《簡易鑑定》の魔導具だろう。というかいきなり何だ。

「えーと、どちらさまですかね」

「うるせぇ！　雑魚は引っ込んでろ！」

あまりにも物々しい雰囲気なので何者か尋ねようとすると、俺達にも容赦なく《簡易鑑定》を仕掛けてきやがった。そこで自分よりレベルが低いと分かると《オーラ》を放って威圧してきたではないか。ちょっとは話を聞けよ。

「おうおう。コイツは俺達〝大熊猫ブラザーズ〟が先にツバ付けてたんだ、手を出すんじゃねーぞ」

「巣を作ってたみたいですけど新種のモンスターですかね」

「倒して魔石をギルドに引き渡せば、たんまり報奨金がでますよ」

アーサーを指差し、手を出すなと怒鳴るように言うリーダーの大男。手下も舌なめずりしながら金勘定をしている。頭に角が生えているのでモンスターと勘違いしているのかもしれない。

しかし大熊猫ブラザーズね……その名の通りパンダのような白と黒の斑模様の防具をしているけど、パンダ好きを拗らせたのだろうか。一方のアーサーはパンダ共に見覚えがあるらしく何やら怒っている。

「お前達は……さっきボクの家を壊そうとした奴の仲間か。これ以上邪魔をするならお仕置きしちゃうぞっ」

「人語を喋（しゃべ）れるとは珍（めずら）しい。殺さずペットにするか、へっへっへ」

「高く売れるかもしれないから適当に力を見せて生け捕（ど）りにするぞ、囲めっ」

　俺達が来る前にログハウスを壊そうとしたり大声で叫（さけ）んだりしていたので、これ以上邪魔をするなと忠告するアーサー。だがそんな忠告は全く意に介（かい）さず武器を抜いてアーサーを取り囲んでしまう。

「おにぃ……あの子。助けてあげられないのかなっ」

　華乃が心配そうにアーサーを見つめているが、たとえ十人が相手だとしてもレベルが高い上に対人戦のスペシャリストでもあるアーサーが後（おく）れを取ることはない。むしろパンダ共のほうが心配である。やりすぎるようであれば止めなければならないな。

「殺すなよ、適当に手足を折る程度にすませろ。いくぞっ」

「こんな弱そうな奴、楽勝だぜぇ！　おらあああああ……あ？」

「飛びやがった！」

　メイスを振り上げて飛びかかるパンダその1と、その2。そんな攻撃（こうげき）を見るまでもなく躱（かわ）してふわりと浮（う）くと、肌（はだ）がひりつくほどの魔力を指先に宿し、両手で素早（すばや）く魔法陣（まほうじん）を描（えが）き上げる。あの魔法陣は――

「いでよ！　チャッピー!!」

魔法が発動すると同時に広間の石床に転写され、直径5ｍほどの巨大な魔法陣が赤黒い光を放ちながら浮き出てきた。召喚魔法のマニュアル発動だ。広間全体が小さく震動し、パンダ共や華乃がこの異常事態に何事だとキョロキョロしている。

「キィ！」

その中央から現れたのは……魔法陣の大きさと不釣り合いな体長20㎝ほどの白い蜘蛛。縦2列に並んだ目はルビーのように真っ赤で、胴体はふっくらと丸っこいフォルムをしている。だけどどうみてもおかしいぞ。

「うぉ……お、驚かせやがって。とんでもねぇ魔力濃度だったからびびっちまったじゃねーか」

「でもこの白い蜘蛛も新種モンスターっすかね。見たことねぇですけど……」

アーサーは〝チャッピー〟とか言っていたが、先ほどの魔法陣は紛れもなくアラクネ系最上位種の召喚魔法《アラクネ・モナーク》のものだった。モンスターレベルは70と他のトッププレイヤーが使う召喚獣ほどは高くないが、大きく速度を上げるバフと周囲の敵の速度を下げるデバフが使えるため、スピード重視のプレイヤーに好まれる召喚獣である。

だけど俺の知っている《アラクネ・モナーク》は2ｍほどの白い蜘蛛の上に成人女性の上半身が生えている、まさにアラクネの姿だった。にもかかわらずアーサーが呼び寄せたのは片手で簡単に掴(つか)めそうな大きさの蜘蛛で、女性の上半身はどこにも見当たらない。白いので王種には間違(まちが)いなさそうだが……

「チャッピー、黒い防具を着た奴を全員グルグル巻きにしてくれ」

「キイキィッ！」

「あぁん？　なにを……なっ」「ぉああっ」

　白い蜘蛛は指示を受け取ると目にも留まらぬ速さで動き回り、噴(ふ)き出した白い糸で次々にパンダ共を搦(から)め捕ってしまう。あの速度からしてモンスターレベル30くらいのスピードはありそうだが、70のそれには明らかに届いていない。俺の《真空裂衝撃(れっしょうげき)》のように大幅(おおはば)な弱体化がされている可能性も考えられる。

「んぐぉっご」「放せっ！」

「次に会ったときは容赦しないからなっ！　それじゃバイバイッ《イジェクト》」

　マニュアル発動で渦(うず)を巻いた黒いゲートのようなものを呼び出し、糸でグルグル巻きに縛(しば)られたパンダ共を次々に放(ほう)り込んでいく。《イジェクト》はダンジョン外に脱出(だっしゅつ)する魔法だが、こうやって邪魔なものを捨てるのに便利なスキルでもある。

　あまりにも想定外でスピーディーな結末に華乃と両親が唖然(あぜん)としている。あの蜘蛛を呼び出して無傷でパンダ共を追い返したのもアーサーなりに手加減を考えてのものだったのだろう。全て放り投げ終わると、帰っていいぞとばかりに帰還の指示を下し、蜘蛛は光の渦に溶けていった。

静かになった広間の真ん中でアーサーが項垂れている。見ず知らずの冒険者と出会い、話をして仲良くなっていきたいと考えていたらしいが見事に思惑が外れたわけだ。だが一応言うべきことは言っておこう。

「アーサー。こっちの冒険者はダンジョンに楽しさを求めて潜っているわけじゃない。富と名声を求める我の強い奴らがほとんどだ。こんなところに居を構えてもトラブルが増えるだけだぞ」

「うん……そうかもしれないね。でも良い考えだと思ったのになぁ」

ダンエクというゲームを楽しむ目的でダンジョンに潜っていたプレイヤーの考えと、こちらの世界で名声を求めて潜っている冒険者の考えは大きく異なっている。そこを履き違えていては、いつか足をすくわれてしまうだろう。とはいえ外の世界を見たことがないアーサーなら勘違いするのも無理はないのかもしれない。

そんな重い空気を吹き飛ばすかのように目を輝かせた華乃が猛ダッシュしてきた。

「す、すっごーい！　あの白い蜘蛛ってどんな魔法なのっ⁉　空も飛んでたよねっ！」

意気消沈していたアーサーの両手を取って凄い凄いと連呼する華乃。一方のアーサーは顔を上げると一瞬で破顔し「こんなの全然大したことないよ」とまんざらでもないような顔で自慢を始める。

お前はどこまでも調子のいい奴だな。

第18章 ✦ 成海家と一匹の蜘蛛

雑草が疎らに生えているだけの乾燥したエリアを、雑談しながら歩く成海家と一匹の白い蜘蛛。

「召喚魔法ってこんなこともできるんだねっ。でもその乗り移るってどんなスキルなの？」

「キィ？　キィ！」

華乃が俺の肩の上に乗っている白い蜘蛛をツンツンと突っつく。20階広間での一問着の後、アーサーが俺達の狩りに一緒に行きたいと言い出したのだ。しかしMAPを自由に行き来できないという〝魔人の制約〟があるため、目的地である21階について行くことはできない。そこで召喚獣の五感を借りるスキルで蜘蛛に乗り移り動かしているのだ。

蜘蛛は華乃に何か言いたそうだが声帯の無いバージョンのアラクネになっているので話すことができない。そのため俺に向かってキィキィと鳴き、説明をしてあげろと訴えてくる。

「《憑依》といって召喚獣が覚えるスキルだな。こうやって乗り移ることで偵察などに使えるけど小さな召喚獣は大抵弱いし、戦闘能力が高めの大きな召喚獣だと動きにくい。それに《憑依》の状態では召喚獣のスキルしか使えなくなるから使いどころの難しいスキルなんだ」

「へぇ……でもいろんな召喚獣になれるなんて面白そうっ」

「飛行タイプとかは面白いかもしれないな。でも召喚獣もスキル枠に限りがあるから《憑依》なんてスキルを残す人は少ないんだよ」

偵察目的なら召喚獣にならずとも隠密スキルを使える本体で行なったほうが成功率は高いし、戦闘能力という面でも大抵の召喚獣は召喚者自身よりも弱いので微妙。そも、召喚魔法は召喚者と一緒に戦えることが最大の強みなのに、それを捨て去っている時点で死にスキルにならざるを得ない。そんなスキルがあること自体、俺もすっかり忘れていたくらい価値のないスキルであったのだが、こちらの世界では色々と使い道がありそうだ。

「召喚獣は死なないから危険はないし、アーサーの本体が入れないエリアでもこうしてアラクネの体なら入れる。消さずにいてよかったな」

「キィ！」

4本の脚で立ち、もう4本の脚で器用にぱちぱちと叩いて喜びの気持ちを表す蜘蛛。どういう感覚で体を動かしているのか気になるので後で聞いてみよう。ちなみに本体は誰も来ない38階の拠点にいるので安全である。

「ねねっ、私にも覚えられるかな？」

「召喚魔法が使える【サマナー】は魔法系のジョブをいくつも覚えて行かないと無理だぞ。それ以前に華乃はシーフ系のジョブを極めるんじゃなかったのか？」

「そうだった……先にこっちを頑張らないとっ」

そう言いながら華乃がそこらを駆け回り、蜘蛛も追いかけて戯れる。それを横目に俺と親父、お袋がゆっくりとついていく。気温も湿度もそれほど高くはなく、爽やかな風も吹いているので大変心地が良い。

「長閑ね～、本当にダンジョンの中なのかしら」

「そうだな。壁はないし天井も青いし、襲ってくるモンスターも見えないし」

お袋と親父が大きな皮袋を背負いながら寄り添うように歩いている。このフィールドMAPはルートを間違えなければ積極的に攻撃をしかけてくるアクティブモンスターに出会わず移動することができるので、すっかりピクニック気分だ。

遠くには角が2本生えたサイのようなモンスターの群れがもそもそと草を食べているのが見える。あれもアクティブモンスターではないが、先制攻撃できたとしてもHPが多い上に周囲の仲間と確実にリンクしてしまうため、狩りには向かないモンスターだ。

上空には豆粒のように小さく見える鳥型モンスターが単体で飛んでいる。あれは翼を広げると5m近くある大きな鳥なのだが高高度過ぎて小さく見えているだけだ。あの高さでは並みの魔法や矢は届かないため、あれも通常の手段では狩ることができない。

ではここで何を狩れるのかといえば、22階へ行くメインストリートを歩いていけばマムゥという巨大人食いトカゲがポップする。以前に天摩さんと食べた美味い肉を落とすので、見かけたら何匹か狩りたいところだ。だが今日のターゲットはこれらとは別である。

景色を見ながらさらに30分ほど歩き続けていると、前方に赤茶けた色の砂丘が見えてきた。

「あの砂漠みたいなところ、あそこがおにぃが言ってた目的地かなっ？」

「キィ！」

そうだと言わんばかりに蜘蛛が声を上げ、俺の肩からぴょんと飛び出していくと、華乃も一緒になって駆けていく。砂丘自体はそれほど広くはなく、せいぜい1km四方ほど。近くにある適当な広さの岩盤を見つけ、そこをキャンプ地としよう。

荷物を置いて狩りに必要なものを取り出したら作戦会議だ。

「それじゃあ〝ミミズ狩り〟の説明するから聞いてくれ」

「こんな乾いたところにミミズなんかいるのか？」

「岩と砂しか見えないわね」

ミミズというのは湿った土がある場所にいるのではないかと親父とお袋が疑問を呈する。前方にはポツンポツンと大きな岩が点在しているものの、それ以外は全て砂。非常に乾燥しており植物どころかモンスターの姿も一切見当たらないのでそう思うのも当然だ。華乃は本当にこんなところにミミズがいるのかと砂を手に取って確かめている。だが目的のモンスターはあの砂の中に潜んでいるのだ。

「華乃、砂には入るなよ。襲ってくる可能性があるからな」

「この砂の中？」

「そうだ、見てろよ」

置かれた皮袋から腐肉を1つ取り出し、持って来たワイヤーに引っ掛けて放り投げる。家族そろって首を傾げて見ているが、待つこと30秒足らず。砂がもぞもぞと動きだし、勢いよく腐肉が砂の中に引きずり込まれた。食いついたのを確認してからワイヤーを引っ張ると――

「モンスターレベル21のサンドワームだ」

長さ2ｍ強、太さ30㎝ほど。ミミズのようにうねうねしたモンスターが釣り上がる。重量も優に１００kgは超えているが今の俺の肉体能力があれば問題はない。岩の上まで引っ張り上げるとビチビチと活きの良い魚のように跳ねまくる。

「でっかーっ！　ミミズって言うからもっと小っちゃいのかと思ってた」

華乃と蜘蛛が近寄って覗き込む。吸盤のように丸い口をしているが、よく見ればその中は牙が螺旋状にびっしりと生えていてグロい。普段は砂の中に隠れていて、上を歩く獲物をあの口で噛みついて引きずり込む獰猛なモンスターなのだが、こうして岩盤に上げてしまえば潜って逃げることもできず、ただ跳ねるだけの巨大ミミズにすぎない。

「口に注意しながら叩いてくれ」

「パパ、いくわよ！」

「ああ！」

お袋と親父がそれぞれ持っていたメイスと大剣を振り下ろす。一方的に攻撃できるためリスクはほぼない。俺も交じってエイエイと袋叩きにしているとやがて動かなくなり魔石と化した。華乃がその魔石を拾い上げて首を傾げる。

「おっきな魔石……だけど他には何も落とさないの？」

「稀にマジックバッグの材料となる「サンドワームの胃袋」を落とすぞ。売ればいい金稼ぎにもなる」

「そういえばギルドの知り合いがマジックバッグは何かの胃袋だって言ってたけど、サンドワームのことなのねぇ」

　サンドワームは自分の体の大きさの何倍もの容量を食べることができるのだが、それも胃袋に〝空間収縮〟と言う特性が備わっているからこそ。その胃袋で作ったマジックバッグも同様に見た目以上の体積が入るので、一流冒険者のダンジョンダイブには欠かせないアイテムとなっている。

「でもこんなに簡単に倒せるのにマジックバッグはどうして安くならないのかしら」

「キィ……？」

　冒険者ギルドで買うとなると安い物でも数百万、大きなサイズになれば一千万円を超えてくるとお袋が言う。ダンエクでは二束三文であっただけに、アーサーも何故そんなに高額なのか納得がいかないようだ。

「腐肉で釣るという簡単な倒し方が一般的冒険者に広まっていないのもあると思うけど、普通のエリアでサンドワームがポップするのはもっと下の階層だからじゃないのかな」

　この砂丘一帯はＤＬＣで追加された拡張エリアなので認識阻害がかかっていて、普通の冒険者では来ることのできない領域だ。通常ＭＡＰでサンドワームがポップするのは25階以降になるのだが、そこまで潜ることができるのは攻略クランや大貴族に囲われている一握り(にぎ)の冒険者のみ。その上、往復で一ヶ月近くかかるため、その辺りで取れるほとんどのアイテムは高額化している。

「あとは、抽選(ちゅうせん)ポップ※でたまにギガントワームっていうのが引っかかることがある。そいつが釣れたら皆(みな)で引っ張り上げるぞ」

「ギガント？　さっきのよりもおっきいのがいるの？」

「ああ。１日に一匹だけしか釣れないレアモンスターだけど、俺たち以外に誰も来ていないし、あの砂の中にいるはずだ。その胃袋で作ったマジックバッグは容量だけじゃなく重量も軽くなるレアアイテムになる。絶対に手に入れておきたい」

サンドワームで作ったマジックバッグは容量が小さくなっても重さは変わらないので持ち運びは疲(つか)れるし、皮自体の強度もそこまで強くはない。いくら文字通り魔法のバッグだとしても、限界を超えてモノを詰(つ)め込むと破れてしまう危険がある。一方、ギガントワームのマジックバッグ改は丈夫(じょうぶ)だし重量も軽くなるのでポケットに１００kg級の鎧(よろい)を詰め込むことも可能となる。戦略的に幅(はば)が広がるのだ。

「重量も軽くなるバッグなんて市場で流れた記憶はないわね。凄(すご)いわ～」

「とんでもない値段が付きそうっ。国宝指定されるかも!?」

「キィ!?」

TIPS **抽選ポップ**：敵が再出現する際に、一定確率で違うモンスターが出現すること。よりレアなモンスターが出る場合が多い。ギガントワームの場合、１日に一匹出てしまえばその後24時間はポップしなくなり、同じ場所でポップするのは必ずサンドワームに固定される。

売ったら果たしていくらの値が付くのか。お袋と華乃、そして蜘蛛が目を輝かす。十分な数のマジックバッグ改が手に入ったら売ってもいいのだが、市場に流れていないものを売る場合は足が付きやすいので、個人売買、もしくは安全なルートを確保するなど慎重を期すべきだ。

「じゃあ、いっぱい倒してたんまり稼ごー！」

「そうだな、腐肉ならたくさん持ってきたし」

「アーサーちゃんもはい、これ」「キィ！」

金が儲かると知って俄然やる気を出した華乃が号令をかけ、いそいそとワイヤーに腐肉を引っかける現金な成海家。アーサーもお袋からワイヤーを手渡され釣りに参加する。アラクネの体は俺の手を広げた程度の大きさしかないが力はあるので大丈夫だろう。

誰もミミズ釣りをしていなかったからか放り投げればすぐに食いつく、まさに入れ食い状態。これだけ釣れるならギガントワームもすぐに引っかかることだろう。アーサーも体を器用に動かしながら腐肉をワイヤーにセットして放り投げている。

「キィキィ!!　キィ————！」

誰かが釣りあげたらみんなで叩くということを繰り返し、三〇匹ほど倒した頃だろうか。

次の腐肉（ふにく）を括（くく）り付けていると蜘蛛（アーサー）がキィキィと大声を出し始めた。見れば白く小さな足を岩盤に固定させ、はち切れそうなワイヤーを口で必死に引っ張っている。この張力からしてギガントワームの可能性が高い。

「みんな！　アーサーのワイヤーを引っ張ってくれ！」

「わ、分かったっ！」「いくわよー！」「凄い力だ、どれだけデカいんだ」

　総動員でよいしょよいしょとワイヤーを引っ張ると1mほどの巨大な口が現れる。あの大きさからして砂の下にある体は優に5mを超えているだろう。砂の中で暴れているのか視界が暗くなるほど大量の砂煙（すなけむり）が巻き上げられる。

「ぺっぺっ、このワイヤーは大丈夫かっ？」

「大型車でも牽引（けんいん）できるワイヤーだから大丈夫なはずだ」

「でもこのままじゃ時間かかりそう。ママ、あれやって！」

　口の中の砂を出しながら親父がワイヤーの強度を心配するが、ギガントワームを見越（みこ）して頑強（がんきょう）なワイヤーを買ってきてあるので問題ない……はず。だが思いのほか抵抗（ていこう）が強い。長期戦になりそうな気配に華乃があれをやってとお袋（ふくろ）にねだる。

「じゃあまずはアーサーちゃんから。力持ちになーれ♪　《ストレングスⅠ》」

お袋が腰（こし）に下げていた短いステッキをタクトのように振るうと蜘蛛（アーサー）がほんわりと赤く発

光する。《ストレングスI》はSTRを20％上げるだけだが、それでも引っ張る力が明らかに跳ね上がる。

全員にバフをかけ終わると大きなカブを引っこ抜く物語のように「うんとこしょ！　どっこいしょ！」とみんなで引っ張るタイミングを合わせる。そしてついにギガントワームの全身が姿を現した。

『ギュオォ！　オオオォオオオッ!!』

「でっかーい！　さっきまでのと全然違うっ！」

「キィ！」

砂を吹き上げながら、ところ狭しと打ち上がった巨木サイズのギガントワーム。全長7mほど、それがビタンビタンと暴れまくっているので近寄るにも注意が必要だ。華乃とアーサーが見上げながら感嘆の声を上げている。

「モンスターレベル26か、これはもうフロアボスと言われても遜色ないな」

「下敷きにならないように気を付けて叩いてくれ！」

「分かったわ！　いくわよー！」

《鑑定》の魔導具でチェックした親父がギガントワームのモンスターレベルに驚く。ダンエクで見たものよりも一回り以上デカいのは誰も釣らなかったせいだろうか。四人ならいけると思っていたけど、これほどまでに巨大ではアーサーがいなければ無理だった。助かったぜ。

この日の狩りの成果はサンドワーム二百匹ほどと、［ギガントワームの胃袋］も無事にゲットし大成功を収めた。アーサーもしばらくはミミズ狩りに付き合ってくれるようなので遠慮なく手を借りるとしよう。

（明日からは学校だな……）

ゲーム通りにいくならば学校ではこの先、要注意イベントが立て続けに発生することになる。変に目立たず空気に徹することがイベントを乗り切る最良の手段だと思っているが、普段通りにしていれば空気なのだからその点は抜かりない。

アーサーにはさらにその先のイベントについても手を借りたいし、早いところ〝魔人の制約〟を解除する方法を見つけておくとしよう。

第19章 ✦ 八龍会議

洒落た照明に大きなペルシャ絨毯が敷かれた豪奢な部屋。その中央にはコの字になったテーブルがあり、距離を空けて〝五人〟が向かい合っている。

「――それでは、時刻になったので定例会議を始める」

最奥に座るは八龍が一角〝生徒会〟の長であり、八龍全てを取り仕切るのは相良明実。百億円規模の資金を扱い、教職員や冒険者ギルドにも大きな発言力を有する特別な存在である。

眼鏡越しに鋭い眼光を放ちながら会議の開始を宣言する。

「今日の議題は、月末に予定されている選挙についてだが――」

「待て、相良。喧嘩屋が来ないのはいつも通りだが、〝弓術部〟と〝Aクラス同盟〟はどうした」

相良が議題を述べようとすると、顎髭をたくわえた大柄で筋肉隆々の男がまだ全員揃っていないと口を挟む。〝第一剣術部〟部長であり八龍が一角、館花左近だ。冒険者学校において近接戦闘をやらせれば右に出る者はいないと言われるほどの大剣の使い手である。

「……対人研究部は今日の議題に興味がないようですね。弓術部は推薦する子が通らないなら参加する意味がないと仰って、不参加を決めました。Aクラス同盟は存じ上げません」

その館花の質問に答えたのは、赤く長い髪を編み込みサイドに垂らした小柄な女性。〝第一魔術部〟部長であり同じく八龍が一角、一色乙葉。まだ2年生であるにもかかわらず、類まれな才能で冒険者学校——だけではなく、世界にも名を轟かす魔術の天才である。

八龍内において第一魔術部がここ1~2年で急速に発言力を増しているのは紛れもなく彼女の名声によるもの。椅子の右隣には大きな杖が立て掛けられ、頭部分についた紫色の宝石が怪しげな魔力を放っている。

ちなみに喧嘩屋とは、八龍が一角〝対人研究部〟の蔑称である。

「ふん。なら次期生徒会長はこの5派閥で決めるってことか」

「そのようですねェ。このような大事な議題に八龍が揃わないとは、全くもって遺憾なことです。クックッ」

やや顔色が悪くひょろひょろした高身長の男が館花に同意する。〝武器研究部〟部長であり八龍が一角・宝来司。武器研究部とは武具を作ったり集めて研究する部活だが、日本有数の金満貴族である宝来家の強力なバックアップにより、人、物、金を集めて八龍まで上り詰めた新鋭の派閥として注目されている。傘下には多数の工房サークルを従えている。

生徒会長の相良が八龍の面々を睨みながら強制的に会議を進行させる。

「続けるぞ。次期生徒会長の立候補者の名前を預かっているので発表する。第一剣術部が推薦する2年Aクラスの足利圭吾。そしてもう一人は第一魔術部、武器研究部、シーフ研究部が推薦する1年Aクラスの世良桔梗――」

「おいっ、1年は時期尚早だと言ってるだろうがっ！　まだ高校に入って間もないガキが俺ら八龍を纏められるわけがねぇ！」

テーブルを叩き、抗議の声を上げる第一剣術部の館花。一癖も二癖もある八龍が、1年の言うことを素直に聞くわけがないというもっともな理由だ。しかしそれにもすぐに反論の声が上がる。

「世良さんの活躍には中学時代から誰もが一目置いていましたでしょう？　それに彼女は【聖女】様の血を引く特別な存在。家格も実力も十分すぎるほどあり、我々の上に立つのに不足はありませんわ」

「そうそう。まだ1年なのにあのサポート能力は目を見張るものがあるよねェ。それ以上に、国宝に指定されているあの武具……一度だけ見たことあるけど本当に驚いたョ」

呼吸を置かず、すぐに世良の擁護に回る第一魔術部の一色。決して大きな声ではないのだが異様な圧力が乗せられており、館花の大声にも負けない迫力がある。その一色に続いて武器研究部の宝来も擁護に回る。うっとりするような表情で世良桔梗を賛美し、その武具がどれほど凄い物なのか説明しながら手放しで褒める。

書記がホワイトボードに「足利圭吾1票、世良桔梗3票」と書くと、それを見た館花はあからさまに不機嫌となり、濃密な《オーラ》を放ちながら唸るような低い声をだす。

「おめぇら、どんな条件で結託したんだ？　おいっシーフ部。お前も黙っていないで何か言ったらどうだ」

「……その鬱陶しい《オーラ》をしまってくださいまし。わたくしは世良桔梗という女生徒を推したつもりはございません。面倒なのでその方でもよろしいのでは、と言っただけですわ」

「なんじゃそりゃ。それなら俺が推している足利を推せよっ！　それで2票ずつのイーブンだ」

ウェーブのかかった碧色の長い髪。凛として気が強そうな目と小ぶりな鼻を持つ女生徒が、館花の質問に投げやりな態度で答える。2年Aクラス、〝シーフ研究部〟部長であり八龍が一角、楠　雲母だ。

学校外では同じ2年生でも一色乙葉の名の方が大きく知れ渡っているが、学校の試験においては一色と幾度も首席争いをしてきたほど高い実力を持ち、同学年からは双璧とも言われている存在だ。またシーフ研究部は多くの貴族や部活動を従えているため、２年生であるにもかかわらず八龍内での発言力は大きい。

そんな彼女は冒険者学校内で最高レベルと言われている館花の《オーラ》を向けられて、手に持っていた黒い羽扇子で払いながら「鬱陶しい」と苛立つように言う。

「埒が明かないねェ。どうせ候補者を呼んであるのだろう？　なら目の前で喋らせて決めればいいじゃないの」

「おら、二人共。さっさと入れ！」

宝来が候補者の話を聞いて判断しようと提案し、館花が入り口に向かって入れと大声を上げる。その粗暴な物言いに楠が柳眉をひそめる。

会議室の重厚な扉が開き、最初に入ってきたのは細身だが首や肩回りに筋肉が盛り上がるようについている男子生徒。腰には日本刀が差してあり、歩く姿はどこか軍人のよう。館花が推薦する足利圭吾だ。

続いて入ってきたのは、腰の近くまで伸びた艶のある銀髪を揺らし、優雅な足取りで歩く女生徒。１年Ａクラスの世良桔梗。八龍が集まって鋭い視線を向けているというのに緊張感は全く窺えない。それどころか、すみれ色の大きな瞳を輝かせ、笑みまで浮かべている。

「予定より少し早いがまぁいい。それでは自己紹介をしろ。足利からだ」

「承知しました」

相良が二人の顔を確認し、最初に男子生徒のほうに向かって命令を下す。それを聞いた足利は一歩前にでて手を後ろで組み、胸を張る。その際に胸ポケットに付けられた貴族位の金バッチがキラリと光り輝く。

「2年Aクラスの足利です。私は八龍の皆様を従えようなどと思っておりません。各派閥の独自性はそのままに、この偉大なる冒険者学校の名をいかに世界へ知らしめるか。それこそが私の成すべきことと考えております」

「剣術の腕は2年にして俺の次くらいに上手いぜ。もし生徒会長になれないなら第一剣術部の部長をコイツに継がせようと思っているくらいだ」

八龍の無言の圧迫にもたじろぐことなく自己紹介を終えただけでも並みの生徒ではないことは確か。また館花の補足によれば、剣術の腕も部長の館花に次いで2番手。たとえ生徒会長になれなくとも次期八龍入りは確実視されている名門貴族の嫡男だ。

考え方は保守。今までの伝統はそのままに、より名声を高めていく方針を探っていくと言う。1年のときには生徒会にも属していたエリートで成績も優秀……ではあるものの、同じ2年生の一色や楠と比べてしまうと見劣りするのは否めない。

次に軽くお辞儀をしてから世良が一歩前に出る。

「皆様ご機嫌麗しゅう、世良でございます。生徒会長になるのは宿命。わたくしはただそれを受け入れるのみ」

「……宿命？　噂に名高いその目か」

「はい。わたくしの《天眼通》は未来を見通す力がございます」

宿命と聞いて思い当たることがあったのか、相良が世良の目について聞き返す。

今はすみれ色の瞳をしているが、力を使用するときは燃えるように真っ赤な瞳となり、人物や出来事の未来を的確に見通すことができるようになると言う《天眼通》。これまでも優れた逸材を見つけたり危機を何度も回避してきた実績があり、この場にいる八龍の面々の誰もが知っている有名過ぎる固有スキルだ。

その上、彼女は中学時代、変幻自在の剣を操る周防皇紀や、怪力と天性の近接戦能力を併せ持つ天摩晶らを抑え込み、常に成績首位を独走してきた経歴がある。また日本の冒険者の始祖である【聖女】の孫でもあり、その血統と才能の高さから【聖女】の後継者とまで言われているほど。1年生の中では圧倒的なまでの存在感を放つ。

世良の挨拶が終わると一色が立ち上がり、大きく拍手をしながら世良を賛美する。

「自信に満ちた表情、稀有な能力。今までに見せてきた実力も経歴も素晴らしく、血統、家格についても非のうちどころがありません！　我が第一魔術部に入ってくれるのならば、すぐにでも部長の座もお譲りしてもいいとすら思っていますが……世良さんはそれ以上の器。次期生徒会長に推さざるを得ません」

「足利君も少しはやるようだけど、世良君と比べるとやっぱりねェ。ボクら武器研究部も全力で推すつもりだョ」

一色と宝来が諸手を挙げて称賛する。すでにいくつもの派閥が世良と接触したとの噂が立っているが、この場を見る者がいれば第一魔術部と武器研究部を真っ先に疑うことだろう。

館花は不機嫌な態度を崩さず、楠は興味がなさそうに窓の外を見ている。

「――ところで、生徒会は誰を推すつもりなんだい？　それにシーフ部だって去年の次期生徒会長選ではあんなに熱心に動いていたのに今年はさっぱりだし。他に気になる生徒でもいるのかい？」

生徒会とシーフ研究部の動きのなさを怪しむ宝来。次期生徒会長選は自派閥の行方を左右する大きなイベントであるにもかかわらず、二人の立候補者にさして興味を示していないのはおかしい。もしかして他に気になる生徒がいるのではと相良と楠の表情から真意を探ろうとする。

「今のところ生徒会では推薦する人物を決めかねている。だが気になるといえば……1年の名前は何と言ったか」

「まぁ！　相良様が気になるだなんて、それはとても興味がございます。どちら様でしょう？」

それを聞いて前のめりになる一色。生徒会長・相良明実は魔術では一色と、武術では館花と競い合えるほどの実力があり、学力においては一度も1番以外の成績を取ったことがないという鬼才である。その相良が気になる人物とは一体どれほどの実力者なのか。

一色だけではない、この場にいる全ての者がそれぞれが自身の記憶を探り始める。八龍でも最大権力を有する生徒会が推すとなれば、次期生徒会長選にも大きく影響を及ぼす可能性があるためだ。

「1年ねェ……もしかして天摩君かい？　天摩商会が作っているブランド武器〝DUX〟はボクも一目置いているヨ。でも彼女はボクら武器研究部が狙っているんだけどねェ」

「大方、周防か鷹村だろうよ。1年にしては実力が抜けているしな。だが周防は第一剣術部に入部が内定しているから手を出すんじゃねーぞ」

「でもその辺りの1年生なら相良様でもすぐ名前がでてくるのではなくて？　それ以外となると……まさかっ」

天摩、周防、鷹村。1年生の錚々たる実力者の名が挙げられるが、それらは八龍を率いる者なら知っていて当然の大型ルーキー達。すぐに名前がでてこないというならば必然的にそれ以外の人物になる、と言う楠だが、突然はっとした表情になり口をつぐむ。どうやら彼女も心当たりがあるようだ。

「楠さん。知っているなら秘密にしないで教えてくださいな」

「相良が気になっているという1年坊……シーフ部も狙ってんのかぁ？」

「これはこれは。予想しないところからとんでもないルーキーの存在が発覚しましたねェ」

知っているなら教えてくれと楠に縋るように食いつく一色に、思わぬ大型ルーキーの存在に驚きながらも冷静に思考を巡らす館花と宝来。あれこれと議論するものの一向に思い当たる人物がでてこず、会議は膠着状態になる。

「先ほど挙げられた方達でもないのなら……もしかしたらEクラスの方ではないですか？」

そこに割り込んだのは世良桔梗だ。優秀な人材は思いもしないところに転がっているものだと、好奇心旺盛な笑みを浮かべて身を乗り出しくる。隣にいた足利は目を見開き「八龍同士の話に割って入るなど何を考えている」と小声で苦言を呈すが、全く聞いていない。

だが世良の意見を聞いた館花は太い眉を逆立て、苛立ちを隠さず食ってかかる。

「馬鹿いってんじゃねぇ！　1年Eクラスといえば、つい数ヶ月前までレベル1だった平民だろうが。どこに注目する要素があるってんだよ」

「確かにねェ。高貴なる血が流れていないEクラスに才能や将来性を期待できるとは思えないけど……でも。相良君と楠君の表情を見る限りではあながち的外れでもないかもしれないヨ？」

「ほ、本当なのですかっ、楠さん。私もEクラスの平民に大型ルーキーがいるだなんて考えにくいのですけど……」

平民というだけでも見下す要因になるというのに、まだ入学して三ヶ月程度のダンジョン初心者がどうやって天摩、周防、鷹村と並ぶというのだと憤慨する館花。

優秀な貴族はもちろん、たとえ貴族でなくとも真に才能ある者ならば日本政府が冒険者学校の推薦状を出すので中学から入学できているはず。一方で高校からの入学ということは〝平民にしてはそれなり〟という程度の才能しか持ち合わせておらず、中学組らの才能と比較すれば何枚も劣る。それが冒険者学校関係者のEクラスに対する一般的かつ常識的な見解だ。

ゆえに世良の意見は貴族至上主義である八龍にとって受け入れがたいものであるわけだ

が、宝来と一色は押し黙った楠の態度を見て疑いを強め、名前を教えろと詰め寄る。しかし楠は口をつぐんで顔を背けたままだ。

　この場は次期生徒会長について話し合うためのものだというのに話が脱線し混乱が収まる様子がみえない。相良は余計なことを言ってしまったとため息をつきながら、会議の締めを宣言する。

「少し時間を置いたほうが良さそうだな。後日、改めて会議の場を設けるとしよう……それと楠。後でお前とはいくつか確認しておきたいことがある」

「奇遇ですわね、相良様。ですけど、わたくしとて彼を譲るつもりはございませんわ」

　それぞれの思いが交錯する中、一人だけ恋い焦がれるような表情で遠くを見ながら想いを馳せる者がいた。世良桔梗だ。

「Eクラス……まだ見ぬ才能が埋もれていたのですね。後でこの目に焼き付けに行かなくては。待っていてくださいね。私の【勇者】様……」

第20章 ✦ いつもの定位置

『悪魔城でのことは全部秘密にって？　成海クンがそう言うならもちろん秘密にするよ！』

俺は今、長～い黒塗りリムジンの後方席にいる。左側には頭の先から爪先まで金属に覆われた女の子、天摩さんが座っている。今日もピカピカに磨かれており、窓から差し込む朝の太陽光が反射してとても眩しい。

そして俺を挟んで右側には艶のあるロングな黒髪にカチューシャをかけ、ばっちりとメイド服を着こなした美人メイドが座っている。天摩家お抱え執事〝ブラックバトラー〟を率いる執事長の黒崎さんだ。

とても似合っている、と言いたいところだが「ちょっとでもお嬢様に触れたら、お前は即終了だ」と小声で呟いてくるので何とも居心地が悪い。まだ俺は人生を終了したくないので天摩さんに触れないように極力頑張ってはいるのだけど、大型リムジンとはいえ一列に三人座るとかなり姿勢が苦しい。

『でもダンジョンから帰ってくるときは凄いスリムになってたのに、また戻っていて驚いちゃったよ。体調は大丈夫なの？』

「大丈夫。ちょっと食べ過ぎただけだから」

『そうなんだ。ウチもつい食べ過ぎちゃう癖があるから気を付けないとっ』

　復活した見事な太鼓腹をポンポンと叩き大丈夫だとアピールしておく。ダイエットの話にとても興味がある天摩さんには衝撃だったらしく、俺の姿を見たときは変なポーズで固まっていたほどだ。

『ところでさ、夏休みなんだけど……誰かとダンジョンに潜る予定とかある？　成海クンとなら結構いいところまで行けると思うんだよねー』

「なりませんっ！　ケダモノと一緒に潜るなんて絶対になりませんっ！」

『もうっ。黒崎は成海クンを何か誤解してるね。まぁー考えといてくれると嬉しいかな』

　冒険者学校の生徒は夏休みを利用して長期のダンジョンダイブ計画を組むのが一般的だ。天摩さんの場合は去年までお抱えの黒執事達をお供にして潜っていたらしいが、今年の夏は俺と一緒に潜りたいと誘ってくれる。それを聞いた執事長は「絶対に二人きりにさせてなるものか」とついて行く宣言をして息巻いている。

（しかし、夏休みか）

今のところ何かをやろうという計画はない。いつも通り家族かサツキ達とダンジョンダイブするくらいだと思うので時間はあるといえばあるのだが、ゲートを使わず深いところまで潜るとなれば一ヶ月以上拘束されるのは間違いなく、往復の時間が非常に無駄になる。

その問題をなんとかしない限り一緒に行くというのは……

（……いや。アーサーにゲートを出してもらえれば行けるのか？）

最初にアーサーが登場したときを思い出す。通常、《ゲート》の出口はダンジョン外かゲート部屋にしか指定できないものだが、アーサーは何故か聖堂広間の中央に《ゲート》出口を作って出てきた。もしかしたら任意の場所にゲートを出す方法を知っているのかもしれない。それを利用すれば天摩さんとお供を連れて一気に20階まで行けるはずだ。

それに俺の方だって天摩さんと一緒に潜りたい理由はいくつかある。

一つは呪いを解いてあげたいことだが、もう一つはアーサーからメールと電話で何度も天摩さんを引き込めと言われていることだ。俺とサツキのように共闘関係になりたいのだろう。そうなるためにはプレイヤー知識の一部を共有することが前提となる。

『前に潜ったときに〝マムゥ〟がいっぱいいるところを見つけてねー。それはもう食べ放題だったんだよ。今年は成海クンと一緒に食べたいなー』

「お嬢様っ！　あの後体重を落とすのにどれだけ苦労したか今一度思い返してくださいっ」

隣でコロコロと笑いつつ楽しげに話す天摩さんだけど、大悪魔を前にして俺を見捨てず命を張って庇ってくれた姿は今でも鮮明に覚えている。信頼に値する人物であることに疑いようはなく、プレイヤー知識を渡すことについても異論などない。

だがゲートを含めたプレイヤー知識は漏れた場合の影響が甚大であり、たとえ貴族であっても危険な状況に陥らせてしまうヤバい代物だ。味方に引き込む際は慎重に事を進めなければならない。

早めにリサとアーサーとで集まって協議を行いたいところではあるが——

「ありがとう、前向きに考えておくよ。あと……天摩さん。俺を迎えに来なくても大丈夫だよ？」

『ええっ、迷惑だったかな』

実は先ほどちょっとした騒動が起きていた。学校に行くために準備をしていたところチャイムが鳴ったのでドアを開けて出てみれば……サングラスをかけた十数人の執事が玄関に立ってこちらを睨んでいたのである。家の前にはこのリムジンを含めた黒塗り高級車が5台も停まっており、近所の人や道行く人が何事かと集まる始末。腕を掴まれ強制的に後部座席に乗せられてみれば天摩さんが座っていたというわけだ。

友達のよしみでこれから毎日迎えに来てくれるとのことだけど、俺の家は冒険者学校まで歩いて5分もかからないほどに近く、それ以前にこんな騒動が毎日続くのはちょっと気が引けてしまう。なのでやんわりと断りを入れておくことにした。

『うん……でも、迎えに来て欲しいときはいつでも言ってね？』

「その気持ちだけでも嬉しいよ。ありがとう」

右隣では黒崎さんが「お嬢様のお誘いを断るとは……いや、これでケダモノと距離を置くことが……」などと言いながら拳を振り上げたり下げたりと忙しない動きをしていた。

『それじゃーまた後でねー！』

そう言って車から降り、颯爽と去っていくリムジンを見送る。

一度背伸びをしながら俺も学校に向かおうとか考えていると、後ろから視線を感じるではないか。振り返ってみれば、ジト目の幼馴染が腕を組んで立っていた。もうとっくに俺を置いて学校に行っていたものとばかり思っていたが、ずっと様子を見ていたようだ……

さて、何て言おう。

「今の、Aクラスの天摩晶さんよね。随分と仲が良さそうに見えたけど」

「……あ、あぁ。こないだのクラス対抗戦で気が合ってさ。友達になったんだ」

「友達って……でも彼女は歴とした貴族様よ。大丈夫なの？」

貴族は社会の上流であるがゆえに庶民にとって憧れの対象である。しかし同時に気に食わなければいつでも権力を振りかざし庶民を封殺することも厭わないため、恐怖の象徴でもある。

今は気を許して仲良くなれたとしても、いつ気が変わるとも知れないし、たとえ天摩さんの気が変わらなくても周囲がその関係を許さない。だから庶民である自分達は貴族に安易に近づくべきではない、と遠回しに忠告してくる。

確かに普通はそう考えるしそれが正解なのだろう……が、最低でも天摩さんの呪いを解くまで離れるつもりはない。とはいえ余計なトラブルを起こさないためにも皆が見ている前では気安く天摩さんと接することは控えたほうが良いだろうな。

「でも……颯太は変わったわ。ちょっと前までは誰かと仲良くなろうとするなんて……それどころか私以外とまともに会話すらしなかったのに」

そういって遠くを見ながら中学時代の俺を思い出すカヲル。当時の俺はツンケンとしていて誰にも気を許すことなく孤立していたらしい。ゲームに登場するブタオもそんな感じだったし想像に難くない。

だけど昔を語るカヲルは微笑むような、そして少し寂しそうな何とも言えない複雑な表情をしていた。中学時代の俺はカヲルに滅法嫌われていたのは確かだろうが、それだけではない何か複雑な思いが垣間見えた気がする。

「さぁ早く行きましょう。もう大分遅れてしまっているし」

そう言いながらカヲルが歩きだしたので、すぐにカバンを持ってその後ろをついていく。

ここがいつもの俺の定位置だ。

すでに6月も終わりが近づき例年なら梅雨入りしていてもおかしくない季節なのだが、空は雲一つない快晴である。朝っぱらから気温も高く、この太った身体には少々堪えるね。

第21章 ✦ Eクラスのヒーロー

「来たぞ、ヒーローのご登場だ！」
「やるじゃーんブタオ君。ちょっとだけ見直したかもー」

教室に到着してみれば、俺を見たクラスメイトの何人かが〝ヒーロー〟と言って拍手をして迎えてくるではないか。何かと思えばクラス対抗戦で俺が稼いだ点数によりDクラスに勝てたからだそうな。

今までは良くて足手まとい扱い、下手をすれば存在すら認識されない空気の扱いだったのに、急に好意的な眼差しを向けられるとケツがムズ痒くなるぜ。だけど好意的でない声のほうが多く聞こえてくる。

「ただついて行っただけじゃねーか。あーあ、到達深度は楽でいいよなー。俺も選べばよかった」
「そうそう。ついて行くだけでいいならあたしだってできるし」

「何にもしてないのにヒーローとかズルくない？　ブタオのくせに」

　クラス対抗戦では誰もがボロボロになりながら必死にダンジョン内を駆け回ってクラスのために頑張っていた。食事は最低限、岩肌の上で雑魚寝。加えて他クラスからの圧迫を受けながらもモンスターと連戦し、１週間近く戦い抜いて来たのだ。

　だというのに、ろくに戦闘もせず上位クラスについて行っただけの奴がヒーロー扱いだなんて納得できないと口々に言う。

　確かに20階に行くまでモンスターは全部倒してくれてたし、俺は後方でその姿を眺めていただけ。特に難しい局面に出くわすことも——最後以外は——なかった。豚のしっぽ亭では豪華な食事を奢ってもらったし、途中で何度か家に帰ってベッドの上で寝てもしていた。後ろめたい気持ちもなくはないのだ……てへっ。

「だけどよぉブタオ。お前モンスターの圧は大丈夫だったのか？」

　明後日の方向を見ながら俺の肩に手を回して話しかけてきたのは、金髪ロン毛がトレードマークの月嶋拓弥君だ。教室での彼は仲の良い友達かカヲル以外に話しかけるところを見かけたことがないのでオラ驚いたぞ。

「距離をあけて戦っててくれたからね。俺のいるところまでモンスターの《オーラ》はほとんど届かなかったんだ」

「ま、そんなところだろうな……けっ。カヲルのために頑張ってデカい魔石取ってきたのによ。モブのくせにでしゃばるんじゃねーよ」

そう言いながら俺のケツを蹴ってつまらなそうに席に着く月嶋君。魔石格という種目で一番になり、カヲルに良いところを見せたかったようだけど……頑張って取ってきた魔石とはいったいどれほどの物だったのか。それが分かれば月嶋君のおおよそのレベルが分かるのかもしれない。後でこっそり情報収集でもしてみたいところだが。

「ソウタ、おはよっ」

「お～はよ～。ヒーロー君」

教室の最後方にある席に着いて机の横にカバンを引っ掛けていると、スカートから伸びたスラリとした脚と、ほど良く肉付きのある脚が見えた。見上げてみればにっこりと微笑んでいるサツキとリサだ。いつも通り変わらぬ笑顔で接してくれると何だかホッとするね。

「随分と活躍した割に、みんなの態度はそっけなかったわね～」

「みんな勝手なことばかり言うんだからっ」

「ふふっ。でもソウタにとっては都合がいいのかな～？」

先ほどの様子を見られていたようだ。小心者の俺としてはヒーロー扱いなんてされても困惑するだけだし、ケツを蹴られる程度で丁度いいと思ってるくらいだ。

「ついて行っただけというのは本当だし、楽もしてたしな……それはそうと赤城君達はどうだった？　練習に付き合ったんでしょ」

「昨日は1階で訓練しただけ。でもみんな本気で強くなりたいっていう意志を感じたよっ。四人とも戦闘センスが凄(すご)く高いからびっくりしちゃった」

「あとは～週に一度だけレベル上げに付き合うって約束もしたわね～」

　赤城君、立木君、カヲル、ピンクちゃんの四人を誘って訓練に付き合ったサツキとリサ。パワーレベリングをする前に基礎(きそ)知識の共有と、そのための戦術指導を行なったそうだ。ゲームのときとは違(ちが)い、こちらの世界のパワーレベリングは高額の依頼(いらい)費を払うか貴族しか受けることができない特別なものなので、赤城君達は初めての経験となる。事故が起こらぬよう大量のモンスターを効率よく倒していくには事前に役割(ロール)や立ち位置を確認(かくにん)し、モンスターの特性や戦術のコーチングをしっかりやっておくのは正しい判断だろう。

　そして戦術指導では実際に打ち合ってみたというサツキ。四人とも戦闘センスの高さは予想以上で技術の吸収も早く驚(おどろ)いたという。まぁ主人公パーティーだけあってゲームで登場するキャラクターの中でも基本性能は最上位クラス。驚くのも無理はない。

　そして今週末には7階の魔狼(ワーグ)を使ったパワーレベリングがすでに決まっていると言う。通常の狩りならＤＬＣ拡張エリアでゴーレム狩りをするほうが手っ取り早いのだが、パワーレベリングであれば大量に釣って集めることができる魔狼のほうが好都合なのである。

後々のことを考えれば夏休みまでにレベル10くらいまで上げてもらいたいところだ。特に赤城君は、天摩さんの解呪イベントなど様々なイベントのトリガーとなれる人物なので、早くレベルを上げるほど俺の余裕も生まれることになる。それに……赤城君が強くなればEクラスの空気が良くなるという副次的な狙いもあるのだけどね。

「なるほどな。手伝えることがあったら何でも言ってくれ。積極的に支援するつもりだ」

「支援ね……やっぱりみんなの防具集めかなっ？　私達もやっと15階で〝モグラ叩き〟ができるようになったけど、素材を集める速度はとっても遅いからねっ」

「ミスリル合金なら大量にあるからそれを譲るよ。なんなら今度一緒に行くか？」

「デートのお誘い～？　ふふっ」

サツキ達はモグラ叩きはできてもブラッディ・バロンはまだ倒せないので十分なミスリル合金を集めるのは難しく、赤城君達の分までは揃えられないと言う。それならたくさんある在庫の一部を譲ればいいだろう。

そんな感じで和やかに近況報告をしていると廊下側が急に騒がしくなってきた。悲鳴の混じった声まで聞こえてくる。何か起きたのだろうか。クラスメイト達も会話をやめて教室の入り口に注目する。

「どけっ！」

教室の引き戸が乱暴に開けられ、木刀を持ちジャージを着た集団が男子生徒二人を投げ入れてきた。うつ伏せになっていたので一瞬誰だか分からなかったが、あの赤い髪と角刈りは赤城君と磨島君ではないか。よく見れば顔は腫れあがり、手足も傷や痣だらけになっている。ただ殴ったというより足腰立たなくなるまでサンドバッグにされていたようなやられ方だ。

物々しい突然の出来事に皆も息を呑むように見ている。しかもやられているのはEクラスのリーダー格。それが二人揃って痛めつけられていることに恐怖で泣き出しそうな子までいる。

「どうする。絶対に探し出せとの厳命なのに」

「足利さんがキレたらマジ怖いからな。何て言えば……」

「だがもう時間がない。いったん出直すしかないぞ」

闖入者達の胸元には〝第二剣術部〟の文字が刺繍で入れられている。第二ということは貴族ではないものの、レベル10くらいは軽々と超えている実力者集団だ。まだレベル6でしかないあの二人を捕まえてあれだけ痛めつける理由とは何なのか。というか、足利って誰だ。

「おいっテメェ、こんな雑魚を教えやがって。次嘘ついたらお前らタダじゃおかねーからな！」

「また聞きに来る。逃げんじゃねぇぞ」

手に持った木刀で床をバンッと叩きながら吐き捨てるように言って去っていく第二剣術部の部員達。その姿が見えなくなると同時にピンクちゃんが駆け寄り、サツキは「保健室の先生を呼んでくる」と言って教室を出ていく。立木君は状況を把握するために事情を知っていそうな人がいないか聞いて回っている。

「あの人達にこのクラスで一番強い奴は誰かと聞かれて、それで赤城と磨島の名前を言ったんだ。でもまさかここまでしてくるなんて……」

「第二剣術部なんて俺達が逆立ちしても敵う相手じゃないのに。何がしたかったんだよ」

「ユウマ達の怪我が治ったら何が起きたのか僕が事情を聴いてみよう。大丈夫だ。【プリースト】の先生ならこのくらいすぐに治してくれるさ」

名前を言ってしまったクラスメイトは激しく動揺していたので、立木君が大丈夫だと言って落ち着かせる。こういうときでも気配りのできる立木君は頼もしいね。

しかし、第二剣術部はウチのクラスの一番強い奴なんて聞き出して何をしたかったのか。

味方に引き込みたかった？　それなら実力を試すとしてもあれほどズタボロにする必要はないだろう。あの痛めつけ方には苛立ちをぶつけたような悪意が感じられる。だがその悪意を向けられる理由は何なのか……DクラスがEクラスを叩いてくれと泣きついた？　その程度で第二剣術部は動かないだろう。さっぱり分からん。

（何にせよ、サツキを守らないといけないな）

　クラスメイトを守るためだったので仕方のないことではあるが、サツキはクラス対抗戦で実力の一端を見せてしまった。一番強い奴を探しているという第二剣術部がその噂を聞きつければターゲットにされてしまう可能性が高い。ただでさえゲームでのサツキは上級生に狙われて退学に追い込まれていたので心配ではある。そうならないよう対策はきっちり講じておくべきか。

　週末に開催予定の成海家ミミズ狩りツアーに招待しようか考えていると、同様に思考を巡らしていた立木君が何かを思いついたのか神妙な顔でリサの名前を呼ぶ。

「新田。後で話がある。例の件では早めに動いたほうがいいかもしれない」

「ん……分かったわ。じゃあそういうことで、ソウタも一緒によろしくね～」

　例の件で動くと言う立木君と、それが何かを察して俺に向かってよろしくと言うリサ。

俺を引き入れるということは、前にビデオチャットで言っていた〝次期生徒会長選挙〟についてのことだろうか。つまり立木君はこの騒動の原因を選挙関連と睨んだようだ。

ゲームでの次期生徒会長選挙イベントは、Ｅクラスの票を巡っていくつかの派閥から要請――という名の恫喝を受ける形でスタートしたはず。このようにズタボロの赤城君と磨島君が放り投げられる形ではなかったと思うのだが……

ゲーム知識があっても事情をよく飲み込めない。立木君が何を考えてどう動くつもりなのか知りたいし俺も交ぜてもらうとしよう。

第22章 ✦ 傀儡の生徒会長

「おっせーぞ。早く渡せっ」

「ちょっと混んでてさ。でも全員分はちゃんと買えたから……」

「せっかくソウタが買ってきてくれたのにっ。磨島君はもう少し言い方を考えてっ」

　昼食の時間となり、俺と立木君、サツキ、リサの四人は人気のないところへ行き、赤城君と磨島君に今朝のことを事情聴取することとなった。教室や食堂にいればまた第二剣術部に絡まれる可能性があるためだ。

　昼食を食べながら話し合うつもりだったので、買い出し役は一番目立たない俺。購買でもみくちゃにされながら何とか全員分のパンと牛乳を確保できたわけだが……磨島君に遅いと叱られながら手早く皆に配っているところである。サツキの優しいフォローが目に染みるぜ。

　ちなみに赤城君と磨島君は【プリースト】の先生に治療してもらったことで打ち身や傷はほぼ消失し、今は絆創膏をいくつか貼っているのみ。教室に投げ込まれたときは自力で立てないほどズタボロであったというのに魔法治療を行えばあっという間である。改めてこの世界が剣と魔法の世界であると認識させられる。

「ありがとう、えーと名前は……まあいいか。それで登校時にいきなり捕まったんだよ。実力を見せろとか言って」

「俺もだ。やり返してやろうと頑張ってみたが手も足も出なかったけどな」

俺からパンを受け取った赤城君が捕まったときの状況をぽつぽつと話し始める。それによると、寮を出たところで実力を見せろと言われ、わけも分からず第二剣術部の訓練場まで連れてこられ袋叩きにされたようだ。負けん気が強い磨島君はやり返そうとしたものの格上が複数人相手では抵抗すらできなかったと拳で地面を叩いて悔しがる。

「実力といっても、二人のレベルは分かっていたのでしょ～？」

「うん。オレは端末画面を見せて何度もレベル6だと言ったんだけど、問答無用だったよ」

「レベルなんて偽ったり隠したりするもんじゃねー……と思ってたが、まぁ大宮の例もあるしな」

向こうも二人のレベルは承知のはずなのに何故試したりしたのかとリサが首を傾げる。生徒に配布されている端末では各生徒のレベルが一覧で閲覧できるようになっており、誰がどの程度のレベルなのか一目瞭然。赤城君も一覧に載っている通りレベル6だと言ったのに信じてもらえなかったようだ。

　一方の磨島君はサツキの方を見ながら訝しむ。通常は自分が弱いと見られると学校内の立場も弱くなるだけなので、レベルが上がればすぐに鑑定マシンを使ってデータベースを更新するのが常識。そう思っていたのだが、サツキは更新しないままだった。もしかしたらレベル申告をしない生徒も少なからずいるのではと疑っているのだ。

「それと殴られてるときに何度も「Ｅクラスで一番強い奴は誰だ」と聞かれたな。現状、俺らの中で一番強いっていったら大宮だろ。あいつらが探しているのも大宮じゃないのか？」

　磨島君のダンジョンダイブ経験から言えば、入学してからこれまでの短い期間でサツキ以上にレベルを上げることはまず不可能。だからこそＥクラスで一番強いのはサツキだと断言できるのだそうな。まぁそれもプレイヤーというチート的存在を除けばの話だけど。

「でも～第二剣術部がサツキを何のために狙うというのかしら」

「〝足利〟の命令だと言っていたな。データベースでその苗字を検索してみたところ、ヒットしたのは一人のみ。この人物は少々問題があるぞ」

　立木君がパンを齧りながら端末を操作して画面を見せてきたので、皆でのぞき込む。そこには、とある男子生徒のデータが表示されていた。

足利圭吾。２年Ａクラス。子爵家嫡男。第一剣術部所属。校内の武術大会では剣術部門で準優勝。

目つきは鋭く、相当に鍛え上げられていると分かる体つき。顎の引き方や姿勢などからも上流階級というのが一目でわかるような人物だ。校内でも幅を利かせているであろうことは容易に想像できるが、俺のゲーム知識には入っておらず顔を見ても情報は何も浮かばない。リサの様子を見ると同じように俺を見て首を傾げていたことから、やはりゲームでは登場しない人物の可能性が高い。

そのデータをじっと見つめていた赤城君が「ちょっといいかな」と言ってサツキに問いかける。

「今朝のあの人達を動かしていたのは第二、ではなく第一剣術部ということになるよね。カヲルから聞いた大宮さんの強さって、レベル10くらいって聞いているよ。失礼な言い方かもしれないけど……第一剣術部が警戒して動くほどではないと思うんだけど。どうなのかな」

「……ごめんねっ。私のレベルとか詳細は言わないようにしてるの。でも足利という人よりレベルは大分低いし、それにどちらの剣術部にも狙われる心当たりは無いよっ」

クラス対抗戦でサツキが戦っているところを見て、カヲルはレベル10相当だと判断したとのこと。一方の足利はデータベースによればレベル19。第一剣術部には他にもレベル15以上がごろごろいるわけで、わざわざサツキを警戒するほどなのかと疑問を投げかける。サツキはそれを遠回しに肯定し、狙われる心当たりもないと言うが……理由もないのにあれほど強引な手段を使ってくるだろうか。何らかの理由があるはずだ。

「何を考えて第二剣術部を動かしたのか、足利に直接問い質したいところではあるが、相手は貴族。僕らなんて相手にしないだろう。仲介してくれる貴族に心当たりはなくもないが……それは最後の手段と思っている」

　聞けば第一魔術部に伝手があるという立木君。彼のストーリーを進めていくと第一魔術部を動かしている女の子の話が出てくるのだが、彼女はゴリゴリの貴族主義だったはず。立木君本人の悩みならともかく、Ｅクラスの問題を持ちかけたところで親身になって考えてくれるとは到底思えない。


「……さて、二人に聞けることはこれくらいか。この先は僕らなりに動いてみることにする。何か進展があれば連絡するつもりだ」

「あぁ分かった。だがまぁクラス最強の大宮に、参謀の立木、クラス一の学力を持つ新田がサポートについて動いてくれるなら俺としても安心できるぜ。頼もしい限りだ」

「確かにね。新田さんとナオトなら大宮さんを守れるって気もするよ。でも気を付けてね。まだ何か仕掛けてくる可能性もあるから」

教室へ戻っていく磨島君と赤城君に向けてにっこりと微笑み手を振るリサと、俺を横目で見ながら苦笑いをしているサツキ。当然「あの、俺もいるんですけど……」なんて野暮なことは言わない。目立っても動きにくくなるだけだからだ。ここはサツキとリサに頑張ってもらい、その陰に隠れさせてもらおう。

事情聴取も終わり、これでゆっくりパンを食べられる。そう思って口をあんぐりと開けていると、俺に厳しい視線を送ってくる者がいた。

「——ところで成海。お前はどれくらいの強さで何ができるのだ」

立木君は何かを考えるように人差し指で眼鏡を上げてから、再度鋭い視線を向けてくる。

「え？　えーと、さっきみたいな雑用くらいなら——」

「ふざけるな。そんなことのためにわざわざ新田が呼ぶわけないだろう。僕の勝手な予測だが……お前と新田は、大宮と一緒のパーティーを組んでいるんじゃないのか。レベルだって大宮と同程度まではいかなくとも、データベースに載っている数値ほど低くはないはずだ」

さすがは立木君、鋭いね。ゲームでも機転を利かせて幾度も主人公パーティーを救ってきたインテリキャラだけのことはある。だけど今は言うつもりはない。言えばきっと俺の強さを勘定に入れたクラス運営や作戦を考えてしまうからだ。ここは惚けることに徹したほうがいいだろう。

「言わないか……まぁいい。だがこれからはお前を新田や大宮と同列に扱うことにする。それは僕の信じる新田が、お前を信じているからだ。見た限りでは大宮からの信頼も厚そうだしな。この先、危険を伴うかもしれないけど遠慮なく頼るぞ」

「ふふっ。頼りにしてるからね～」

「で、でもでもっ。基本的には前に出ないで後方支援のほうがいいかな？　ねっ、ソウタ」

サツキがさりげなくフォローしてくれるものの、立木君は俺の立ち位置をどうするかは後回しにすると言って今朝の出来事の振り返りに入ってしまう。

「まず、現在分かっていることと言えば。第二剣術部がEクラスで一番強い人を探していること。その第二剣術部を動かしているのは第一剣術部の足利という男。このくらいだが……気づいたことはあるか？」

といっても、この少ない情報から相手の意図を読み取るのは不可能に近い。ズタボロにされた赤城君と磨島君ですら状況がよく飲み込めていなかったくらいだし。それでもサツキが気づいたことを言葉にしていく。

「第一剣術部といえば、いくつも部活動を傘下に置く大派閥のドンだよねっ」

「この学校を事実上動かしている〝八龍〟という8つの派閥の内の1つね～」

「足利が単独で動いている可能性もあるので、相手が第一剣術部と決まったわけではないが……もし第一剣術部が動いていた場合は深刻だ」

八龍は部活動だけでなく試験や進路など様々な学校運営にも深く関わっている。その八龍と戦うということは冒険者学校に立ち向かうのと同義。挑んだところで勝敗はすでに見えていると主人公パーティーの参謀らしからぬ弱気な発言をする。

「保健の先生や村井先生に今朝のことを言っても訓練の一環としてしか見てくれず問題視してくれなかったし……このまま暴力を振るわれ続けても指をくわえているしかないのは、嫌だよねっ」

スカートを掴み、悔しそうに俯くサツキ。ゲームでは上級生や貴族相手でも真っ向から立ち向かってしまったので過剰な報復の対象となってしまった。目の前にいるサツキも同じように立ち向かうのではないかと少し心配だ。

「そもそもだが、今朝のことだけが問題だったわけではない。先のクラス対抗戦においても不公平な〝助っ人ルール〟を採用してきたり、トータル魔石量グループが失格にされたこともだ。いや、もっと前のユウマと刈谷の決闘騒ぎだって仕組まれたものだろう。明らかに外部生であるＥクラスを潰そうとしている。これら全てに八龍が絡んでいたのではないかと僕は睨んでいる」

八龍の悪意によりＥクラスは不当に押さえつけられていると主張する。まぁゲームでも黒幕は八龍だったし立木君の推測は当たっているのだろう。問題はその対策だ。

「なら立木君は、Ｅクラスを守るにはどうしたらいいと思うの～？」

「ふむ。これは以前、新田に話したことだが――」

まともに戦っても勝ち目がないのなら従属し攻撃の対象から外してもらえばいい、とのこと。八龍の傘下に入ることができれば上位クラスはもちろん、足利のような上位貴族や第一剣術部であっても簡単には手を出せなくなる。

今考えているのは、もうすぐ始まる次期生徒会長選挙を利用した策。八龍が次期生徒会長の座を巡って争うのは例年行われていることであり、今年も必ずＥクラスの票も狙ってくる。そこでこちらが先に動いて票を手土産にし、八龍のいずれかに近づこうというわけだ。

「交渉に成功すれば理不尽なルールや暴力から守られ、Ｅクラスの立場も少しは向上するだろう。だが失敗すれば……八龍の全てから睨まれる可能性もある。その場合は今よりも劣悪な状況に追い込まれるのは必至だ」

その考えは俺もリサから聞いていたし、ゲームのときの立木君も八龍のいずれかに従属しようと動いていたので驚きはない。しかし——

（この時期、この段階での接触はどうなんだ？）

本来なら八龍に接触するのは、生徒会長となった世良さんと赤城君に良い関係が構築できた後、時期的には次期生徒会長選挙の何ヶ月も後のことだった。世良さんが生徒会を動かしてEクラスに対する融和策を打ち出したため、いくつかの八龍が反発。Eクラスの生徒が次々に暴力に巻き込まれたり決闘イベントが多発したため、致し方なく八龍に接触したという流れであった。立木君が動くタイミングがゲームのときよりも大分早いのだ。

それにEクラスの票を手土産に八龍を口説き落とすという作戦にも懸念が残る。リサも同じように思ったのか懸念点を指摘する。

「でも、票をあげたところで八龍は満足してくれるかしら。本当に自分達の傘下に入れる価値があるのか、きっと試してくるはずよ～？」

「価値を試すって……やっぱり決闘とか求めてくるのかなっ」

基本的に八龍は戦闘系の部活動ばかりなので、頭を使った交渉術よりも拳で物事を決めようとする脳筋が多い。そんな相手に自分達の価値を認めさせるようとするなら、それこそ決闘で幹部共と戦って黙らせるくらいの力を見せる必要がでてくる。

　もちろんそんなことができるクラスメイトなどいないと立木君も十分承知のはず。恐らく捨て身で舌戦を仕掛けようとでも考えているのだろう。それをするにしても考えるべきことはまだある。

「あとはどこに交渉するのかも問題。八龍といっても価値観や考え方は色々あると思うし、ちゃんと情報を集めた上で狙いを絞ったほうがいいわね～」

「確かにっ。八龍の色んなところに声をかけていたら信用も失うしね。でも私達Eクラスを理解してくれるところなんてあるのかな……」

　八龍によってはEクラスを蛇蝎のごとく嫌っているところもある。ゲームで言えば第一剣術部、第一魔術部などがそうだった。この2つの派閥は貴族第一主義なので避けたほうが無難だろう。

「どの八龍に交渉するかだが、今のところ僕が考えているのは――生徒会だ」

「せ、生徒会？　これから選挙で生徒会長が代わるのにっ？」

「う～ん……」

　世良さんの前の生徒会長、つまり現時点での生徒会長はゲームにおいて無能の代名詞だった。名前や顔もでてこないモブで、いわゆる世良さんの業績を良く見せるための踏み台キャラである。高位貴族なのでレベルだけは高いかもしれないが大した実績はなく、世良さんと違って八龍を動かそうともせず、また大きな改革をするわけでもなく。八龍の傀儡という低い評価だったはずだ。

そんな暗愚な生徒会長の傘下に入ったところでまともに八龍を牽制できるのだろうか。

（――いや。逆に考えれば現生徒会長を口八丁で手玉に取る作戦はありといえばありなのか？）

気位だけは高そうなのでそこを的確にくすぐるような交渉スタイルで臨めば意外に何とかなるかもしれない。他の八龍は脳筋が多い上に頭のキレるインテリもいるので、それらを相手取るよりも交渉難度は大分低いと思われる。

そして仮にも生徒会だ。権限が多く与えられているおかげで八龍内では最大権力を有する。対八龍に関しては、まず生徒会に取り入って何ができるか精査してから考えても遅くはないだろう。ただし、現生徒会長の任期は残り少ないため動くなら早いタイミングで仕掛けないといけない。

「反対はしないけど～どうして生徒会なのかな～？」

リサもその辺りのゲーム情報は持っているはず。だが立木君が何を考えて生徒会を選んだのかは確認しておくべき、そう考えての質問だろう。

「ふむ。それは簡単だ。今の生徒会長は理知的で公平。実力も高く優れた人物であると聞いているからだ」

「え～!?」

「そうなのっ？　それなら期待できるかもっ」

現生徒会長が有能であるならば八龍に対して強力な牽制にもなるし、公平ならばEクラスの陳情も聞き入れてくれる可能性がある。また噂通りできた人物というならば、たとえ交渉に失敗してもリスクは少ないと付け加える立木君。

その思ってもいなかった理由にリサも俺も驚くしかない。ゲームで言われていた通りの人物ではないのか、はたまた立木君の仕入れた情報に誤りがあるのかは判別できない。

そんな中、俺の端末に一通のメールが届く。送り主は——生徒会だ。

『今すぐに生徒会室へ来ること。以上』

第23章 ✦ 呼び出しの理由

―― 立木直人視点 ――


冒険者学校6階にある生徒会会議室前に、これから突入しようとする四人が並び立つ。

成海が生徒会に呼ばれた理由はメールに書かれていなかったため定かではないが、生徒会長に近づくことのできる千載一遇のチャンスを逃す手はない。ここは皆で成海について行き、生徒会を探ろうということに決まった。

「いいか。先ほど話した作戦通りに進めるぞ」

「まずは生徒会長の人となりを見るんだよねっ。押せそうなら今朝のことを陳情するっ」

「それで生徒会と～、できれば会長選挙の情報収集もするんだよね～」

「……」

大宮は両方の手を胸の前で握りしめながらやる気を見せており、新田はいつもどおり自然体で微笑んでいる。校内最大権力者のいる部屋を前にして物怖じしないその姿は実に頼もしい。

一方の成海は、眉を下げて怖気づいているように見える。相手を油断させるため小心者に擬態しているのか、もしくは見た目通りなのか。その弱気な目からは何を考えているのか窺い知れない。だが大宮達はそんな成海を全く問題視していないように見えないので大丈夫なのだろう。

「それでは成海。ノックを頼む」

「う～ん……嫌な予感が……」

成海は若干へっぴり腰になりながら生徒会会議室の扉を控えめにノックする。


『……入れ』


数秒後、向こうから男の声が聞こえた。重量のある木製の扉を押し開けると――中は高級ホテルのような応接間が広がっていた。家具は単なるアンティークではない。机、椅子、照明の全てが名のある名匠の作品だ。これらを揃えるには数千万、下手をすれば億に届く金額がかかるだろう。どれほど寄付金の額があればこれらのようなものを揃えられるのだろうか。

部屋の最奥には革張りの椅子に腰掛けた眼鏡の男子生徒が、こちらを探るように鋭く睨んでいた。この生徒会会議室であの場所に座ることができるのはただ一人。生徒会長しかいない。僕の仕入れた情報によれば十年に一人の秀才と聞いているが、はたしてその実力はいかほどか。

（しかし、あの女生徒は誰だ……）

生徒会長のすぐ隣にはもう一人。碧色の長い髪の女生徒が黒い扇子を動かし、ゆったりと扇いでいた。スカーフの色は青なので2年生。同じ生徒会の人だろうか。

生徒会長以外にも別の人物がいると分かり、計画を見直すべきか逡巡するものの、意を決して一礼し「失礼します」と言いながら四人は生徒会室へと入る。分厚い絨毯のせいで足音は消され、窓や壁も防音されているのか静寂に包まれている。

目の前にいるのは身分も立場もレベルも遥かに格上。やろうと思えば僕らを退学に追い込むことすらも可能な人物だ。緊張からか早くも喉が渇いてきた。

「――それで。私はこの男だけを呼んだつもりなのだが、お前達は何だ」

「同じ1年Eクラスの立木と申します。こちらは同じクラスの大宮と新田――」

「帰れ」

有無を言わさず睨みを利かして追い払おうとする生徒会長。あまりの迫力に思わず後退りしそうになってしまう。剣では第一剣術部部長、魔法では第一魔術部部長が最強と言われているが、冒険者学校最強といえば生徒会長だともっぱらの噂だ。そんな凄腕の人物に睨まれれば怯みの1つくらいは致し方ない。

だけれども、僕だけでなくクラス皆の未来がかかっているのだから、ここで帰るわけには行かない。生徒会長の人物像を探る猶予は些かも貰えなそうなので計画を変更し、率直に核心に触れていくことにする。

「僕達は陳情に参りました」

「……なに？」

陳情と聞いて目を細める生徒会長。またこちらの発言を却下してくると思い、間を置かず勢いで今朝の出来事に話を繋げる。第二剣術部からの暴力。背後にいる第一剣術部の足利という男のこと。それだけでなく、Ｅクラスはこれまでに何度も不当な暴力とルールに晒されている、など。

もし噂通り公平な人物だというなら、これらを聞いて何か思うはずだ。だというのに続いて生徒会長が発した言葉は期待から大きく外れているものだった。

「お前達などに構っている暇はないし、知ったことではない」

あまりにも無情。僕達の問題には微塵も取り合う気がないということか。その冷え切った回答に堪らず大宮が一歩前に出る。

「生徒会長は公平な人だって聞いていたけどっ、全然公平なんかじゃないねっ。前に話し合いに来たときも私達を門前払いしたしっ」

「サツキ。落ち着いて、ね？」

興奮した大宮が食って掛かるがすぐに新田が止めに入る。相手は大貴族であり冒険者学校運営陣に影響を与えるほどの大物。刺激するにはリスクが大きすぎる。冷静になって考えるべきだろう。

（言葉を間違えてはいけない。次の機会はもう得られないかもしれないのだ。だが何と言えばいい……どうすれば話を続けられる……）

先ほど第一剣術部の足利の名前を出したときに、隣に立っている女生徒が一瞬だけ目を見開き思案するような仕草を見せていた。思い当たることがあったということだ。それは第一剣術部についてか、それとも足利か。いや、もしかしたら——

「僕達のクラスを襲わせた足利という人物。生徒会の関係者なのではないのですか？　もしくは次期生徒会長選挙に関連しているとか」

「お前たちに話す必要はない」

「僭越ながらこうしてクラスメイトが暴力を受けている身としては聞くべき正当な理由があると思います。それだけでなく——」

突然、バンッという音がする。隣にいた女生徒が机を手で叩いた音だ。腕を下ろしこちらに振り向いたことから胸に煌めく金バッチが垣間見える。やはり貴族であったか。

「ぴーぴー煩わしい劣等生共ですわね。さっさとその方を置いて出て行きなさい。さもなければ」

言葉の終わりと同時に膨大な魔力が放たれる。それにより肌が粟立つほどの恐怖に包まれて体が硬直し、本能的に跪きそうになってしまう。あの女生徒も生徒会のメンバーというならそれなりのレベルに達しているとは思っていたが、予想以上の実力者だ。

「……あら～？　これは意外ですわね」

膝を突きそうになるのをぐっと堪えていると、少しだけ魔力の風が和らぐ。大宮と新田が前に出て盾となり、荒れ狂う【オーラ】を防いでくれたのだ。生徒会長はその様子を静かに見つめ、女生徒は興味深そうに笑みを濃くする。

「軽く気を当てればすぐに尻尾を巻いて逃げ出すかと思いきや……もしかしてただの劣等生ではないのかしら。あなた達、名前は？」

「大宮皐！　逃げも隠れもするつもりなんてないよっ」

「新田利沙でーす。普通の女の子でーす」

胸の前で腕をクロスさせて身構える大宮と、こんな状況でも〝普通〟をアピールするマイペースな新田。生徒会会議室という特異な場所で、学校最上位の権力者と対峙しても一歩も引かない彼女達の胆力には感嘆する他ない。だが――

「久しぶりに見る生意気な子達ね。ついイジメたくなってしまいますわ」

碧色の髪の女生徒は口をぺろりと舐めると更なる魔力を練る。微かに床が揺れたと思ったら空気が慌ただしく振動し、視界を赤黒く塗り潰すかのような濃密な魔力がゆっくりと動き出す。まさか……最初に放った【オーラ】はあれでも手加減していたとでも言うのか。今から放たれようとするものは明らかに異常の領域。相当にマズい人物を相手にしているのではないかと、とてつもない不安がよぎる。

「その辺にしておけ、楠」

「……承知しました、相良様。少々遊びが過ぎました」

生徒会長の一言で女生徒は魔力放出を急停止させ、世界が日常へと回帰する。

僅かな時間であったというのに冷や汗が止まらない。これほどの高みに達している生徒が同じ冒険者学校にいると分かり、あらゆる自信が揺らいでしまう。僕達はこの先こんな化け物と戦っていかねばならないのか。後ろにいた成海を横目で見てみると同じように冷や汗をかいているので僕と同じような気持ちになっているのかもしれない。

生徒会長は目を閉じて一度深い息を吐いた後、言い聞かせるように話し始める。

「まずだ。私にはお前たちに構っている余裕がない。たとえ余裕があったところで私が付くとしたらお前達ではなく第一剣術部の方となるだろう」

「どうしてっ。悪いのは第一剣術部のほうだよっ、私達は困ってるのにっ」

先ほどの《オーラ》を見せられた後でも食い下がろうと前に出る大宮には驚いてしまう。その心の強さはどこから来るものなのか。対して、目の前に座る生徒会長は感情を表に出さずに淡々と説明を続ける。

「この学校は価値ある冒険者を生み出し輩出する育成機関だ。国や企業はそれらを求めて多額の血税や献金を納めている。ゆえにその価値は何よりも優先される。お前達の言う善悪よりもだ」

……言っていることは分かる。だが、この学校が価値を生み出す育成機関と謳うなら、価値がでる前に潰してどうするというのだ。生徒が自由に競争し切磋琢磨させることこそ国や企業にとって最大利益を享受できるのではないか。

僕だって自身と大切な仲間達の未来をかけてこの場に立っている。震えそうな足に活を入れ、大宮に負けず食い下がろう。

「僕達だって成長し第一剣術部を追い越すかもしれません。その可能性を見極める前に理不尽なルールで潰そうとするのは、価値を求めている人達にとっても損ではないのですか？」

「この10年もの間、お前達Eクラスはどいつもこいつも腐るか隷属するだけだった。にもかかわらず、第一剣術部より価値が出る可能性だと？　それを誰が信じる。大言壮語でないのなら今すぐ何らかの価値を示せ。できないのなら立ち去れ。私は忙しいのだ」

価値の無い者など守るに値しないということか。確かに目の前にいる無類の【オーラ】を放った女生徒は……巨大な宝石だ。今後、国や組織にどれだけの価値を齎すのか計り知れない。それに比べれば今の僕らなど無価値な石ころに過ぎない。

だからといって自らの可能性を諦めるつもりなど毛頭ない。思考をフル稼働させて反論の言葉を繋ぎ合わせる。すぐにでも言い返そうとすると――

前触れもなく部屋の中央に縦2ｍほどの紫色に輝く光が現れた。いきなりの出来事にここにいる全員が目を見開いて光に注目する。だが僕はこれが何なのか知っている。そしてこれを扱える人物も。

「――失礼いたします。こちらから巨大な魔力源を感知し、馳せ参じました」

光の中から現れたのは大きな杖を持ち、黒いベルベットマントを纏った一色乙葉様だ。

赤く長い髪を靡かせて周囲の状況を一通り確認する。

「相良様と楠様はともかく……どうしてナオちゃんがこの部屋に？　それに……もしかして相良様が気にしていた子というのが、こちらの中にいるのでしょうか」

突然現れた乙葉様に面食らっている大宮と新田。そして存在感をなくすように壁際に立っていた成海を遠慮なくジロジロと観察し始めた乙葉様。すぐに左腕を掲げ、腕端末からステータスを読み取る。

「やっぱり全員1年Eクラス。ナオちゃん、この中で相良様に呼ばれた、または気にかけていたのは誰なのか教えてくださいな。名前はもう控えましたので後でしっかりと調べますし、逃すつもりもありませんが」

「勘違いしないでくださいまし、一色様。その者達はクラスのことで陳情に来ただけですわ。邪魔なので先ほど気を当てて追い返そうとしましたの」

誰が呼ばれたのか……か。そういえば何故成海が呼ばれたのかはまだ分かっていないが、八龍である生徒会長や乙葉様に関心を持たれているのは気になるな。しかしそれを碧髪の女生徒——楠といったか——が否定する。どうやら乙葉様には事情を知られたくないと見える。

「陳情……もしかしてそれは〝第一剣術部がちょっかいを出してきた〟というものではあ

りませんか？　なるほど。どうやら次期生徒会長選挙の件で焦(あせ)っているのですね」

「一色。会議のことは話すな」

　僕達が何も答えなくとも、その表情と反応から答えを導きだしてくる乙葉様。新たな情報が色々と出てきたが、それ以上は踏み込ますまいと生徒会長が割(わ)り込んできた。そして再び深い息を吐(は)き、僕達に向かって忠告するように言葉を放つ。

「お前達。今日のところはもう帰れ」

「……はい。失礼いたしました」

　生徒会長と碧髪の女生徒、乙葉様がそれぞれ何度も視線を交差させる。そのやり取りにどんな意図があるのかは分からないが、決して良い関係には見えない。これ以上長居をするのは危険を感じる。

　それに「今日のところは」ということは次回のアポイントが取れたと解釈(かいしゃく)してもいいだろう。時間を置いてじっくり策を考えつつ、次に接触する機会を窺(うかが)うとしよう。


「あの光から出てきた人って、第一魔術部の部長さんなんだっ。すっごい目が怖(こわ)かったけ

ど……」

「まるで～モルモットを観察する科学者みたいな目だったわね～」

逃げるように生徒会会議室を出て行くと、途中から魔法で現れた乙葉様の話題となる。

話す声色は柔らかいものであったというのに、僕達を見る目はあまりに無機質で冷たく、ギャップが凄いことになっていた。昔は優しい笑みを浮かべる少女であったというのに、この冒険者学校に入学してから随分と変わってしまわれたようだ。

「でもっ、真犯人は第一剣術部ということと、会長選挙絡みで襲ってきたってことは分かったねっ」

「颯太を呼び出したのは生徒会と、シーフ研究部ということもね～」

あの【オーラ】を放った女生徒はシーフ研究部部長で八龍の一人、楠雲母ということが判明した。成海は過去に楠雲母の上司と仲良くなり食事に誘われたことがあったようで、それに関連した呼び出しではないかと説明する。

（だがその言い分はおかしい）

上級貴族が平民を食事に誘うなど余程のことがなければありえない。それに今回呼び出された場所は生徒会会議室で、生徒会長も同席していた。八龍が二人も揃って呼び出したのなら、もっと重要な理由があったはずだ。それはいったい何か。

（……もしかして、これも生徒会長選挙が関係しているのか？）

たとえばこういう筋書はどうだろう。

① 生徒会とシーフ研究部が成海を〝次期生徒会長〟に推薦しようとした。

② それが〝1年Eクラスの誰かが立候補するかもしれない〟という程度の断片的かつ不確かな情報として足利の耳に入った。

③ 警戒した足利は、第二剣術部を使ってその人物を特定しようとし、今朝の暴力が起こった――

とすれば、全ての事象が繋がる。だがそれは特大級の問題を無視して無理やり話を繋げただけだ。はたしてEクラスの生徒を次期生徒会長にするなどありえることなのか。

仮にそのようなことをすれば新貴族の台頭を阻止する目的で作り上げた〝八龍システム〟に亀裂が入りかねないし、下手をすれば古貴族達が政治権限と資金を使って排除に動いてくることも考えられる。自身の立場や冒険者学校の秩序を犠牲にしてまでそのような行動にでることは考えにくい。

だがこの時期に生徒会長とシーフ研究部部長が成海に接触しようとしていたことは紛れ

もない事実であるし、同じ八龍の乙葉様も警戒を露わにして生徒会会議室に呼ばれた人物を探ろうとしていた。となればその可能性を疑うべき……なのか？

（お前は何者なんだ）

大宮と新田に話しかけられ、背中を丸めて受け答えしている太った男、成海颯太。冴えない表情は相変わらずで、覇気などは微塵も見当たらない。やはりあの態度は擬態しているだけなのだろうか。

この先、僕らが這い上がるための鍵となれるのか、単に考えすぎなだけなのかを判断するにも情報が不足しすぎている。僕だけでは情報収集する手段に限りがあるので、ここは成海と近い立場にいるカヲルを巻き込んで調べてみるべきだろうか。

第24章　怪しげな手作り弁当

生徒会会議室に呼び出されてしまった。

本当は一人で行きたかったものの立木君まで付いてきてしまって何を話されるか気が気でなかった。それでも何事もなく（？）無事に教室の自分の席に戻ってこられたのは不幸中の幸いと言うべきか。最近は俺の理想とする〝静かでささやかな学園生活〟から段々と離れてきているようで危機感を覚えてしまう。

（はぁ、こんなメールも来ちゃっているしな……）

キララちゃんから「先ほどのことでお話したく。都合がよろしい日を教えてください」とのメールが届いていた。生徒会長まで揃って俺に何を話したかったのかさっぱり見当がつかないが、こういった面倒なことはさっさと終わらせたほうがいいだろう。とはいっても今日は朝からいくつも事件が起こって疲れたし、色々と予定もある。また後日にしてもらいたい。

とにかくだ。これで朝から続いた慌ただしい時間が終わり、ようやく一息つける。そう思って自分の席で脱力していると、目の前に音もなく、ぬ～っと女生徒が現れた。

「どうして来なかったの……？」

見上げてみると、久我さんが眠いのか睨んでいるのか判断がつきにくい半眼状態でじーっと見ていた。来なかった、とは何のことなのかそれとなく聞いてみるとメールをチェックしろとのこと。早速端末画面を操作してメールソフトを起動してみると……見覚えのあるメールを発見した。どうやらこれのことらしい。

♡❥❥❥❥♡❥❥❥❥♡❥❥❥❥♡❥❥❥❥♡❥❥❥❥♡
❤拝啓、私の颯太キュンへ❤
今日は美味しいお弁当作ってきたの
良かったら一緒に……食べない？（きゃっ）
屋上で待ってまーす❤
♡❥❥❥❥♡❥❥❥❥♡❥❥❥❥♡❥❥❥❥♡❥❥❥❥♡

何かの宣伝かイタズラかと思って即座に迷惑メールに放り込んだことは覚えているが、送信主をよく見てみれば〝久我琴音〟と書かれていたではないか。こんな怪文書を送ってくるとは何が狙いなんだ……もしくは何かの暗号だろうか。アルゴリズムに見当がつかないので解読は厳しそうだけど。えーと、はーとって何だ。

「あの、これは何だったの？」

「見たまんま……せっかくお弁当作ってきたのに颯太が来なかったから……」

胸には布で包まれた箱状のものを抱えているけど、これはお手製のお弁当だという。俺と一緒に食べたかったと言って顔を横に反らし、口を尖らせる。その新鮮な姿に思わず俺の心もキュン♪

――などとするわけがない。

いつもは教室の片隅でカップラーメンを啜るかパンを一人でかじっているようなボッチで目立たない女の子なのに、今日に限ってお手製のお弁当を作ってくるなんて絶対に何かを企んでいる。そしてこの変わりよう……

クラス対抗戦のときは敏腕刑事が泥棒を尋問するような目つきで俺を見ていたというのに、何かの女の子キャラクターでも研究したのか、要所にくねくねした動きを取り入れて変な仕草をしている。アメリカではこういった特殊訓練もされているのだろうか。

「……もしかして話があったのかな」

「そう。今後の事について打ち合わせをしたかった……時間が合えば一緒に狩りの予定も

組みたいと思っていた」

打ち合わせか。俺と久我さんは〝秘密の協定〟を結んでいる。授業で自分達のレベルを低いように見せかけたり、ちゃんと練習に打ち込んでいるよう互いに口裏合わせをしようというやつだ。俺の場合はそういったことが主な理由なのだけど、久我さんの主目的は別にある。

学校では遅刻常習犯であり、やる気もなくサボってばっかりというイメージの彼女であるが、それは毎晩遅くまで情報収集したり上司に報告したり工作に出かけたりと激務を熟しているから。実は超多忙な人なのだ。本業の仕事もあるので、学校イベントに合わせてスケジュール調整、相談をしておきたいのだろう。

そして狩りの誘い。すでにレベル25まで上がっているため、もはやソロでのレベル上げは不可能。できれば俺と一緒に狩りをしたいと言ってくる。恐らくこっちが本命の相談——もとい、狙いのはずだ。

気を付けなければならないのは、この時点の久我さんは日本に大した愛着など持っておらず、赤城君を含めたクラスメイトにもなんら好意的な感情を抱いていないということ。そんな状況でプレイヤー知識を知られてしまえば、吸い上げられるかのごとくノンストップでアメリカに情報が流れていってしまう。

もし一緒に狩りに行くことになったとしても、今後起きるであろう彼女の固有イベントフラグとその進行具合を正確に把握しつつ、情報を適度に押さえていかねばならない。

……とまぁ、俺がそのように警戒していることくらい十分承知しているはず。だからこそ、お弁当を作ったりあの怪文章を送ったりと搦め手を使ってきたのだろう。久我さんも正真正銘ダンエクヒロインなので見た目は凄く可愛い子なのだけど、今のところ筋金入りの無愛想キャラのままなのでその程度の搦め手では大した効果がでていない。おかげで助かっているとも言えるけど。

「ごめん、今日は用事があるんだ。ゆっくり話せる時間が来たらそのときにでも」

「……そう。本当は早めに話したかったけど……じゃあまた今度も作ってくる……」

そう言うと忍者のように音もなく席に戻っていく久我さん。いったいどんなお弁当を作ってきたのか怖いもの見たさはあるけど、自白剤などが入っていないか不安なのでお弁当はいらないと言っておこう。

俺はこの後も色々と考えなければならないことがあるのだ。上手くいけばいいのだけど。

「す、すごい魔力濃度っ。ここが……20階……」
「それじゃ～灯りを点けるわね～」

薄暗い20階ゲート部屋。周囲を漂う濃い魔力にサツキが大きな目をぱちくりさせて驚く。

リサが魔導具に灯りを点けて地面に下ろすと、15畳ほどの小部屋がぼんやりと照らされ、三人の大きな影が石材で覆われた壁に映り込む。

「え～っと、ここで彼と待ち合わせなんだよねっ。なんだか緊張する……」
「さっきまで蜘蛛になってこの近辺を探索してたようだけど、メールにはもうすぐ来るって書いてあったから準備して待ってようか」
「あ、アラクネ？」

今日はアーサーを含めたこの四人で今後についての打ち合わせを行う予定である。ちなみにアーサーが二人に会うのは今回が初めて。サツキはどんな人なのか気になるようで落ち着きがないけど、あいつは大雑把なヤツなので何も気にすることはない。それどころか逆に失礼なことをしでかさないか心配である。

「召喚魔法で蜘蛛のようなモンスターを呼び出し、それに乗り移ってこの近辺を冒険してるんだってさ」

「そんな魔法もあるんだねっ」

「ずっと同じ場所にいたら飽きちゃうし～、動けるようになってよかったよね～」

魔人の制約によりアーサーは自由に階層移動ができない状態だったのだが、召喚モンスターに乗り移れば自在に移動ができることが分かった。そこでここ数日は蜘蛛の体になって色々な階層を探索していたらしい。

召喚魔法は強力なモンスターを呼び出して使役するため制御不能になった場合、非常にハイリスクになる……と考えていたけど、危険なクエストや偵察など様々な用途で使えるのなら大きなメリットとなりえる。１つくらい覚えておいても良いかもしれないな。


さて。話し合いのための事前準備をしておこうかね。

「それじゃテーブルと椅子を出すよ」

「美味しい紅茶を持ってきたよっ」

「お菓子は～これ。口に合えばいいけど～」

マジックバッグ改からウチの店で売れ残っていた折り畳み式テーブルと四つの丸椅子を出して部屋の中央に並べる。家が冒険者向けの雑貨店をやっているだけあってキャンプ用グッズなら山ほどあるのだ。だがサツキはテーブルよりもこのマジックバッグ〝改〟が気になっている模様。

「それって前に言ってた重量も軽くなるっていう特別なマジックバッグかなっ」

「私も早く欲しいな～。今度華乃ちゃんと行くときにいっぱい取れたらいいよね～」

そう言いながらサツキは水筒から熱々の紅茶を紙コップに注いでくれ、リサはお気に入りのお店で買ったというクッキーセットを取り出して紙皿の上に出す。するとフローラルな紅茶の香りと甘いバターの香りがほんのりと広がる。

ここは薄暗く冷たい感じがする空間だけど、可愛い女の子達と話しながらだとこんなにも華やかに見えるんだな。それじゃあ遠慮なくいただくとしよう。


気分良くクッキーを摘まんでいると、妙に音程がズレた鼻唄と共にコツンコツンと梯子を降りてくる音が聞こえてくる。やっと来たか。

「やぁやぁやぁ。ボクと会わせたい人がいるって聞いてたけど……まさかの女の子……ぉ!?　って、キミは大宮皐ちゃんじゃないかあっ！」

「ええ？　えっと。初めまして……」

「わぉ、本物の皐ちゃんだっ！　ぱっちりおめめにオサゲ髪！　そして控えめなお胸もまた可愛――いでぇっ！」

梯子から降りて早々にサツキの姿を見つけたと思えば、食いつくように色々な角度から観察し始めたアーサー。ゲームの中の女の子がこうして目の前に実在すると嬉しくなってしまうのは分かるが、思いっきり引いてしまっているではないか。あまりに失礼なのでゲンコツしておく。

「もうっ、痛いなぁ……で、もう一人の美人なお姉さんはぁ、誰かなー？　でへへ」

「お久しぶり。相変わらずね～閃光君は」

「なっ。ボクの二つ名を知ってるとは、何者だっ」

ゲンコツを落としても全く懲りていないようで、次にリサを見つけるとデレデレしながら話しかけるアーサー。だがダンエク時の二つ名を言い当てられると瞬時に後ろに飛び移って身構える。

「打ち合わせをスムーズにするためにも、まずは自己紹介からやろうか」

「ふふっ、そうね～。これから長い付き合いになるかもしれないし。ふふっ」

歯ぎしりして威嚇してくるアーサーが面白いのか、笑いをこらえられないようにリサが同意する。まぁダンエクでは誰だったかを知ればもっと驚くだろうけどな。

「では俺からいくか。成海颯太、プレイヤーだ。今後俺達は手を取り合って様々な問題に取り組んでいくことになる。できることは協力していくつもりなのでよろしく頼む」

「ん？　皐ちゃんに〝ダンエク〟のことを説明したってこと？」

「並行世界から来たって説明してるわね～」

「そう聞いているよっ」

　プレイヤーの説明をどのようにしたのかと聞いてくるアーサー。リサによれば〝並行世界から意識だけ飛んできた〟と言ってあるようだ。それでサツキが本当に納得してくれたかどうかは分からない。でもそこに疑問を挟んだり納得できないなどと言わないのは、リサに対する確かな信頼関係があるからだと思う。

　もっとも、俺ですらこの世界が何なのか分かっていない。情報が集まっていない今の段階では〝この世界がゲームである〟というよりも〝俺達が似たような世界から来た〟と言ったほうがサツキにとって理解がしやすいはずだし、俺達にとっても都合がいい。

　いつかは家族を含め全てを打ち明けるつもりではあるが時期尚早だろう。

「ふ～ん、じゃあ次。ボクはアーサー。わけもわからずこっちの世界に飛ばされて酷く退屈だったけど、やっと知り合いが増えてきてほっとしてるところだね」

「……その角って、本物なのかなっ」

「本物だよ、ボクは魔人だからね。元々この体に入ってた子の意識は眠ってるみたい。最近は話しかけてもちっとも反応しなくなっちゃったよ」

クッキーをムシャりながら「優しく触ってね」と言って角を突き出すアーサーに、サツキが再び引いている。

しかし〝元々入ってた子〟か。俺のブタオマインドのように元の体の意識があったようだが、ブタオの場合は常に活動していて俺の意識と融合が進んでいる気がする。もはや〝俺〟なのか〝ブタオ〟なのか分からなくなっているときがあるくらいだ。アーサーの場合は魔人と人間の精神構造が違い過ぎているせいで融合が進んでいないのかもしれない。

「じゃあ次は私ね。新田利沙。プレイヤーだよ〜。リサって呼んでね♪」

「リサちゃんさ。さっきボクのこと知ってるって言ってたけど、あっちでは誰だったの？」

「アーサー君は有名人だったから、知ってる人は多いと思うよ〜？　そういう意味ならソウタもだけど。向こうではえ〜と……【黒の執行者】って二つ名で呼ばれてたかな〜？」

「うっぞぉっ！」

テーブルに身を乗り出して驚きの声を上げるアーサー。ちなみにリサは向こうの世界でもこの見た目の女の子だと言うと、見入るように頭から足元まで何度も往復させて、ついには震え始めた。

「あの狂信者共を率いてた〝黒騎士〟がこんなグラマラスお姉さまだったなんて！　絶対ゴリラ女だと思ってたよ！」

「……なにか失礼な単語が聞こえたけど。おしおきしちゃうぞ～♪」

同じくゴリラ女だと思ってたのは内緒だ。だけどそう思うのも無理はない。ダンエクでのリサは集団を率いてＰＫ集団や大規模クランと真正面から抗争を繰り返していた歴戦の猛者。その二つ名を聞けばそこらのＰＫなんて裸足で逃げ出すレベルだったのだ。それがまさかこんなおっとり系お姉さまとは思うまい。

俺も最初は疑っていたものの、練習で剣を合わせていくうちにリサがあの〝黒騎士〟だと確信できるようになった。剣の間合いの取り方や踏み込み方が、何度も殺し殺されていたあの頃を思い出させるからだ。それはそうと、おしおきってどんなのか気になるな……

「最後は私だねっ。大宮皐だよっ。普通の……何の変哲もない一般人だけどっ、足手纏いになるかもだけどっ、でも一緒に冒険していて楽しかったから。だから一緒にいさせてくださいっ」

「私からもおねがい～」

俺達に「一緒にいたい」と頭を下げるサツキに合わせてリサも頭を下げる。一緒にいて楽しかったというなら俺もだし、学校では最初に彼女に気にかけてもらってめちゃくちゃ感謝している。だけどプレイヤー達のゴタゴタにサツキを巻き込むことについて抵抗があったのは確かだ。

学校関連のイベントなら、たとえ暴力を使ってくる粗暴な奴らが相手でもサッキの力を借りる気でいたし、喧嘩となれば一緒に立ち向かうことも想定していた。それが彼女の幸せな学園生活に繋がると信じていたからだ。

だが相手が殺しを厭わない大規模組織であったり、多彩な攻撃手段を持つプレイヤーの場合は危険度が比較にならないほど跳ね上がる。俺やリサは未来を知るプレイヤーであるがゆえにそんな奴らでも対処する責務があるが、サツキは普通の女の子だ。そんな危険な奴らからは遠ざけておきたかった。

それでもリサに言わせれば、サツキは寝食を共にして毎晩考えを交換し、ダンジョンでも背中を預けて戦っている一蓮托生のパートナーなのだ。一方のサツキも俺達が危険な未来に立ち向かうなら絶対に力になりたいと言ってくれた。ならば俺からも頭を下げて力を貸してもらおうと考えを改めたわけだ。

「俺の方こそよろしく頼む。信頼できる人の助けは喉から手が出るほど欲しい。本当に貴重なんだ」

「ボクももっちろん異論はないよ。華やかになるのはいいことだしね～」

「ありがとうっ、ソウタ、アーサー君っ！」

目に涙を浮かべて喜ぶサツキの頭をよしよしと撫でるリサ。アーサーは深く考えていないようだが今はそれでもいい。仲間意識や絆なんてものはゆっくりと時間をかけて育んでいけばいいのだから。

「それじゃ本題に移ろう。大まかに言っても冒険者学校のイベント、外野のクランの対処、今後のレベル上げの方針などがあるが問題は山積みだ」

「どれもとっても大事だねっ」

「冒険者学校かぁ。でもボクは魔人だからろくに動けないし、きっと何にもできないよ……外に出たいなぁ……」

〝魔人の制約〟のせいでダンジョン外のことについては参加できないと力なくテーブルに突っ伏すアーサー。たとえ蜘蛛になったところでマジックフィールド外に出てしまえば召喚モンスターは勝手に還ってしまうはずだし、ダンジョン内でも蜘蛛の体ではレベルを活かしたサポートが十分にできないと、いじけたように言う。

しかし。逆にこれさえどうにかできたなら、レベル40近いアーサーの力を100％借りられるようになるわけだ。そうなれば俺が挙げた数々の問題を解決する上で大きなアドバンテージが得られるだけでなく、武具素材集めやイベント処理など一気にカタが付く可能性だってでてくる。

俺達全員に大きな影響を与えるこの制約。これまでアーサーがどんなに調べても解決の糸口すら掴(つか)めていなかった……が、何も進展がなかったわけではない。

「ならまずはそのことについて話していくか」

第25章 ✦ プレイヤー会議

薄暗い20階ゲート部屋の中央で、テーブル越しに向き合う四人。このメンツで話し合いたいことは色々ある。学校内のイベントではどう動くべきか。ソレルなど外野クランにはどう対処するか。レベル上げではどう協力していくか、などだ。

これらは今のところ喫緊の問題というわけではないものの、どれもが避けては通れない重要な課題。本来なら俺とリサ、ものによってはサツキを入れた三人だけで事に当たる予定であった。しかしアーサーの力も借りられるならこれらに対処する難度を大きく下げられる。そのためにも特定階層しか動けないという〝魔人の制約〟を何とかしなければならないわけだ。

「魔人の制約について情報を集めるなら、同じ魔人のフルフルに聞くことが一番だろう。そう思って聞いてきたんだけど——」

「もしかして何とかする手段が見つかったとかっ？」

テーブルに勢いよく身を乗り出して、目を輝かせるアーサー。こめかみから生えた大きな巻き角を期待に震わせている。

　魔人というのはダンエクでも何人か登場し、実に奇妙（きみょう）かつ珍妙（ちんみょう）な種族だ。見た目は大きな巻き角が生えている以外に人間とほとんど変わらないので仲間意識を持ちそうになるが、行動パターンや考え方は人間のそれと大きく隔（へだ）たりがある。

　例えば冒険者に対し友好的な魔人がいる一方で、意思疎通（そつう）がまるでできなかったり、悪魔（あくま）を従えてダンジョン内を闊歩（かっぽ）し出会った者全てを薙（な）ぎ払（はら）う災害のようなヤツまでいて多様。友好的なフルフルだって何を考えてあの誰（だれ）も来ない店をやっているのか不明だ。というか、いつからやっているのかすら分からない。

　つまるところ魔人は、人間と全く別の価値観とアルゴリズムで動いているので理解しようとするだけ無駄（むだ）なのだ。また肉体能力の面でも人間と大きく異なっている。

　能力的には同レベルの冒険者と比べて倍以上のＩＮＴ（知力）とＶＩＴ（耐久性）、ＭＰ（魔力）を持っているので、接近戦、魔法戦問わず戦闘（せんとう）能力が非常に高い。さらには特異な精神構造をしているため、精神攻撃などが一切（いっさい）効かないという特徴（とくちょう）まで備えている。

　そんな理解不能かつ万能（ばんのう）チートな魔人であるが良いことだらけではなく、移動制限というとんでもない制約がかけられている。同じ魔人のフルフルもあのオババの店以外にはいくつかの階層しか移動が許されておらず、クエストと称（しょう）して冒険者に用事を頼んでいるのはそのためだ。プレイヤー知識を持っているアーサーでもこの移動制限はどうにもならない致命的な枷になっていた。

　その枷を解く手段が見つかったのなら今すぐに教えろと急かすように言うけれど、世の中そんな美味い話はそうそう転がっていない。

「残念だが、魔人である限り移動制限は解除できないそうだ」

「へっ？　……でもまさか、そこで終わりじゃないよね？」

　期待させておいて落とすなんてマネはしないよなとガンを飛ばしてくるけれど、見た目が子供なのでちっとも怖くはない。だが別に期待させるためだけに話したわけではないので落ち着いて欲しい。

「魔人である限りは、だ。なら魔人を辞めればいい。ただその場合、色々な弊害もでるようだぞ」

　ダンエクにおいて魔人はダンジョンの守護者的な存在であった。動けないという制約もその辺りが関係してくるものと思われる。仮にアーサーが魔人を辞めた場合、持ち場である38階層がどうなるのか分からないし、魔人の恩恵であった高いステータスと固有スキルも全て失うとのこと。

「38階？　ダンジョンから出られるならあんな家どうでもいいよ、ガラクタばっかりだったし。ステータスが低くなるのは痛いけどそれも目を瞑るつぶる。でもそんなこと本当にできるの？」

「フルフルに何度も聞いてみたんだが、記憶きおくが曖昧あいまいだから思い出せないと言ってたな」

魔人に限らず別の種族に転生する魔法など、ゲームのときには一度も聞いたことはなかった。本当にあるのか、前例があったりしないのか、そこが重要なのだとフルフルに問い詰つめても「あったような〜なかったような〜。だけど〝アレ〟を1000個持ってきたら思い出すかもしれないわ〜」とか言ってきやがったのだ。

「〝アレ〟ってフルフルさんの依頼クエストのことだよねっ。でも……1000個って無理があると思うけど」

「随分と吹ふっ掛かけてきたわね〜」

1000個も集めるとなれば毎日やったとしても半年近くかかるのではないかと危惧きぐするサツキ。だとしてもアーサーが外に出られるならば俺達にとっての恩恵は計り知れないのでやってみる価値はあるだろう。

「でもよかったぁ！　このまま一生ダンジョンで生きていくのかと思ってたよ。外に出られたらボクも冒険者学校に通いたいなぁ」

「まだ確定したわけではないぞ。それに学校に入学できたとしても来年からになるだろ」

「来年かぁ……華乃ちゃんも入学するかもしれないし、同じクラスメイトになるかもねっ。でもそうなったらEクラスが凄いことになりそうっ」

散々ダンエクをやり尽くしたプレイヤーなら冒険者学校に通いたいという願望は当然あるだろう。俺もそんな妄想をしながらプレイしていたものだ。

もしアーサーが通うとなれば来年ある入学試験に合格すれば可能か、いやその前に戸籍をどう取ろうか——などと考えていたものの、そうなれば華乃と同じEクラスになるわけで波乱の未来しか思い浮かばない。オラ、不安になってきたぞ。

「それまではアラクネとして一緒に行動することになるのかなっ。頑張ろうねっ」

「う〜ん……蜘蛛の体は小さくて素早いし便利でいいんだけど、喋れないからなぁ。それに見た目はモンスターだから探索してたときも苦労したよ」

一般冒険者が蜘蛛を見かけたときにはモンスターと勘違いして攻撃してきたので、できれば人型の召喚モンスターが良かったという。その体でいったいどこまで探索に行ってたんだ。

「人型の召喚魔法なら〝エレメンタル〟とか〝天使〟かしら。いずれにしてもスキル取得は厳しいわね〜」

人型の召喚モンスターはそれなりに種類はあるが、どれも最上級ジョブで取得できる強力なものばかり。もっとも、アーサーの使っている蜘蛛も普通タイプではなく、モンスターレベル70のアラクネ最上位種……なのだが、何故か弱体、小型化している。不便はあるだろうがしばらくはその蜘蛛で頑張ってもらうしかない。

魔人の制約についての話に区切りがつき、サツキに入れてもらった紅茶を飲んでホッと一息つく。紙皿の上にあったクッキーを全て食べ終わるとリサが新たに出してきたのは濃い緑色をしたロールケーキだ。紙皿に切り分けてくれたので遠慮なく口に放り込むと抹茶特有の良い香りが鼻腔を包み込む。

「んぐっ、これ美味いなっ。お代わり！　それでさ、学校って今どんな感じなの？」

口の周りに抹茶クリームをいっぱい付けたアーサーが、上機嫌にお代わりを頼みつつ学校の様子を聞いてくる。

「クラス対抗戦が終わって次期生徒会長選挙が始まる頃だ。恐らく世良さんが当選することになると思うけど、俺にとっては予想外の動きもあって困惑している感じだ」

「ソウタは生徒会に目を付けられていたわね～。シーフ研究会の方かしら」

「多分シーフ研究会の方だと思う。くノ一レッド絡みだろう」

くノ一レッドについては怪しい動きはあるものの敵対視はされていないと思う。雲母ちゃんにしても無理に接触してきたり、生徒会会議室で俺の情報をバラまくようなことはしなかった。呼び出された理由はいまだ不明なので気になるところではあるが。

「八龍とくノ一レッドがもう動いてるのか。なんか面白そう！　あ〜あ、ボクが入学してたら生徒会長に立候補してたのにさー」

　足をバタバタさせて早く入学させろという。学校内のイベントには手出しできないためもどかしいようだ。しかしこの時点でくノ一レッドが絡んできたり、第二剣術部が攻撃を仕掛けてくるなどゲームストーリーとズレが生じている。今後もゲーム知識が通用するのか不安が拭えない。

「クラスのみんなが、思うようにレベルが上げられてないというのも〜良い状況ではないわね〜。赤城君達だけでもレベルが上がっていればいいんだけど」

「パワーレベリングでさっさと上げちゃえばいいのに……って、ゲートは教えてないって言ってたっけか」

「そうなのっ。だからパワーレベリングするにしても週末しかできないんだよねっ」

　ゲートが使えないと狩場まで行くだけでも半日かかるので、学校がある平日はレベル上げなどできない。仮にこのまま赤城君達のレベルが十分に上げられないとなれば、今後起こる様々な学校イベントに失敗してしまうだろう。ゲームならば2年生にすら進級できずバッドエンド一直線である。

「ということはＥクラスが崩壊するかもしれないのか。大変だねぇ」

「ほ、崩壊するのっ？」

「クラスメイトの何人かが学校に来なくなったり、自主退学に追い込まれるかもしれないわね～」

新たに切り分けてもらったロールケーキを齧りながら〝Ｅクラス崩壊〟というパワーワードをさらりと口にするアーサー。バッドエンドと言っても、クラスが崩壊するというだけで誰かが死ぬわけではない。だけどクラスメイトに愛着があり一緒に頑張っていきたいと考えているサツキは崩壊だけはどうにかならないかと困り顔だ。

俺としても直向きに頑張っているカヲルの退学は阻止したいし、来年に華乃やアーサーが入学してくるなら先輩面したり一緒に学校生活を楽しんでみたい。できることならクラス崩壊は避けるよう動くつもりだ。

「クラス崩壊を止める分岐点はいくつかあるけど、ダンジョンに長い時間潜れる夏休みが勝負どころだろうな」

「レベル10くらいまで上げられれば冬までは大丈夫だと思うけど～」

「私達もサポート頑張らないとねっ」

Ｅクラスについては順調とは言い難いが、今の段階で致命的といえるものはなく、夏休みのレベル上げ次第では十分挽回可能と考えている。第二剣術部に襲われたことや生徒会会議室に呼び出されたことに関しては問題ではあるものの、俺が表立ってどうこうできるものではない。今後の状況を見守りつつサポートを継続していくしかないだろう。

「なるほどねー。あとさぁ、聞いておきたいのは、プレイヤーって他に誰がいるんだい？」

「今のところ分かっているのは月嶋君だけね」

「月嶋君？　誰だよそいつ」

「この人だ。それでリサ、あれから何か分かったか？」

プレイヤーが他にもいるか気になっているアーサーに、腕端末のデータベースから呼び出した顔写真とデータをセットで見せておく。月嶋君はリサとたまに一緒に行動しているのを見かけるが、それは俺が無理を言って情報を探ってもらっているからだ。月嶋君もプレイヤーと分かっているリサには気安く話しかけて遊びや食事に誘ったりしているようだけど、肝心の自分の情報についてはほとんど漏らしていない。

「相変わらずダンジョンには潜ってないようね～。いつも外の繁華街で遊んでいるわ。それなのにレベル上げは順調みたい」

「ダンジョンに潜らずレベル上げねー。それって召喚魔法を使ってるんじゃないの」

「召喚魔法って、そんなことまでできるのっ？」

リサの話を聞き、召喚モンスターを単体で突撃（とつげき）させてレベル上げしていると推測するアーサー。そんな楽ちんなことができるのかとサツキが目をぱちくりさせて驚（おどろ）く。以前俺も同じように召喚魔法説を考えたことはあったが、それが本当に可能なのか疑わしく思っている。

「アーサー。召喚モンスターだけをダンジョンに向かわせてレベル上げするにしても、召喚主が近くにいないと消えてしまうんじゃないのか？　たとえ消えないにしても低レベルで何時間も召喚し続けていたらＭＰだって持たないだろ」

ダンエクの召喚モンスターは召喚主から一定の距離（きょり）が離れてしまうと勝手に還ってしまうので、異なる階層に単体で突撃させることは不可能だった。また伝説級（レジェンダリー）装備でＭＰブーストしているならともかく、大した装備も持っていない低レベルではすぐにＭＰが枯渇（こかつ）してしまう。この２つの問題をどうにかしない限り召喚魔法説は成り立たない。

「えっとね、こっちだと遠くに離（はな）れても召喚主に対する忠誠心があれば消えないみたいなんだ。ボクの召喚するアラクネ（チャッピー）もボクにすっごい懐（なつ）いているから命令さえしておけば違う階層に行かせても消えないしね。それにレベルが足りない状態で呼んだなら〝弱体化〟してるはずだし、召喚ＭＰコストも大幅に減少しているはずだよ」

　こちらの世界の召喚モンスターには忠誠心パラメータのようなものがあり、それが高い状態でないと《憑依》すらさせてもらえないのだそうな。また、レベルが足りない状態で召喚魔法を使うと戦闘能力が大きく下がった〝弱体化〟というデバフ状態での召喚となるものの、ＭＰコストも同様に下がると言う。

　この辺りの情報はゲームとは仕様が違うようなので実際に自分で召喚魔法を使って体験してみないと分からないことだ。だが仮にアーサーの言うことが本当ならば、召喚魔法説の信憑性は大きく増す。

　あと問題になるとすれば――

「でもっ、召喚モンスターにソロダイブさせているのに、その目撃情報は上がってきてないよねっ。人に気づかれないとか透明になれる召喚モンスターっているのかなっ？」

「周囲の認知能力を低下させる召喚モンスターはいるけど～、１階フロアのように冒険者だらけの場所を誰にも見つからず素通りするのは多分無理ね～」

「人型なら鎧を着せれば分からなくなるんじゃないの。月嶋ってやつもそういった偽装は施していると思うけどなー」

　召喚モンスターがダンジョン１階を歩いていれば大騒ぎになるのではとサツキが指摘す

る。中にはドラゴンや神獣など巨大召喚モンスターもいるので、人ごみの中にいればパニックになるのは容易に想像できる。だがアーサーの言うように人型なら鎧を着てやり過ごすことは可能だろう。

「まー、だけどソロで狩りをやらせたとしてもレベル20そこそこまでだろうね。召喚モンスターって基本的に召喚主より弱いし。でもさ、その月嶋ってどんなヤツなんだ？　ここに呼べるようなヤツじゃないの？」

本来ならレベル20に到達することすら難しいと思うが……そろそろパーティーでも組むつもりなのだろうか。かといってクラスメイトの誰かを育てている気配はないし、その辺りはどうしていくつもりなのか気にはなるな。

「世界の全てを支配する、と言ってるような男子ね～。協調性は……無さそうかな～集団行動とか嫌いみたいだし」

「野心家でチームプレーとかできそうにないヤツか。ボクはそういうタイプ嫌いじゃないけど、仲間として見るのは難しい感じ？」

ゲーム知識を持ってこの世界に来た以上、それらを使わず平穏に暮らしていくなど普通はありえない。あったとするならその極大の可能性に気づけない余程の無能か、元の世界で何もかも燃え尽きた人間だけではなかろうか。ゆえに野心を持っているなんてことは至って当たり前で、健全な精神を持っている証拠と言っていい。

だから野心家であることだけなら仲間にしない理由にはならない。協力して対処したいことなど山ほどあるし、こちらから声をかけたいくらいである。

俺が月嶋君を問題視しているのは周りの人間を〝NPC〟としてしか見てないこと。そんな人物に大事な家族を接触させるわけにはいかないし、組んだところで俺の望む未来が掴めるとは思えない。月嶋君にはその考えを改めるようリサに働きかけてもらっているけど、改善の兆候が全く見られないというのもまた悩ましい問題となっている。

「そろそろ学校でも動くとも言っていたわ。どう動くつもりなのか分からないから私なりに注視していくつもりだけど……分かったとしても止めるのは難しいかな～」

「まだEクラスには戦う準備もできていないんだが……」

「今上位クラスに睨まれたら、戦える人がいないよねっ」

そこらじゅうで喧嘩を売って上位クラスと全面戦争なんてことになれば、レベル20近い貴族達まで出張ってくることになる。下手をすれば八龍だって動きかねない。たとえ月嶋君がそいつらと張り合えたとしても、現時点でのクラスメイトでは《オーラ》に当てられただけで心が砕かれてしまうだろう。いったい何を考えているのか。

動くならせめて来年からにしてほしいけど、リサが言ったところで聞く耳を持つような人ではないのかもしれない。現状でも色々と上手くいっていないのに新たな問題まで発生しようとしてるとは。今日は顔合わせ目的のつもりだったのでそこまで深く話すつもりはなかったんだが……さて。どうしたものかね。

『出てこぉ━━い！　クソガキィ‼』

『この間の借りを返してやるっ！　出てこい！』

ため息をつきながら紅茶で喉を潤していると、遠くから野太い声で「出てこい」と叫ぶ声が聞こえてくる。クソガキと聞いて最初に思い浮かんだのは目の前で幸せそうにロールケーキを頬張っている魔人だが、段々と険しくなった表情を見るにその声に心当たりがあるようだ。

「……声は、上の方から聞こえてきたねっ」

「あいつら、また性懲りもなく来やがったのか。今度こそとっちめてやるっ」

上の方、つまり大広間から聞こえてきたとサツキが言うと、アーサーは苛立った様子で口に入っているものを紅茶で流し込み立ち上がる。荒事になりそうな気配がしたので止めようとするものの「手っ取り早く済ませてくるから待ってて」と言って、その場で直通ゲートを出して入ってしまった。

第26章 ✦ 招かれざる者達

取り残された俺達三人は目をぱちくりとさせながら状況を整理する。

「あの様子だとやっぱり揉(も)め事(ごと)になるのかなっ」

「だろうな。だがおかしい」

「ん～何か気づいたことがあるの～？」

フレンドリーとはほど遠い呼び声。そしてアーサーの苛立ちからして相手は十中八九、大熊猫(おおくまねこ)ブラザーズとかいうパンダのような恰好(かっこう)をしたクランだろう。建てようとしていた家を破壊(はかい)したり、アーサー本人を捕(つか)まえて売り飛ばそうともしていた悪い奴らだ。

だが前回追い返したときには圧倒的(あっとうてき)な力の差を見せつけたはず。それでも懲りずに挑(いど)んできたのは何かがあるのだろうか。

「もしかしたら勝つ算段を立ててきたのかもしれないねっ。ちょっと心配かな……」

「大丈夫とは思うけど～万が一があると困るし、ちょっと様子を見に行ったほうがいいかもしれないわね～」

たとえパンダ共に勝つ算段があろうと、対人戦のスペシャリストであるアーサーに束になっても勝てるとは思えない。それでも俺達の予想していない手段を用意してきた可能性も否定できないため、リサが言うようにこっそりと様子を見に行ったほうがいいかもしれないな。

「念のために、仮面とローブを着て行こうよっ。私達も買ったんだよねっ」

「でも～見た目がちょっと寂しいから形を変えてデコレーションもしたんだよね～」

　そう言っていそいそと取り出したのは――サツキは黄系統、リサは青緑系統の何か。鑑定阻害効果の仮面と認識阻害効果のローブだと思うけど、所々にビーズが付いていたり花柄の刺繍が縫われていたりと派手に可愛くなっており、仮面なんて顔全体を覆うタイプから目元だけを隠すタイプに変わっている。

　ダンエクでは単なる着色だけならともかく、あのように大きく形を変えたりデコレーションを施すことなどできなかった。しかし効果は変わらずにあるようで仮面とローブを装着すると二人の気配がスッと小さくなり、目元以外大きく露出した顔も判別しづらくなる。

「あの梯子から登って行けばいいのかなっ」

「音を立てずに、ちょっとだけ顔を出して覗いてみましょうか～。ローブを着ていればバレないと思うし」

そう言うとリサが先行して梯子を登っていく。三人であの小さな穴から顔を出すにはかなり狭い気がするけど、まぁやってみるか。


（ちょっときついけど〜なんとかなったわね〜）

（あ、本当にパンダみたいな恰好してるっ）

サツキとリサに挟まれるように密着しながら、こっそりと石床を持ち上げて広間の様子を窺う。前方ではアーサーと白黒まだら模様の防具を着たパンダ共が対峙しているのが見える……が、腕と背中に何やら柔らかいものが当たって全く集中できやしない。落ち着け、落ち着くんだ俺。

雑念を排して耳を澄ませてみれば、案外大声で話していたので会話内容は普通に聞き取れた。

「お前らっ！　次またここに来たら容赦しないって言っただろっ」

「ふんっ。この前は変な技にしてやられたけどなぁ、今回はとっておきを用意してんだ。覚悟しろよ！　見ろぉ、これを！」

パンダ共の先頭に立っているのは筋肉質で2mはあろうかという大男。その太い両腕で透明な容器を意気揚々と掲げたではないか。中には何やら白い靄が浮かんだり消えたりしているが、あれがとっておきなんだろうか。

（あの容器の中が髑髏の形をした靄なら《マインドショック》のマジックアイテムだと思うけど～、眼鏡ないとちょっと視力が低くて）

（……髑髏だね。パクパクと口が動いているよっ。アーサー君、大丈夫なのかな……）

状態異常を与えるアイテムはいくつも存在するが、その中でも比較的ポピュラーなのが《マインドショック》の魔法が込められたマジックアイテムだ。対象のMPを大きく減らし気力さえも奪うので、一度決まってしまえば効果は絶大である。とはいえ、そこらの安物ではMND（精神力）の高い相手には効かないので初級冒険者向けのアイテムという位置付けであった。

そのマジックアイテムをアーサーに向けながら大男は勝ち誇るように言う。

「へっ、どうせ安物だろ、とか余裕こいてやがるな⁉　だがな、これがあればお前なんざイチコロなんだよ！　一千万もしたマジックアイテムの威力を思い知れぇ！」

「いっ、一千万円だと⁉　待てっ。早まるな、お前達っ！」

「ひはは っ、喰らいやがれぇ！」

一千万円と聞いて目に見えて動揺し始めたアーサー。両手の手のひらを前に出して今すぐそのアイテムの使用を止めてくれと懇願するが、パンダリーダーはその姿を見るやサディスティックな笑みをますます濃くする。まさに問答無用というように容器をガシャリと握り潰すと、白い靄がアーサーに向かって放たれた。

アーサーはくぐもった声を上げると、力なく石床に膝をつき、蹲るように動かなくなってしまった……

マジックアイテムの強力すぎる効力に静まり返っていたパンダ共は、ガッツポーズをしたり、ボーナスが貰えると歓喜の声を上げている。まるで苦労してレイドボスを倒したかのような喜び方だ。一方で、すぐ隣で見ていたサツキは小さく息を呑んでショックを受けている。

(アーサー君が……早くっ、今すぐに出て行って助けないとっ)

(待ってサツキ。また誰か来たわ。もう少し様子を見ましょう)

これから共に戦っていく大切な仲間になるというのに見捨てるわけにはいかない。そう言って穴から出ようとしたサツキだが、すぐにリサが止めに入る。アーサーにマジックアイテムが効いたのを見るや、新たな闖入者が現れたからだ。

広間入り口から音もなくゆっくりと歩いて来たのは全身黒ずくめの男。両目以外は黒い布で覆われており表情は窺い知れない。腰の左右には短刀をぶら下げているので忍者のようだ。

「兄貴！　やりましたよ！　見てくださいっ！」

『よくやった……人語を操るというのは本当のようだな。新種のモンスターに間違いない。身動きできないようワイヤーで縛っておけ……』

「これで俺も〝アビス・オブ・グリズリーズ〟に昇格できますかね？」

『……それはこいつの値段次第だな……』

石床に手を突き四つん這いになっているアーサーを見下ろして、じっくりと値踏みする黒ずくめの男。人語を介するなら未知なるダンジョン情報を聞き出せるかもしれない。たとえそれができなくとも殺してしまえば強力なドロップアイテムが手に入れられるかもしれない。いずれにせよこのモンスターの価値は今の時点では決められないという。

淡々と冷徹に話すその姿は、どこかコメディ臭が漂うパンダ共とは性質が真逆の、暗部出身者特有の冷たい雰囲気がある。それよりも今言ったクランは確か――

（アビス・オブ・グリズリーズ。誘拐や人身売買、暗殺や工作まで手広くやっている犯罪クランね～。一般人にも多くの被害を出している悪党集団よ）

（そうだった。パンダ共はあいつの手下っぽいけど——って。サツキ、待てって！）

ダンエクでも登場していた犯罪クランなので思い返していると、悪党集団と聞いたサツキが条件反射のように穴から飛び出して、アーサーのところまで駆け寄ってしまった。リサも慌てて追いかけていく。もう少し様子を見ていたかったけど仕方がない、俺も行こう。

「そこまでよっ！　私達の大切な仲間に手を出さないでっ！」

「えへへ、ど～も～」

腰に手を当て仁王立ちのサツキ。その後ろでは遠慮しがちのリサがひょっこりと顔を出して挨拶している。

「何だっ、お前達は。どっから出てきやがった！」

分け前がいくらになるかを予想して浮かれていたパンダ共は突然の正体不明の部外者の登場に慌てふためき、黒ずくめの男は無言で距離を置いて様子を窺っている。早速後ろにいた手下どもが《簡易鑑定》の魔導具を無遠慮に向けてきやがったが、俺達は揃って仮面とローブをしているので素性がバレることはない。すべてダミーの数値となって見えているはずだ。

「兄貴。レベル18前後とでているようですが、どうしますか」

『俺様の姿を見た奴は生かして返すわけにはいかない……一人残らず始末しろ』

「聞いたかお前らあ、邪魔者は皆殺しだ！」

パンダ共は腰元に差さっていた刀剣を金属が擦れるような音と共に乱暴に抜いていく。

やっぱりこうなるよな。アーサーの様子を見てみれば……何故か四つん這いになったまま動いていない。肝心なときに使えない奴め。

「早いところあそこで蹲ってる間抜けのケツを蹴り上げてやろう。そうすればすぐに治るだろ」

「ふふっ、そうね。サツキ、私が前衛をやるから背中はよろしくね～」

「うんっ、任せてっ」

腹に巻いていたポーチ状のマジックバッグから曲剣を抜いて俺も前に出る。すぐ後ろではリサが長剣を構え、サツキは木製のワンドを取り出して三角形に布陣する。相手はレベル20前後が二十人ほど。忍者にいたってはもう少しレベルが高そうだ。あいつら全員と戦うとなればプレイヤースキルに頼りたいところだけど、全員殺して口封じするわけにはいかないので、できることなら使用は控えたい。

「こんな場所で何をしていたのか知らねぇが兄貴の命令だ。死んでもらうぜ。後ろの女二人は……楽しんでから殺すことにするか」

「へっへっへ……」

これから命のやり取りが行われるというのに緊張感の欠片もなくニヤニヤとしながら取り囲もうと歩いてくる。サツキとリサはローブ越しでも女性のラインがでているので野郎共の視線が釘付けだ。すぐ近くにいる俺に対しては、さして警戒も注目もしていないという有様。それならば相応の代償を支払ってもらうまでだ。

下卑た笑みを浮かべるパンダの一人が俺の間合いに入った瞬間――ひとっ飛びして左腕を斬りつけ、返す刀で隣のパンダの手首を小手ごと撥ね飛ばす。斬られた二人は絶叫を上げてその場で悶絶し、緩み切っていたパンダどもの空気が急変する。

「野郎っ！　まずはコイツから――」

「させないよっ！　灼熱の炎よっ、私に力を貸してっ！　《ファイアボール》！！！」

俺に全員の注意が向いた瞬間、背後から真っ赤に光る火球が投げ込まれ、パンダ共の足元に着弾する。熱風と砕け散った石床により数人がよろめくと、リサがアーサーのいる方向に特攻し、進行方向にいるパンダ共を斬りつける。サツキも走りながら短剣に持ち替えてリサの背後を守るように接近戦を仕掛ける。一気に方を付ける気のようだ。

「こっ、こいつら戦い慣れてやがる！　お前ら距離を取れっ！」

「させるかよっ――っとっと……」

慌てたパンダ共が立て直そうとするけど、そんなのを俺が黙って見ているわけがない。崩れつつあるところに追い打ちしようと一歩踏み出す――が、死角から高速で何かが撃ち込まれたので、すんでのところで躱す。リサの方にも同様に撃ち込まれていたようで、長剣で弾いていた。

『腕の振りや立ち回る速度、動体視力からしてレベルは20程度……後ろの女はやや低めのレベル16前後か。だが対人経験は豊富と見える。同じ暗部の者か……？』

真っ黒の布に身を包んだ忍者のような男が、こもるような声で独り言を呟き前に出てきた。最初から戦わなかったのは俺達が戦うところを見てどの程度の実力なのか分析していたからだろう。しかしパンダ共が思いのほか早く崩れてしまったため、前に出ざるを得なくなったわけだ。

（アーサーを渡してくれるなら無理に戦う必要はないのだが……さてどうするか）

ゲームでの暗部の者は疑り深く慎重で、勝てる戦いしかしないタイプが多かった。こいつだって無茶な戦いは望んでいないはず。俺もできれば戦いを回避したいので交渉してみる価値はあるだろう。

「そいつには手を出さないでくれないか。そうしてくれたら俺達は引くつもりだ」

『……素直に渡すと思うか？　ここまで来るのに金も時間もかかっている。それに……俺様の姿を見た奴は誰一人として生かしておくつもりはない……』

「兄貴ぃ！　やっちまってくださいっ！」

『お前達も戦うんだ……さっさと囲め』

俺の提案を即座に断り、パンダ共に戦闘再開の命令を下すクソ忍者。マスクの合間から殺意の乗ったギラつく目を覗かせながら、二本の短刀を逆手に持って構える。俺達が戦っているところを見た上でも十分に勝てると踏んだようだ。一方のパンダ共は先ほどとは打って変わって慎重に武器を構えながら左右に展開する。

しかし二刀流使いか……初めて見るな。二刀流はウェポンスキルの発動に制約を受けるのでこちらの世界では非常に評価が低く、やってる人を見たことがなかった。攻撃に自由度が生まれるので俺は好きなんだけどな、何となくカッコいいし。

（それじゃ俺も二刀流スタイルで対抗しようかね）

マジックバッグからもう一本の剣――いつぞやに骨野郎を倒して手に入れた「ソードオブヴォルゲムート」――を取り出して左右の剣の重量バランスを確かめるように、数回シャドーを斬ってみる。ふむ、調子は悪くない。

『付け焼き刃……ではなさそうだが、この俺様に二刀流で挑むとは舐められたものだ。どちらが上か、格の違いを見せてやる……言い残すことはあるか』

「……お手柔らかに」

俺の二刀流を見て謎の闘志を燃やしてくるが、こちらの主目的はアーサーの奪還であり、今やっているのは無慈悲な殺し合いだ。ゲームじゃあるまいしどっちが上かなんてどうでもいい。しかしながら、こちらの世界の二刀流使いがどの程度なのか興味はある。こちらも殺すつもりで試してやるとしよう。

「（忍者野郎は俺がやる。いざとなればプレイヤースキルを使う）」

「（助かるわ。その代わりアーサー君は任せて。サツキ行くわよ～）」

「（おっけーリサ。準備はできてるっ）」

俺達も立て直して再び武器を構える。横目でチラッとアーサーを見てみれば、何やらマジックアイテムの破片を集めて組み立てようとしているけど、あいつは何をやっているんだ……まぁいい。もうすぐリサがケツを蹴り上げに行くから、そこで大人しく待ってろよ。

互いに二刀で構えながら殺意を乗せて睨み合う。痛いほど静まり返ったその沈黙は、呟くような声によって打ち破られる。

『……いざ、参る』

忍者がその言葉を言い終えると石床に罅が入るほど力強く踏み込み、這うような低い姿勢で、あっという間に俺との距離を縮めてくる。間近まで迫ると逆手に持った短刀を繰り出してくるが――

「――《スラッシュ》」

俺はその低い姿勢に合わせるように片手剣スキル《スラッシュ》――のモーションだけを発動。当然魔力は練っていないのでスキルは発動しないが、それを見た忍者は《スラッシュ》の範囲から抜け出すように真上に飛び上がる。俺のスキル硬直を狙うつもりだろう。

だが今の《スラッシュ》が予備動作だけのフェイクだと分かると、俺の追撃を防ぐために胸元からクナイを数本投げ込んで牽制してくる――が、そんなことはお見通しだ。前に出ながら瞬時に右手の剣で叩き落とし、無防備に空中に飛んでいる忍者に向かって容赦のない魔力を練りながら再びスキルモーションをなぞる。

「っはぁぁあっ！　叩き斬ってやるぜェ!!　《スラッシュ》」

『――小僧ッ!!』

先ほどよりも力強く踏み込んで、左手だけの高速《スラッシュ》。忍者は慌てて左右の短刀をクロスさせ火花を散らしながらガードに成功するが、それでも構わない。バランスを大きく崩しているので隙だらけだ。これで終いにしてやる――そう思ったのも束の間、遅れてパンダ共が数人斬りかかってきたため追撃を諦めて距離を取る。

（ハァ……今ので決めたかったが……）

　剣を合わせてみて分かったが肉体能力からして、俺よりもレベルがいくつか上なのは間違いなさそうだ。こういう格上相手には初見殺しで一気にケリを付けたかったのだけど、そう簡単にはいかないか。

『……ブチ殺す！　……お前達、かかれっ』

　プライドを傷つけられた忍者は激情に駆られて単調な攻撃を仕掛けてくるかと思いきや、『あまり踏み込まず剣先を使って牽制しろ。動いて的を絞らせるな』などと細かく指示をし始めた。予想以上に慎重な奴だ。おかげで各個撃破やカウンターを狙おうとするにもやりにくくて仕方がない。

　さらにはパンダ共の後ろに隠れながら要所でクナイを投げ込んでくるので安易に追撃もできない。これはジリ貧になりそうだな……困ったぞ。

「ソウタ、私がやってみるわ。少しだけ時間稼ぎできるかしら」

　クナイを弾きながら囲まれないように立ち回っていると、リサが剣をくるくると振りながら声をかけてきた。時間稼ぎを頼むとは一体どういうことかと思ったが、手に持ってい

リサの剣が回転を重ねると剣速と魔力も高まっていくことに気づいた忍者は、すぐに止め

突然始まった場違いな剣舞にパンダ共は状況がよく理解できず見ているだけだったが、

『……ただの剣舞ではないな。すぐにあいつを止めろ』

「なっ、なんだあの剣術は」

る外野の空気も徐々に張りつめていく。

の動きは華やかであると同時に剣術を極めた達人の雰囲気も醸し出しているため、見てい

くると両腕で旋回するような大振りをして自身も一回転と、舞いの動きが激しくなる。そ

舞いを披露し始める。ヌンチャクのように剣を振り回し、ときには縦回転、勢いが乗って

サツキの了承を確認したリサは、最初はゆらゆらと剣を振り、そのうち剣を回転させる

「う、うんっ」

「サツキ。私が突撃開始したら、ソウタと一緒に後ろについてきてね～」

るが、この苦しい状況を打破するには最善な方法かもしれない。

とすることは《二刀流》のように一見スキルには見えない特殊なもの。一抹の不安はよぎ

本来なら認知されていないスキル情報は漏らしたくないのだが、これからリサがやろう

のようだ。

る剣の動きからやろうとしていることを察する。どうやらプレイヤースキルを使うつもり

ろと声を上げる。直後、リサに向かっていくつもクナイが放たれるが、俺が間に入って全て叩き落とす。

（まだ舞いが足りてない。あと30秒くらいは時間を稼ぎたいが……）

動きからして剣速はもうそれなりに高まっているが、相手はリサよりもレベル4～5ほど高く、数も多いので舞いをもう少し続けたい。そのためには時間稼ぎをする必要がある。

「サツキ。リサの舞いが完成するまで持ちこたえるぞ！」

「うんっ、あの剣舞には何かあるんだねっ！」

リサを庇うように俺とサツキが前にでて身構える。忍者の指示によりパンダ共が慌てて無秩序に向かってくるところにサツキがファイアボールを撃ち込み、俺も近づいてきたパンダ数人をけん制しながら剣を振るう。数回ほど剣を打ち合っているとリサが思ったよりも早く前に出てきた。まだ十分ではないように思えるが大丈夫なのか。

「ふふっ、久々だけど～お手柔らかにね～《回転剣舞》！」

くるりと回りながら間延びした掛け声で絶技の名を紡ぐ。【ソードダンサー】のエクストラスキル、《回転剣舞》だ。

酔えば酔うほど強くなる酔拳のように、舞うほどに強く速くなるソードスキル。非常に強力ではあるものの、剣の回転を止めてはいけないという巨大な制約があるため、ダンエクでも使いこなせるプレイヤーはリサを含めほんの一握りしかいなかったが、果たしてあのレベルで使いこなせるかは不明だ。

目の前まで迫っていたパンダの剣を横に凪いで振り払うと、リサはお返しとばかりに回転しながら踊るように飛び上がって剣を振り下ろす。

「ぐぁああっ!!」

「くっ。こ、こいつ速すぎる！　やべぇぞ！」

すでに速度バフが大きく乗っているため、かなりの斬撃速度になっている。しかし剣舞はまだ止まっておらず、魔力と速度は攻防しつつも上昇し続けている。

「かかれーっ！」

「「うおぉおおぉお!!」」

パンダ共がなだれ込むように襲い掛かるが、リサは上半身を反らして避けながらカウンターで斬りつけ、さらにバトンを回すように剣の柄を手首で回して持ち替え縦一閃。掴みかかってきた相手に蹴りを入れて飛び上がり、対空として撃ってきたパンダのウェポンスキルを剣で巧みに流すと、たっぷりと遠心力を乗せて回転斬りを放つ。

なおも地上、空中問わず《回転剣舞》は続く。ウェポンスキルの雨の中をリサは踊るように潜り抜け、受け流し、制御不能レベルにまで加速した剣を縦横無尽に振るい続ける。

剣とメイスが激しくぶつかり火花を散らしながらも確実に道は切り開かれていく。俺とサツキも後に続き、後方を守るようにパンダ共との斬り合いに参加する。

「す、凄(すご)いっ。リサが強いのは知っていたけど、こんなに凄かったんだねっ！」

暴風のようなリサの回転剣舞を見てサツキが目を輝(かがや)かせているが、確かに凄い。もはや曲芸の領域だ。数レベル上の相手に囲まれながらも、引くどころか押(お)し込むほどの剣舞。攻撃リズムが読まれやすいというデメリットも飛び跳ねながら胸元や背中で変則回転させて読まれにくくしており、それに加えて剣の回転を止めること無く今もなお加速し続けている。あれほどまでに剣速が上がってしまえば、もうパンダ共では手が付けられないだろう。

金属音と雄叫(おたけ)びと悲鳴が木霊(こだま)する中、ついにリサが目標地点(アーサー)までたどり着く。

「アーサー君、起きなさい！」

「いてっ。何するのさっ」

ローブを翻(ひるがえ)しながら最後に立ちふさがるパンダを斬り伏(ふ)せ、こちら側に向けていたアーサーの小ぶりなケツを蹴り上げるリサ。よくやったっ！

「……周りを見て。はぁはぁ……今大変なことになってるのよ？」

「おわっ、誰かと思ったらリサちゃんか……って。いつの間に戦闘になってたんだっ。マジックアイテムに夢中になってたよ」

　砕かれたマジックアイテムが一千万円もすると聞いて我を忘れて直そうとしていたら、仮面で顔を隠したリサがすぐ近くにいて目を丸くし、そのすぐ後ろの剣の打ち合いに二度驚いている。


「死ねぇぇぇ――うぉっ⁉　はっ、放しやがれ！」

「お前達！　邪魔するだけでなくボクの仲間にも手を上げたなっ。もう容赦しないぞっ！」

　サツキに向かってメイスを振り上げていたパンダの腕を掴むアーサー。放せと言いながら掴まれていないもう一方の腕でパンチを繰り出すが、余裕を持って全て躱され、逆に壁まで投げ飛ばされてしまう。

「このガキッ！　マジックアイテムを喰らって動けなかったんじゃなかったのかよっ⁉」

「はぁ、アーサー君、治ったのっ？　本当に良かった……」

　一度きりしか使用できない高価なマジックアイテムを惜しげもなく使ったというのに、何故普通に立っていられるのだと驚くパンダリーダー。もとより《マインドショック》のような低級な精神攻撃が魔人に効くわけがないというのに、同様の症状になっていたことに俺が驚いたくらいだ。サツキは元気になったアーサーを見て喜んでいるけど、金に目がくらんでいただけなので心配するだけ損である。

とにかくだ。立ち直ったならさっさとこいつらも蹴散らしてくれないか。俺もそろそろ体力的に厳しいんだ。

「んぁ？　災悪、もしかしてこんな奴らに苦戦してたのか。こりゃ良いものが見れた。けっけっけ」

「ハァハァ……いいからっ、早く、手を貸しやがれっ！」

虚をつくように飛んでくるクナイを弾きつつ、休む暇も与えてくれない波状攻撃を耐えるのに息が上がりっぱなしだ。なるべくサツキを庇うように動いてはいたが、見れば彼女も肩で大きく息をしており体力の限界が近そうだ。格上との集団戦、しかも初めてでは無理もない。

アーサーは「仕方がないな、貸し一つだぞ」と言って呑気にこちらに歩いてくるけど、元はと言えばこの戦いはお前が原因なんだぞと蹴り飛ばしてやりたい。

首をコキコキと鳴らして歩み寄る魔人。見た目は小学校高学年の子供にしか見えないが、一度やられたことのあるパンダ共はすでに及び腰だ。

『怯むな……逃げる奴には制裁を加える……行け』

「ひっ……今ならあの白い蜘蛛がいねぇ、何とかなるはずだ！　いっ、行くぞお前ら！」

三下感が満載のパンダ共であるが、それでもレベルは20前後と攻略クランに属していてもおかしくなく、その気になればそこらのアンデッドを一人で殲滅できるほどの強さは持っている。そんな奴らがアーサーを半円状に囲み、一斉に襲いかかる――が、決着は一瞬だ。鈍い打撃音と共に雄叫びが一瞬でうめき声へと変わり、苦悶の表情で崩れ落ちる。

あいつには俺がプレイヤースキル全開で攻撃してやっと当たるかどうかなのに、何のバフもかかっていない攻撃では束になったところで当たるわけがないのだ。

「観念した？　お前達程度がボクに敵うわけないじゃん。じゃあ後はお前だけだな」

『……想定外の強さだ。まさかこれほどまでとはな……』

手下のパンダを全て倒されて追い詰められている状況にもかかわらず、忍者野郎の表情には余裕がある。それもそのはず、胸元から取り出したのは帰還石。そこらに転がっているパンダ共を見捨てて一人だけ飛んで帰る気でいるようだ。

『……仮面のお前達……どこの組織かは知らんが、必ず正体を暴き、一族郎党皆殺しにしてやる。俺様の名に懸けてな』

「あれれ～もしかしてここから出られると思ってるの？　お前はもう逃がさないよ。きついお仕置きしをしなきゃいけないし」

帰還石を目の前で見せても自信満々に「逃がさない」と言うアーサーに一瞬だけ眉をひそめるが、すぐに堪えきれないように失笑する。

『クック……なるほど、このアイテムが何なのか分かっていないのか。所詮はモンスター、知能も知識もサル並みと言ったところか。では、さらばだ……次会うときを楽しみにしていろ……』

「次なんてないよ。こ・れ・で、だーれも出られない。《ディメンジョン・アイソレータ》」

忍者が帰還石に魔力を通し、捨て台詞を吐きながら淡い光に包まれる……が、アーサーが天を掴むがごとく手を上に向かって握り締めると空間が幾何学的に歪みだし、帰還石の魔力が霧散してしまう。後の広間には何かが砕け散ったような甲高い音だけが響く。

『……何だ？　何故、帰還石が発動しない……ぐっ、扉も開かないだと？　何をした、貴様ッ！』

「だから逃がさないって言ったでしょ。それよりさ、お前のクランって人身売買とか誘拐とか破壊工作とか悪い事ばっかりやってる超極悪組織でしょ。ボク、こう見えても正義の味方でさ。悪には容赦しない主義なんだよねー」

帰還石が発動しないとみるや、飛ぶように後ろに退いて出口扉から出ようとするが、アーサーの空間封印スキルにより大広間の空間ごとロックされているので当然開くことはない。

「やっちゃえ～アーサーく～ん」

「頑張ってーっ。でも気を付けてねーっ！」

いつの間にか俺の隣にきて手を振って応援するリサとサツキ。気絶したり悶絶して動けなくなったパンダ共を全員縛ってくれていたようだ。せっかくデコレーションしたローブも、いくつか穴が空いてボロボロになってしまっているが……仲間として本当に頼もしかったぜ。二人ともお疲れさん。

アーサーはそんな声に気分よく手を上げ、歪んだ笑顔で応える。あんなに悪そうな顔で正義の味方とか言われても説得力は皆無だけど、そういえばダンエクでも正義と称して善良な俺を何度も追い詰めてくれたことがあったっけか。

入り口の扉を力ずくで開こうとしていた忍者野郎は、扉を開けるのを諦めて戦う覚悟を決めた――のかと思いきや、俺達のいる方へ疾走してくる。しかしそれを読んでいたのか、アーサーは進行方向に魔法弾を打ち込んで制止させる。きっと俺達を人質にでもしようとしたのだろう。

「それじゃあ、いっくよーん」

『……う……ぅ……ぉおおぉぉおおおおおおっ！！！』

すでに退路は無く、小細工も不可能。この絶望的な状況で生き残るには、目の前にいる少年の姿をした正体不明なモンスターを滅することのみ。悲壮な覚悟を決めた男は最初の一歩を踏み出すと、魂の咆哮と共に二刀を振るって走り出す。

己の存亡をかけた全身全霊の斬撃が、空気を切り裂きながらアーサーの喉元に迫る——

「あっ！　ここにいたよー！　こっちこっち！」

「颯太～今日もいっぱいミミズのご飯を持って来たわよ～」

「どっこいしょっと。これだけあるから、アーサー君とお嬢さん方も一緒にどうだい？」

縛られたパンダ共をゴミ箱という名のゲートに放り込んでいると、梯子のある穴から華乃が勢いよく飛び出してきて、続いて大きな皮袋を背負って両親が出てきた。底抜けに明るい成海家の登場により重くなっていた空気が一気に軽くなる。

ちなみにお袋の言う〝ミミズのご飯〟とはアンデッドが落とす腐肉のこと。とにかく腐肉はミミズの食いつきがいいのだ。最近の成海家は店を早めに切り上げて毎日ミミズ狩りに繰り出している。おかげでレベルもめきめきと上がり、両親のレベルも20目前。そろそろ二人の上級ジョブも考えないといけない頃合いだ。

「華乃ちゃーん！　もしかしてボクに会いに来て――」

「サツキねぇ！　リサねぇ！　会いたかったよーっ！」

アーサーは華乃の姿を見つけると嬉々として抱きつこうとするものの、一足先にサツキとリサに抱きついた華乃に躱され、誰もいない方向にすっ飛んで転がっていく。華乃はリサ達に可愛い可愛いとリボンのついた頭を撫でられ目を細めているが、最近はよく遊んでもらっているらしく、やけに仲が良い。

「それで、おにぃ。この……倒れている人はどちら様？　さっき放り投げてた白黒の人達とは違う感じがするけど」

「こいつは極悪人だ。先ほど叩きのめしたところだけど、危ないからあんまり近づくなよ」

一通り挨拶が終わった華乃は、見慣れぬ――それも全身ボロ雑巾のようになって地べたに倒れている男に気づく。アーサーに完膚なきまでにタコ殴りにされた忍者の末路だ。

ダンエクでも技巧派で知られ、数多のトッププレイヤー達と鎬を削ってきたアーサー。レベルだってそこで倒れている忍者モドキより10以上高い。そんな相手に暗部で培った暗殺術があろうと通用するわけがないのだ。

予想通り、あらゆる斬撃が見切られ避けられ受け流され、戦意を根こそぎ奪われたところでお返しのマシンガンパンチ、という一方的な流れになったわけだが……問題はこいつの処断をどうするかだ。

「悪いことたくさんしてるっていうし、普通に返すのは怖いよねっ」

「やっぱりここで処断しておくべきかしら」

この忍者が属しているクランは、目的のためなら一般市民を巻き込むことも厭わない悪党集団だ。ゲーム通りならば今後も多くの被害者が出るはずだし、俺達に復讐を企てようとしていた危険人物でもある。パンダと同じように追い返すわけにはいかない。

「まーだからといってこの場で殺すというのも何となーく後味悪いしね。こいつは〝40階〟に放り投げておこうか」

「ええっ、そんな深い階層に行けるんだ⁉」

「今のボクが行くことのできる一番深いところなんだけどね。早くレベルを上げてみんなで行こうよ。ボク一人じゃ怖いしさー」

40階と聞いて気が動転し、両手の指で数え始める華乃。アーサーは「危ないから入らないでね」と言ってゲートを出すと、ボロボロの忍者を片手で掴みポイッと放り投げる。あの先は強大なウェポンスキルや広域魔法を使ってくるヤバいモンスター達の巣窟だ。今の俺が本気を出したところで一匹も倒せる自信はない。

そんな場所に早く行きたいと無邪気な笑顔で誘ってくるけど、お袋や親父は意外と乗り気である。華乃もどんなモンスターがいるのか興味があるらしく、アーサーと話に花を咲かせている。

「うまく行けば、来年くらいに行けないかしら～」

「でっ、でも40階ってレベル40くらい必要なんだよねっ。それって日本最高の冒険者をも超えるってことだけど……」

「……もちろん超えられるさ。俺達なら」

リサが遠くを見ながら今後のレベル上げに思いを馳せる。レベル40まで到達し、アーサーと本当の意味で肩を並べてモンスターを狩れるようになれば、この世界では〝最強の一角〟を名乗ってもいい頃合いだろう。そんなことが可能なのかとサツキが若干自信なさげな目を向けてきたので、俺は自信満々に頷き肯定する。

ダンジョン攻略の難度はゲームと違って相当に高くなっていることだろう。学校でもいくつかの問題が発生しているのは確かだし、アーサーも魔人の制約のせいで万全ではない。話し合って解決しなければならないことは山積みだ。だけど――

ノリが良く理解のある家族達。いつも気にかけてくれる賢く優しきクラスメイト。そしてゲームでも登場した悪党を鼻唄混じりに殴り飛ばす能天気な魔人。

この頼もしき仲間達と手を取り合っていけば、どんな問題でも乗り越えられるし、40階だって辿り着けるはずだ。

幸いにして俺達のレベル上げは順調そのもの。八龍だかフロアボスだか知らないが、このままぶっちぎってやるぜ。

あとがき

お久しぶりです。鳴沢明人です。早いもので一冊目が世に出てから1年と少し、シリーズもついに四冊目となりました。タイトルロゴも遊び心を入れて縦になっていたりします。

思い起こせば、最初はゲーム世界に入りたいという願望を拗らせて執筆をスタートしたのですが、書いているうちにどんどん輪郭が固まっていつの間にか「災悪のアヴァロン」となり、四冊も本となって発売していたので鳴沢もびっくりです。ゲーム用語のTIPS風表記の再現その他、素直に書籍でやるには難しい部分もある作品ですが、HJノベルス様もよくぞまぁ本にしてくれたものだと感心すると同時に、足を向けて寝られない今日この頃です。しかし、それもこれも全ては応援してくださった皆様がいてこそですね。

さて今回のお話は前巻から続くクラス対抗戦と、その裏で起きた語られぬ戦いから始まります。新キャラであるアーサー君や、様々なヒロイン達が活躍し、またクランパーティーでは新たな勢力も登場。御神遥が率いるくノ一レッドを中心に、貴族社会や世界情勢、颯太君を取り巻く状況がうっすらと垣間見えます。

最後にweb版では活躍が控え目で強さを描写する機会が少なかった新田利沙ちゃんも、縦横無尽に大暴れするなど、盛りだくさんの内容となっております。彼女の戦闘シーンはいかがだったでしょうか。

静かな生活を送りたいと願っている颯太君でありますが、イベントに翻弄されっぱなしで大忙しですね。


そしてこの小説4巻の発売と同時期くらいには、コミック2巻も発売となっていると思います。

佐藤ゼロ先生の手により「災悪のアヴァロン」の世界を絵として見ることができ、キャラクター達が新たにコミック用に再構築され、重厚なドラマが描かれています。クライマックスシーンの躍動感もこれまた凄いので、小説をご覧になっている皆様も是非ご覧になってみてください。

コミック2巻には特典として限定SSも書いていますので、そちらの方も見ていただけると幸いです。

とまぁ、コミックの宣伝をさせていただきましたが、原作を書いた鳴沢としてもコミックを見ると非常に気づきが多く、絵にするとこうなるんだ、こんな世界になるんだと驚かされています。どのシーンにも表情や動きがあり、情景描写が入り、小説とは違ったところで情報量が多いんですよね。

佐藤ゼロ先生の画力と構成力があってこその話ではありますが、それにしても一目で訴えかけてくる漫画の力って凄いです。毎回楽しみすぎるっ！

ここからは謝辞を贈らせてください。KeG先生、いつも私の注文に最高のイラストで応えていただきありがとうございます。特にアーサー君のイラストは最高ですね、何度も見返してはニヤニヤしています！　佐藤ゼロ先生、コミックを描いていただき感謝感激雨あられです。あの戦闘シーンは燃えましたよ！

カバー、帯をデザインしてくださったデザイナー様、印刷所の皆様、おかげで4巻も目を引く綺麗でカッコいい本となりました。資料まで作ってくださった校閲者様、とても丁寧で分かりやすかったです。今回も色々と動いてくださった担当編集様、今後の展開や執筆の相談にも乗っていただき心強かったです。

そして何より本を買って下さった皆様に深くお礼申し上げます。

最後に次巻ですが、冒険者学校が揺れ動き、本作の核心に触れるお話が入る予定です。気合いを入れて書いておりますのでしばしお待ちを。今後もこの「災悪のアヴァロン」を力と人気の続く限り、書き綴っていきたいと思っていますので、なにとぞご声援のほど、よろしく願いします。

それではまた皆様に出会える日を楽しみにしております。

二〇二三年十一月　鳴沢明人

邪神の使徒たちの動きに
後手に回っていた冬夜たちだが、
ついに方舟の位置を捕えることに成功した。
フォンとともに。30
2024年春頃発売予定！

ここから反撃開始の
強襲作戦が
始動する――!!
異世界はスマート
冬原パトラ
illustration■兎塚エイジ

HJ NOVELS
HJN68-04

災悪のアヴァロン 4　～ダンジョンに最凶最悪の魔人が降臨したけど、真の力を解放した俺が、妹と逆襲開始します～

2023年12月19日　初版発行

著者——鳴沢明人

発行者—松下大介

発行所—株式会社ホビージャパン

〒151-0053
東京都渋谷区代々木2-15-8
電話　03(5304)7604（編集）
　　　03(5304)9112（営業）

印刷所——大日本印刷株式会社

装丁——内藤信吾（BELL'S GRAPHICS）／株式会社エストール

ISBN978-4-7986-3367-1　C0076

ファンレター、作品のご感想お待ちしております

〒151－0053　東京都渋谷区代々木2－15－8
(株)ホビージャパン HJノベルス編集部 気付
鳴沢明人 先生／ KeG 先生